BIANCA™

CAROLE MORTIMER
PASIONES
DE CINE

Editado por Harlequin Ibérica.
Una división de HarperCollins Ibérica, S.A.
Avenida de Burgos, 8B - Planta 18
28036 Madrid
www.harlequiniberica.com

© 2025 Harlequin Ibérica, una división de HarperCollins Ibérica, S.A.
N.º 505 - 19.9.25

© 2012 Carole Mortimer
Pasiones de cine
Título original: The Talk of Hollywood

© 2012 Christina Hollis
Un reto para el conde
Título original: The Count's Prize
Publicadas originalmente por Harlequin Enterprises, Ltd.
Estos títulos fueron publicados originalmente en español en 2012

I.S.B.N.: 979-13-7000-579-5
Depósito legal: M-14341-2025
Impreso en España por Liber Digital
Fecha impresión Argentina: 18.3.26
Distribuidor exclusivo para España: LOGISTA
Distribuidores para Argentina: Interior, DGP, S.A. Pienovi 211 - Avellaneda
Cap. Fed./Buenos Aires y Gran Buenos Aires, VACCARO HNOS.

MIXTO
Papel | Apoyando la
silvicultura responsable
FSC
www.fsc.org
FSC™ C134275

Capítulo 1

PARECE que tu invitado por fin ha llegado, abuelo –dijo Stazy, de pie junto a una de las ventanas del salón de Bromley House, la propiedad que su abuelo poseía en Hampshire. Estaba observando como un deportivo negro se acercaba a la entrada de la vivienda.

Le resultó imposible ver la cara del conductor del vehículo ya que los cristales de este eran ahumados pero, aun así, estaba segura de que se trataba de Jaxon Wilder, el actor y director inglés que durante los últimos diez años había tenido al caprichoso mundo de Hollywood en la palma de su elegante mano.

–No seas tan dura con él, Stazy. ¡Solo llega cinco minutos tarde y ha tenido que venir conduciendo desde Londres! –la reprendió su abuelo indulgentemente desde su mecedora.

–Entonces quizá hubiera sido buena idea por su parte tener en cuenta la distancia que iba a tener que recorrer y haber planeado mejor el tiempo –respondió ella, que no había ocultado su desagrado ante la visita del actor. La idea de que este quisiera escribir y dirigir una película sobre la vida de su difunta abuela le resultaba inaceptable.

Desafortunadamente, no había sido capaz de convencer a su abuelo de que rechazara aquella proposición... razón por la que en aquel momento Jaxon Wilder estaba aparcando su lujoso deportivo negro en la entrada para vehículos de Bromley House.

Se apartó de la ventana antes de ver al hombre en cuestión salir del deportivo; ya sabía qué aspecto tenía. Probablemente el mundo entero reconocería a Jaxon Wilder después de que, a principios de aquel mismo año, hubiera tenido un éxito rotundo en los festivales de cine con su película más reciente en la que, aparte de ser el director, tenía un papel protagonista.

De treinta y tantos años, era alto y esbelto, tenía unos anchos hombros, un poco largo el cabello oscuro y unos penetrantes ojos grises, así como una nariz aristocrática. Su boca era realmente sensual y se sabía que el profundo timbre de su voz provocaba que a las mujeres de todas las edades les recorriera el cuerpo un intenso escalofrío. Jaxon Wilder era el actor y director de cine mejor pagado a ambos lados del océano.

Su apariencia y encanto habían sido la causa de que en innumerables ocasiones hubiera salido fotografiado en revistas y periódicos con la última mujer que había compartido su vida... ¡y su cama! Y la razón que tenía para haber ido allí aquel día era utilizar dicho encanto para convencer a su abuelo de que le diera permiso y lo ayudara a escribir un guion sobre la emocionante vida de su abuela, Anastasia Romanski. De pequeña, esta había huido de la revolución rusa junto a su familia, que había viajado hasta Inglaterra. De adulta se había convertido en una de las muchas secretas y olvidadas heroínas de su país de adopción.

Anastasia había fallecido hacía tan solo veinticuatro meses, con noventa y cuatro años. Su necrológica en un periódico había atraído la atención de un entrometido periodista, que tras haber ahondado más profundamente en la vida de la anciana había descubierto que la existencia de Anastasia Bromley era mucho más interesante de lo que se había revelado. El resultado había sido la publicación hacía seis meses de una biografía sensacionalista sobre Anastasia... biografía que había provocado que su abuelo sufriera un leve ataque al corazón.

Dadas las circunstancias no era de extrañar que Stazy se hubiera quedado horrorizada al enterarse de que Jaxon Wilder quería rodar una película sobre su abuela. Y, peor todavía, al descubrir que el actor y director tenía una cita con su abuelo para discutir el proyecto. ¡Había decidido que era una discusión de la que formaría parte!

–Señor Bromley –dijo Jaxon, acercándose con cuidado a estrechar la mano del anciano tras haberle acompañado Little, el mayordomo, al salón de Bromley House.

–Señor Wilder –respondió Geoffrey. A juzgar por la firmeza con la que le devolvió el apretón de manos al actor, era difícil creer que tenía noventa y cinco años. Su oscuro cabello solo tenía algunas canas. Estaba muy erguido vestido con un traje de chaqueta azul.

–Llámeme Jaxon, por favor –pidió el actor–. Debo decirle que es todo un placer que haya accedido a verme hoy...

–¡Entonces el placer es solo suyo!

–¡Stazy! –reprendió Geoffrey a su nieta de manera afectiva.

Jaxon se giró para mirarla. Ella todavía estaba junto a la ventana y el sol que se colaba a través del cristal le hacía imposible ver las facciones de su cara. Pero la hostilidad que había reflejado su voz había dejado claro que no estaba en absoluto de acuerdo con su visita.

–Señor Wilder, le presento a mi nieta, Stazy Bromley –continuó Geoffrey.

Jaxon, que aquella misma mañana antes de salir de su hotel londinense se había puesto al día acerca de todos los miembros de la familia Bromley, sabía que el nombre de Stazy era el diminutivo de Anastasia. Ella se llamaba como su abuela.

En ese momento Stazy se apartó de la ventana y pudo verla con claridad. Le causó un gran impacto el gran parecido que guardaba con su antecesora. Era bastante alta y tenía el pelo color fuego... resultado de una impresionante mezcla entre cabello rojizo y dorado. Su piel era pálida, parecía porcelana, y sus ojos verdes esmeralda. Tenía la nariz pequeña y muy recta, así como unos carnosos labios.

Obviamente su estilo de peinado era diferente al

de su abuela, que había tenido el cabello arreglado en un clásico corte a la altura de los hombros, mientras que Stazy lo llevaba por la cintura. El vestido negro que había elegido ponerse añadía el toque final a su elegante imagen.

Aparte de esas pequeñas diferencias, Jaxon sabía que era como si estuviera delante de Anastasia Romanski cuando esta había tenido veintinueve años.

Ella lo miró con desprecio.

—Señor Wilder —dijo.

Él inclinó la cabeza.

—Señorita Bromley.

—Soy la doctora Bromley —corrigió Stazy con frialdad.

Jaxon pensó que ella tenía la gracia y belleza de una supermodelo en vez de la anodina apariencia de una doctora en arqueología.

—Stazy, quizá debas ir a informar a la señora Little de que vamos a tomar el té ahora... —sugirió su abuelo, dulce pero firmemente.

Los carnosos y sensuales labios de ella esbozaron una mueca.

—¿Es una indirecta poco sutil para que te deje unos minutos a solas con el señor Wilder, abuelo? —supuso Stazy con sequedad, todavía mirando a Jaxon con la desaprobación reflejada en los ojos.

—Creo que es lo mejor, cariño —la animó su abuelo con detenimiento.

—¡No permitas que el señor Wilder utilice su conocido encanto para persuadirte de que estés de acuerdo con algo o de que firmes cualquier documento antes de que yo regrese! –advirtió ella.

–No se me ocurriría hacer algo así, doctora Bromley –aseguró Jaxon–. ¡Aunque me halaga mucho que piense que tengo encanto!

Sabía que quizá no debería utilizar su sentido del humor en aquella situación. Obviamente el tema del pasado de su abuela afectaba mucho a Stazy Bromley.

–Todavía no lo conozco bien como para haber decidido qué es exactamente, señor Wilder –comentó ella con frialdad.

Él se dio cuenta de que Stazy no consideraba su encanto como un atributo. Era una pena ya que el parecido físico de ella con su abuela había despertado en él una gran intriga. Aunque Stazy parecía querer restar importancia a aquella semejanza con su falta de maquillaje y el peinado en el que había arreglado su preciosa melena.

Pero no podía ocultar el hecho de que sus seductores ojos verdes y su carnosa boca eran verdaderamente atractivos... ¡y su escultural figura increíble!

Antes de aquel día, Stazy solo había visto a Jaxon Wilder en la gran pantalla, donde siempre aparecía alto, moreno y muy poderoso. Era una imagen que había creído magnificada por el tamaño de la pantalla. Pero había estado equivocada. Incluso vestido de manera formal con un traje de chaqueta negro, camisa de seda blanca y corbata gris, Jaxon

Wilder seguía siendo igual de carismático en carne y hueso.

–Ya basta, cariño –la reprendió su abuelo seriamente–. No me cabe la menor duda de que el señor Wilder y yo nos las arreglaremos estupendamente durante el corto espacio de tiempo que estés ausente –añadió, lanzándole una clara indirecta.

–Por supuesto, abuelo –contestó ella con un tono de voz más dulce mientras sonreía a Geoffrey afectivamente. A continuación se marchó.

Su abuelo era la única familia que le quedaba. Sus padres habían fallecido hacía catorce años cuando la avioneta en la que habían viajado había caído al mar en la costa de Cornwall.

A pesar de que ya tenían más de ochenta años, Anastasia y Geoffrey se habían hecho cargo de su traumatizada nieta y la habían acogido en su casa sin pensarlo dos veces. Como resultado, Stazy era mucho más protectora de sus abuelos de lo que hubiera sido bajo otras circunstancias... hasta tal punto que consideraba los planes de Jaxon Wilder de hacer una película sobre su difunta abuela como sensacionalismo hollywoodiense. Sin duda, también le había influido la espantosa biografía que se había publicado sobre Anastasia, en la que se le había representado como el equivalente ruso de Mata Hari trabajando para los servicios de Inteligencia británicos.

Obviamente Jaxon Wilder veía el proyecto como un medio para ganar numerosos premios más que añadir a su considerable colección de ellos. Era una pena, por él... ¡ya que Stazy estaba decidida a impedir que la película se rodara!

–Me temo que Stazy no aprueba la idea de que hagas una película sobre mi difunta esposa, Jaxon –murmuró Geoffrey, tuteando a su invitado.

–¡Nunca lo habría adivinado! –respondió él con una compungida sonrisa reflejada en los labios.

El señor Bromley sonrió a su vez levemente.

–Por favor, siéntate y dime qué es exactamente lo que quieres de mí –dijo, sentándose de nuevo en su mecedora.

–¿No deberíamos esperar a que regrese su nieta antes de discutir nada al respecto? –preguntó Jaxon, esbozando una mueca al sentarse en la silla que había delante de la mecedora.

Era consciente de que la actitud de Stazy Bromley iba a suponer un problema que no había previsto cuando el día anterior había viajado a Inglaterra con el propósito de discutir los detalles de la película con Geoffrey Bromley.

Había escrito al anciano por primera vez hacía unos meses... le había enviado una carta en la que le había explicado resumidamente su idea sobre la película. La misiva que había recibido dos semanas después de Geoffrey Bromley había sido cautelosamente esperanzadora. Ambos habían hablado varias veces por teléfono antes de que el señor Bromley le hubiera sugerido que se vieran en persona para hablar más en profundidad del tema.

Pero en ninguna de aquellas comunicaciones le había comentado Geoffrey la renuencia de su nieta a que se realizara la película.

—Te aseguro que finalmente Stazy estará de acuerdo con lo que sea que yo decida —declaró Geoffrey.

A Jaxon no le cabía ninguna duda de que cuando era necesario el anciano podía ser tan persuasivo como su difunta esposa había tenido fama de ser... pero de una manera totalmente diferente; el papel que Geoffrey Bromley había jugado en los acontecimientos sucedidos en el siglo anterior estaba incluso más rodeado de misterio que el de Anastasia. El anciano había ocupado un puesto muy importante y de mucha responsabilidad en la seguridad de Inglaterra antes de haberse jubilado hacía ya veinticinco años.

¿Podía sorprenderle que Stazy Bromley tuviera la misma fuerte determinación que sus abuelos?

¡O que su visita prometiera desencadenar una guerra de voluntades entre ambos!

Una guerra que tenía toda la intención de ganar...

—No habréis discutido nada de importancia durante mi ausencia, ¿verdad? —preguntó Stazy en voz baja al volver a entrar en el salón, seguida de cerca por Little.

El mayordomo llevaba en las manos una bandeja de plata cuyo contenido colocó en la mesa de café que había delante del sofá en el que ella se sentó.

Stazy miró de manera interrogante a su abuelo y a Jaxon, que estaban sentados delante de ella.

Geoffrey volvió a censurarla con la mirada mientras Jaxon respondía.

—Ninguno de los dos nos habríamos atrevido a hacerlo, doctora Bromley...

¡Pero Stazy estaba segura de que Jaxon Wilder se atrevería a hacer cualquier cosa!

—¿Quiere su té con leche y azúcar, señor Wilder? —ofreció, acercándole el azucarero.

—Solo quiero leche, gracias.

Ella asintió con la cabeza mientras echaba dos cucharadas de azúcar en la taza de su abuelo justo antes de comenzar a servir el té.

—Sin duda, a medida que nos hacemos mayores es más difícil mantener el peso ideal.

—Cariño, realmente creo que esta constante animosidad contra Jaxon no es necesaria —la amonestó Geoffrey al levantarse Stazy para darle su taza de té después de haberle ofrecido la suya a Jaxon.

—Tal vez no —concedió ella, ruborizándose levemente—. Pero estoy segura de que el señor Wilder puede defenderse solo si siente que es necesario.

Lo cierto era que Jaxon estaba perdiendo la paciencia ante los maliciosos comentarios de Stazy. En apariencia era una mujer bella y delicada, pero según lo que había experimentado él, su delicadeza no iba más allá de su aspecto físico.

—Desde luego —espetó—. Ahora, si pudiéramos volver a hablar de *Butterfly*...

—¿*Butterfly*...? —repitió su adversaria al sentarse en el sofá y cruzarse de piernas.

—Era el nombre en clave de su abuela...

—Eso ya lo sé, señor Wilder —interrumpió ella resueltamente.

—También va a ser el título de mi película —explicó Jaxon lacónicamente.

—¿No es algo impertinente por su parte? —preguntó Stazy, frunciendo el ceño—. Por lo que sé... —continuó con cautela— no se ha acordado siquiera que vaya a haber una película, ¡por no hablar de que ya tenga un título!

Tras decir aquello miró a su abuelo de manera interrogante. Su tensión era palpable.

—No creo que haya ninguna manera en la que podamos evitar que el señor Wilder ruede esta película, Stazy —comentó Geoffrey, encogiéndose de hombros.

—Pero...

—Con o sin nuestra cooperación —añadió el señor Bromley con firmeza—. Personalmente, después de la publicación de aquella espantosa biografía, preferiría que se me permitiera decir algo sobre el contenido de la película a no poder opinar.

Los ojos de Stazy reflejaron un gran enfado al dirigir su mirada hacia Jaxon.

—Si se ha atrevido a amenazar a mi abuelo...

—Jaxon no me ha amenazado, cariño —aseguró Geoffrey.

—¡Y a Jaxon le ha ofendido mucho que se haya insinuado que lo ha hecho! —exclamó el propio Jaxon, mirando a Stazy con frialdad.

Afortunadamente ella se dio cuenta de que tal vez se había excedido con aquel último comentario. No era excusa que hubiera estado predispuesta en contra de Jaxon desde antes de siquiera conocerlo, solo se había basado en las cosas que había leído sobre él, sobre todo ya que Jaxon había sido encantador desde que había llegado a Bromley House. Pero estaba segura de que tras sus obvias indirectas, el antagonismo entre ellos sería recíproco.

Se preguntó qué habría esperado el actor y director que ocurriera cuando había organizado una cita con su abuelo... ¿haberse visto solo con un hombre de noventa y cinco años que había sufrido un ataque al corazón recientemente, que ambos habrían sido muy educados y que él se habría marchado habiendo obtenido la completa cooperación de Geoffrey? Si eso era lo que había esperado, obviamente no conocía a su abuelo. Incluso veinticinco años después de su supuesta jubilación, Geoffrey seguía siendo un peso pesado. Y ella consideraba que solo estaba un paso por detrás de su abuelo.

No solo era una reconocida profesora universitaria londinense, sino que corría el rumor de que iba a convertirse en la jefa de su departamento cuando en un par de años su maestro se jubilara... y no había llegado a esa situación con solo veintinueve años siendo tímida y retraída.

—Me disculpo si me he equivocado —murmuró—. Al decir el señor Wilder que *Butterfly* era el título de su película, me dio la impresión de que las cosas ya habían sido acordadas entre ambos.

—Disculpas aceptadas —respondió Jaxon con la voz crispada. Sus anchos hombros no parecían menos tensos—. Obviamente preferiría seguir adelante con su consentimiento, señor Bromley —añadió, asintiendo con la cabeza ante el anciano.

—¿Y con su cooperación? —terció Stazy secamente.

Unos fríos ojos grises la miraron.

—Desde luego.

Ella contuvo el escalofrío que amenazó con recorrerle la espina dorsal... escalofrío de cautela y no de placer, que sería lo que seguramente sentiría la mayoría de mujeres cuando Jaxon Wilder posaba sus ojos en ellas. Al mirarla él de arriba abajo, supo lo que estaría pensando; que era una mujer que prefería una apariencia austera. Sus pestañas eran naturalmente largas y oscuras, por lo que no necesitaba ponerse rímel. De hecho, no iba maquillada en absoluto... salvo un leve toque de brillo de labios. No llevaba anillos, ni pulseras, ni pendientes.

Sabía muy bien que no tenía nada que ver con las bellas y esbeltas actrices en cuya compañía había sido visto y fotografiado Jaxon frecuentemente durante los últimos doce años. Dudaba que él supiera qué hacer con una mujer inteligente...

Se reprendió a sí misma y se preguntó por qué debería importarle lo que Jaxon Wilder pensara de

ella. No había ninguna razón para que ambos vol-
vieran a verse después de aquel día... y no debía
preocuparse en absoluto por lo que pensara de ella
como mujer.

—Creo que no está perdiendo solo su tiempo, señor Wilder, sino también el de mi abuelo y el mío...

—Cariño, voy a ofrecerle a Jaxon mi apoyo y cooperación. Voy a permitir que lea cartas y papeles personales de Anastasia —dijo Geoffrey con firmeza—.
Pero solo bajo ciertas condiciones.

Stazy se giró para mirar a su abuelo con los ojos
como platos.

—¡No puedes estar hablando en serio!

—Es lo mejor para poder controlar una situación
que sé que es inevitable, en vez de intentar empren-
der una inútil lucha contra ello.

Jaxon no sintió la euforia que hubiera esperado
que se apoderara de él ante el hecho de que el señor
Bromley le hubiera dado la bendición a su idea de
rodar una película sobre Anastasia y le hubiera
otorgado acceso a algunos de los documentos personales de su difunta esposa. Tuvo la impresión de
que fueran cuales fueran aquellas condiciones, no
iban a gustarle.

Obviamente Stazy se sentía igual de intranquila
y no pudo evitar levantarse abruptamente. Se quedó
mirando a su abuelo durante varios segundos mientras fruncía el ceño. Pero entonces la expresión de
su cara se suavizó ligeramente.

—Recuerda lo que ocurrió después de la publicación de aquel terrible libro...

–¡Me ofende que siquiera piense en comparar la película que pretendo rodar con esa basura sensacionalista! –espetó Jaxon, levantándose bruscamente a su vez.

Ella se giró para mirarlo con gran frialdad.

–¿Cómo puedo pensar otra cosa?

–Tal vez si me diera una oportunidad...

–Ya es suficiente –dijo Geoffrey, riéndose entre dientes–. No es un buen presagio si los dos no podéis estar en la misma sala sin discutir.

La inquietud que había sentido Jaxon aumentó al mirar al anciano. No le engañó en absoluto la inocente expresión que este tenía reflejada en la cara.

–¿Le importaría explicarme cuáles son sus condiciones? –provocó con cautela.

Geoffrey se encogió de hombros.

–Mi primera condición es que no se haga ninguna copia de los documentos personales de Anastasia. De hecho, no podrán salir de esta casa.

Aquello iba a complicar un poco las cosas. Significaba que Jaxon tendría que pasar varios días, quizá incluso una semana, en Bromley House para poder leer los citados documentos y tomar notas antes de comenzar a escribir el guion de su película. Pero aunque tenía una agenda muy ocupada, no había ninguna razón que le impidiera hacerlo. ¡En numerosas ocasiones a lo largo de los años se había hospedado en lugares mucho menos recomendables que la elegante y cómoda Bromley House!

–Mi segunda condición... –comenzó a decir Geoffrey.

–¿Exactamente cuántas condiciones hay? –quiso saber Jaxon.

–Solo dos –aseguró con sequedad el señor Bromley–. Y la primera condición solo se aplicará si accedes a la segunda.

–Está bien –respondió Jaxon, asintiendo con la cabeza.

–Oh, no daría mi consentimiento todavía, Jaxon –advirtió el anciano con sorna.

A Stazy no le gustó en absoluto el calculador brillo que vio reflejado en los ojos de su abuelo.

–Adelante, explica tu segunda condición... –animó a Geoffrey.

–Tal vez ambos debáis sentaros primero...

Ella se sintió muy tensa y pudo notar como aumentaba la cautela en Jaxon.

–¿Es necesario que nos sentemos?

–Oh, creo que sería aconsejable –confirmó su abuelo.

–Si no le importa, yo me quedaré de pie –espetó Jaxon.

–Como quieras –contestó Geoffrey, riéndose–. ¿Stazy?

–También prefiero quedarme de pie –murmuró ella con recelo.

–Muy bien –dijo el señor Bromley, mirándolos a ambos–. La conversación que habéis mantenido me ha resultado muy... amena, por decirlo de alguna manera. ¡Y os aseguro que hay muy pocas cosas que un hombre de mi edad encuentre divertidas!

Frustrada, Stazy se dio cuenta de que su abuelo

estaba riéndose de ellos. Estaba entreteniéndose a su costa.

—¡Explica cuál es la segunda condición, abuelo!

Geoffrey esbozó una leve sonrisa mientras reposaba los codos en los apoyabrazos de la silla.

—Stazy, obviamente tienes reservas sobre el contenido de la película de Jaxon...

—¡Con toda la razón!

—En absoluto —la corrigió Jaxon en tono grave—. Yo no soy el responsable de aquella terrible biografía... y jamás he escrito o protagonizado ninguna película que tergiverse la realidad.

—¡Dudo que la mayoría de actores de Hollywood reconociera la verdad aunque la tuviera delante de la cara! —espetó ella con el desprecio reflejado en los ojos.

Él no supo quién había acortado la distancia entre ambos, pero en aquel momento se encontraban tan cerca el uno del otro que sus narices estaban casi rozándose. Stazy lo miró y él frunció el ceño.

Repentinamente se dio cuenta del leve toque insidioso del perfume de ella; una embriagadora combinación de canela, limón y... mucho más perturbador... una ardientemente enfurecida mujer.

Al tenerla tan cerca pudo ver que sus increíbles ojos verdes tenían un círculo negro alrededor del iris, círculo que les otorgaba una extrañamente luminosa cualidad que era casi fascinante combinada con las pestañas más largas y oscuras que jamás había visto. Su piel era como de porcelana fina, tenía la misma delicada apariencia.

Pero era una delicadeza en completa contradicción con la sensualidad de su carnosa boca. Tenía los labios ligeramente separados, labios tras los que podían entreverse unos blancos y perfectamente alineados dientes. Imaginó que estos podrían morder con pasión a un hombre tan fácilmente como... ¿Qué demonios?

Se echó hacia atrás abruptamente al darse cuenta de que había permitido que sus pensamientos divagaran sin sentido... debido al antagonismo que obviamente había entre ambos. Además, Stazy Bromley era el prototipo de mujer retraída centrada en su carrera profesional del que él siempre había huido.

Se relajó ligeramente antes de girarse para mirar al todavía divertido Geoffrey.

—Estoy de acuerdo con Stazy...

—¡Qué alentador! —lo interrumpió ella con sequedad.

—Es mejor que explique cuanto antes sus términos —terminó Jaxon.

—Esperemos que los dos estéis también de acuerdo sobre mi segunda condición —dijo el anciano, dejando de sonreír—. He estado pensando y dada la falta de entusiasmo de Stazy sobre tu película y tu propia determinación de demostrarle que se equivoca, Jaxon, creo que lo más adecuado sería que mi nieta te ayudara a investigar y recopilar los documentos personales de Anastasia.

—¿Qué...? —espetó Stazy, impactada.

Jaxon compartía el obvio horror de ella ante la

mera sugerencia de que trabajaran juntos aunque fuera un minuto, ¡por no hablar de los días o semanas que tardaría en analizar todos los documentos de Anastasia Bromley!

Capítulo 2

STAZY fue la primera que logró decir algo.

–No puedes estar hablando en serio, abuelo...

–Te aseguro que estoy hablando muy en serio –afirmó Geoffrey.

Incrédula, ella negó con la cabeza.

–¡No puedo tomarme vacaciones en la universidad cuando quiera!

–Estoy seguro de que a Jaxon no le importará esperar unas semanas hasta que tomes tus largas vacaciones estivales.

–Pero me han invitado a una excavación en Iraq este verano...

–Dudo que ninguno de esos artefactos que ha estado en el mismo lugar durante cientos, o incluso miles de años, vaya a desaparecer repentinamente simplemente porque llegues una semana más tarde de lo esperado –razonó su abuelo, utilizando un agradable tono de voz.

Stazy se quedó mirándolo, completamente frustrada. Era consciente de que les debía tanto a su abuela como a él mucho más que una semana de su tiempo. Si no hubiera sido porque hacía catorce años ambos le habían dado un giro de ciento ochenta grados a sus vidas, ella no habría podido soportar el fallecimiento de sus padres tan bien como lo había hecho. Así mismo, había sido el apoyo y ánimos que le habían ofrecido sus abuelos lo que la había ayudado a superar su difícil carrera universitaria y a doctorarse.

Dejó de pensar en todo aquello al darse cuenta del poco natural silencio que estaba guardando Jaxon Wilder. Este tenía los ojos posados en su abuelo y estaba frunciendo el ceño. Parecía muy tenso. Incluso tenía los puños apretados.

Obviamente tampoco estaba muy contento.

Pero no pudo sentir ningún tipo de satisfacción ante la angustia del actor ya que la sensación de horror que se había apoderado de ella era demasiado intensa; estaba aturdida.

–Me parece que el señor Wilder es tan reacio ante tu idea como yo, abuelo –comentó con burla.

Geoffrey se encogió de hombros.

–Entonces no podrá dirigir correctamente la película y estaremos perdidos.

Stazy respiró profundamente al recordar el escándalo que se había desatado tras la publicación de aquella biografía no autorizada de su abuela hacía seis meses. La prensa había acosado a su abuelo durante semanas y este se había visto obligado a contratar los servicios de un equipo de seguridad para que protegiera Bromley House y su casa de Londres. Había sufrido un infarto debido al estrés emocional que había soportado.

Incluso un periodista se había sentado en una de

sus clases de la universidad sin haber sido descubierto.... y al finalizar la lección la había acorralado con mil preguntas que la habían enfurecido y avergonzado.

La sola idea de tener que volver a pasar por aquello provocó que unos intensos escalofríos le recorrieran la espina dorsal.

–Tal vez podrías convencer al señor Wilder para que no haga la película, ¿no crees, abuelo?

Tras decir aquello, se dio cuenta de que quizá debía haber pensado en ello con anterioridad. El comportamiento que había tenido hacia Jaxon Wilder dejaba mucho que desear. Su abuela había creído firmemente que uno recoge lo que siembra.

El desprecio con el que la miró él pareció dejar claro que era consciente de su arrepentimiento tardío.

–¿Qué forma de persuasión tenía exactamente en mente, doctora Bromley? –preguntó Jaxon burlonamente.

Ella sintió cómo se ruborizaba.

–Me refería al poder de persuasión de mi abuelo, no al mío –contestó, irritada.

–Es una pena –murmuró él, mirando a Stazy de la cabeza a los pies de manera especulativa.

Frunciendo el ceño, ella se forzó a ignorar aquella abiertamente sensual mirada.

–Seguro que sabe que el rodar esta película va a disgustar mucho a mi abuelo, ¿verdad?

–Todo lo contrario –respondió Jaxon, molesto ante el tono de voz de Stazy–. Creo que una película que exponga los verdaderos acontecimientos que se desarrollaron hace setenta años solo podrá beneficiar la memoria de su abuela.

–Oh, por favor, señor Wilder –dijo ella, mirándolo con desdén–. ¡Ambos sabemos que el único interés que le mueve para rodar esta película es el poder obtener numerosos premios más!

Él tomó aire profundamente.

–Usted...

–¡Ya basta! –espetó repentinamente Geoffrey antes de que Jaxon pudiera terminar su virulenta respuesta. A continuación se levantó de la mecedora y miró a ambos con sus azules ojos–. Creo que ya he oído suficiente sobre este asunto... por parte de los dos –añadió, negando con la cabeza impacientemente–. Espero que te quedes a cenar, Jaxon.

–Si piensa que podemos progresar si lo hago... desde luego, sí, me quedaré a cenar –contestó Jaxon con la tensión reflejada en la voz.

El anciano esbozó una burlona sonrisa.

–Me parece que el que progresemos o no depende de Stazy y de ti –dijo secamente–. Voy a subir a mi dormitorio para echarme una cabezadita antes de cenar. Stazy, ¿qué te parece si mientras me ausento llevas al señor Wilder a dar un paseo por el jardín? –le pidió a su nieta–. Mis rosas están particularmente bellas este año, Jaxon, y su perfume es más fuerte a esta hora de la tarde.

Aquello logró silenciar a Stazy, que contuvo su obvia intención de protestar.

En ese momento Jaxon recordó que el señor

Bromley había estado al control de toda la Inteligencia británica durante muchos años... ¡por lo que controlar a su terca nieta debía resultarle fácil!

–Un paseo por el jardín me parecería... agradable –respondió sin comprometerse.

–¡Estupendo! –exclamó Geoffrey con entusiasmo–. Anímate, cariño –le aconsejó a Stazy, dándole un beso en la frente–. Os veré a ambos en un par de horas –añadió justo antes de darse la vuelta y salir de la sala.

Dejó un tenso e incómodo silencio tras de sí...

Stazy era muy consciente del poder que desprendía el hombre que caminaba a su lado por el cuidado césped del jardín bajo la calidez que ofrecía el sol de la tarde. Casi podía sentir la acalorada energía que desprendía el cuerpo de Jaxon Wilder. Aunque tal vez solo era enfado contenido. Ambos habían comenzado muy mal aquella reunión... ¡y la situación no había hecho otra cosa que empeorar!

Sobre todo gracias a su poco agradable actitud. ¿Pero qué otra cosa había esperado él? ¿Que ella se hubiera quedado apartada de todo aquello y hubiera observado como tal vez su abuelo enfermaba de nuevo?

–Quizá deberíamos volver a empezar, ¿no le parece, señor Wilder?

Él pareció impresionado.

–Tal vez sí, doctora Bromley.

–Stazy –dijo ella abruptamente.

–Jaxon –respondió entonces él.

Impaciente, Stazy se dio cuenta de que Jaxon no iba a ponerle las cosas fáciles.

–Estoy segura de que sabes lo que ocurrió hace cinco meses y comprendes por qué ahora siento un gran afán protector sobre mi abuelo.

–Desde luego –concedió él, esbozando una compungida sonrisa mientras se agachaba bajo las ramas de un sauce. Descubrió que debajo de las brillantes hojas verdes del árbol había un columpio de madera–. ¿Nos montamos...? –sugirió–. Me molesta... –continuó una vez que ambos estuvieron sentados en el columpio– que pienses que tu abuelo necesita protección de mí.

–Mi abuela y él estuvieron completamente enamorados hasta el final... –comentó ella, que creía firmemente que el actor se encontraba en posición de causarle a su abuelo una angustia innecesaria.

–No voy a hacer nada que dañe los recuerdos que Geoffrey y tú tenéis de tu abuela –aseguró Jaxon con voz ronca.

–¿No?

–No –insistió él–. Todo lo contrario; espero que mi película ayude a que se reconozcan los muchos logros de Anastasia. No creo en ganar dinero o premios a costa del sufrimiento de los demás –añadió, lanzándole a Stazy una clara indirecta.

Ella se ruborizó ante aquella discreta reprimenda.

–Podríamos intentar olvidar nuestra previa conversación, Jaxon.

–Tal vez deberíamos hacerlo, sí –respondió él, riéndose entre dientes irónicamente.

A Stazy se le quedaron los ojos como platos al ver que, al sonreír, a Jaxon se le marcaba un hoyuelo en la mejilla izquierda y sus grises ojos reflejaban una gran calidez.

Ella había pasado los últimos diez años obteniendo su licenciatura, su doctorado y dando clases... así como visitando todos los yacimientos arqueológicos alrededor del mundo que había podido durante sus vacaciones. No había tenido mucho tiempo libre para dedicarse a actividades tan frívolas como asistir al cine. Aun así, había visto varias de las películas de Jaxon Wilder y podía apreciar que este era mucho más atractivo en persona que la sexy imagen que proyectaba en las pantallas. Su piel desprendía un intenso aroma masculino...

Durante los años había evitado mantener relaciones sentimentales para poder concentrarse en su carrera, ¡y aquel no era el momento para que se enamorara de una estrella de cine!

Ni siquiera de una tan sexy y bella como Jaxon.

¡Especialmente no de una tan sexy y bella como Jaxon!

¿Qué podrían tener en común un ídolo de Hollywood y una profesora universitaria de Londres? Nada.

No sabía si aquella obvia respuesta le había decepcionado. Pero se aseguró a sí misma que no, que desde luego que no. Incapaz de controlarse, se levantó del columpio.

—¿Continuamos con nuestro paseo? —sugirió antes de comenzar a dirigirse hacia el estanque de los peces. No se detuvo para comprobar si él la seguía.

Despacio, Jaxon se levantó y comenzó a andar tras Stazy. No estaba seguro de qué había provocado que ella se alejara tan abruptamente, pero algo había ocurrido. Después de pasar mucho tiempo con mujeres que estaban completamente centradas en sus carreras profesionales y en su apariencia... ¡y no necesariamente en ese orden! sabía que Stazy Bromley era muy compleja. Era todo un enigma, uno que estaba empezando a interesarle a pesar de sus intenciones. La manera en la que el perfectamente redondo trasero de ella se movía sensualmente debajo del negro vestido que llevaba puesto le tenía cautivado.

Incluso la defensa a ultranza que hacía de sus abuelos y la forma en la que había puesto en entredicho su carrera, aunque lo irritaban, eran unos rasgos de su personalidad dignos de admirar. La mayoría de las mujeres que conocía venderían su alma al diablo, por no hablar de la reputación de sus abuelos, si al hacerlo pudieran obtener un poco de publicidad de ellas mismas.

Pero Stazy Bromley obviamente hacía todo lo contrario. Incluso tras la publicación de aquella desafortunada biografía de su abuela, jamás había realizado ninguna declaración pública al respecto.

—Entonces... —comenzó a decir al alcanzarla justo cuando llegaron a un estanque lleno de grandes peces dorados— ¿qué te parece la idea de tu abuelo de que investiguemos juntos los documentos personales de Anastasia...?

–Si no supiera que no es el caso, ¡pensaría que es el comienzo de la senilidad!

Jaxon se rio, divertido.

–Pero como ambos sabemos que no es así...

Ella se encogió de hombros.

–¿Realmente no hay nada que pueda persuadirte de que abandones la idea de rodar la película?

–Stazy, aunque te dijera que sí, sé con seguridad que hay por lo menos otros dos directores más interesados en escribir y llevar al cine su propia versión de lo que ocurrió.

Ella se giró para mirarlo inquisitivamente. La franqueza de la expresión de la cara de él le dejó claro que estaba diciendo la verdad.

–Directores que tal vez no sean tan íntegros como tú, ¿no es así? –preguntó sin rodeos.

–Probablemente no –contestó Jaxon, esbozando una mueca.

–Así que lo que estás diciendo es que es una cuestión de quedarse con lo malo conocido antes que permitir que cualquier otro director manche el nombre y la reputación de mi abuela, ¿verdad?

Él asintió con la cabeza.

–Más o menos es eso, sí.

–¿Te das cuenta de que si accedo a hacer esto sería en contra de mi voluntad? –preguntó Stazy.

La mueca que esbozó Jaxon reflejó una gran sorna.

–Oh, creo que has dejado más que clara tu posición al respecto, Stazy –aseguró.

Irritada, ella lo miró antes que, de nuevo, comenzara a alejarse de él. En aquella ocasión se dirigió hacia unos caballos que estaban pastando en una esquina del prado que había junto al jardín. Uno de los equinos, un precioso semental castaño, se acercó a la valla para estirar el cuello y que Stazy lo acariciara.

Mientras ella lo hacía, pensó en las opciones que tenía... y se dio cuenta de que, en realidad, no tenía ninguna. Si no ayudaba a Jaxon, este rodaría igualmente su película, pero sin ningún tipo de aportación por parte de su abuelo o de los documentos de Anastasia.

La inusitada atracción que sentía por aquel hombre no solo era inaceptable, sino también desconcertante. Incluso en aquel momento, mientras continuaba acariciando la cabeza de Copper, su presencia le resultaba completamente perturbadora. Sabía perfectamente que pasar una semana en su compañía le traería consecuencias.

Él la miró y vio en su cara reflejada la impaciencia, frustración, enfado y consternación que sentía.

Le impresionó mucho su consternación ya que aunque sabía que Stazy prefería que aquella situación no existiera, no parecía la clase de mujer que permitía que nada le agobiara tanto. Molesto consigo mismo, se preguntó por qué estaba siquiera planteándose qué clase de mujer era ella.

El parecido físico que tenía con su abuela había despertado su interés inicialmente, pero los insultos que le había dirigido desde el primer momento habían terminado con aquella primera chispa de apreciación.

Analizó a Stazy con la mirada. Su maravilloso cabello desprendía un intenso brillo dorado rojizo bajo el sol, sus sensuales ojos tenían un bonito color verde y sus mejillas estaban levemente enrojecidas. Estaba esbozando una afectuosa sonrisa ya que el semental se había apoyado en su hombro para captar su atención.

–Tras la muerte de tus padres debiste pasarlo muy mal...

–Si no te importa, preferiría no hablar de mi vida privada contigo –interrumpió ella tensamente.

–Solo iba a decir que este debió ser un lugar maravilloso en el que pasar tus años de juventud –murmuró él, apoyándose en la valla del prado y mirando la maravillosa casa de la propiedad.

–Lo fue... sí –confirmó Stazy con voz ronca–. ¿De qué parte de Inglaterra eres?

–De Cambridgeshire –contestó Jaxon.

–¿Todavía sigues visitando tu casa? –preguntó ella, curiosa.

–Cuando puedo –confesó él, asintiendo con la cabeza–. Lo que probablemente no sea tan frecuentemente como a mi familia le gustaría. Mis padres y mi hermano pequeño todavía viven en el pequeño pueblo en el que crecí. Pero no es tan bonito como esto.

Bromley House realmente estaba enclavada en un lugar idílico. El paisaje era espectacular, los pájaros cantaban en los árboles y la costa estaba a pocos metros de la propiedad. Se podía oler el salado aroma del mar y ver como las olas rompían en la arena.

–Había olvidado que lugares como este existían –añadió con añoranza.

–¿No hay nada parecido en Los Ángeles, eh? –se burló Stazy, girándose para mirarlo.

–La verdad es que no –respondió Jaxon, esbozando una atribulada sonrisa. La casa que había comprado hacía varios años en la costa de Malibú era demasiado grande y moderna para ser hogareña–. Aunque tengo una propiedad en Nueva Inglaterra, muy rústica y en medio del bosque, que es donde voy en cuanto tengo una oportunidad.

En aquel momento se dio cuenta de que no había tenido muchas oportunidades de hacerlo durante los últimos años. Su ajetreada agenda laboral se lo había impedido.

–Por el bien de tu abuelo, ¿no podríamos por lo menos...? –comenzó a sugerir. Pero dejó de hablar al reírse ella de manera burlona–. ¿Qué? –exigió saber, irritado.

–¡Mi abuelo me enseñó que jamás confíe en ninguna frase que comience por «por el bien de...»! –reveló Stazy–. ¡Cree que normalmente es la manera en la que muchas personas comienzan a imponer su voluntad mediante la utilización del chantaje emocional!

–¡Pensaba que eras lo suficientemente mayor como para juzgar por ti misma las intenciones de otras personas!

Ella sintió como se ruborizaba ante aquel obvio reto.

–Oh, lo soy –aseguró burlonamente.

–Pero incluso antes de haberme conocido decidiste que yo iba a causar problemas.

–Sí –confesó Stazy abiertamente, más convencida aún de aquello debido a la intensa atracción física que sentía por él–. ¿Regresamos ya? –preguntó de manera retórica antes de darle a Copper una última caricia en el hocico y comenzar a alejarse.

Jaxon la alcanzó unos segundos más tarde.

–Que no te engañe lo sociable que es mi abuelo, ni su edad, Jaxon. Si vienes a pasar una semana a Bromley House para realizar tu investigación, ¡descubrirás que él siempre tiene la última palabra! –advirtió ella mientras andaban.

–Entonces supongo que el resultado de todo esto se encuentra por completo en las manos de tu abuelo –comentó Jaxon, encogiéndose de hombros.

–Así es –concedió Stazy, consciente de que su abuelo le había dejado claro lo que ya había decidido...

Cuando poco tiempo después Geoffrey bajó a la planta principal de Bromley House, estaba tan amable como de costumbre. Fue el que llevó la voz cantante en la conversación que mantuvieron mientras cenaban.

Pero tras las formales apariencias, las cosas eran muy distintas. Stazy seguía sospechando de Jaxon Wilder. ¡Y no le cabía ninguna duda de que él estaba divirtiéndose a su costa!

–Entonces... –dijo su abuelo cuando sirvieron los cafés– ¿lograsteis llegar a algún tipo de acuerdo en mi ausencia?

Jaxon sonrió burlonamente al ver la terquedad que reflejó la mueca que esbozó Stazy.

–Creo que nada de lo que hablemos su nieta y yo podrá suponer ningún tipo de diferencia cuando es usted el que tiene la última palabra.

–¿Eso crees? –preguntó el anciano–. ¿Tú crees lo mismo, Stazy?

Ella se encogió de hombros.

–Sabes que haré lo que tú decidas, abuelo.

–Preferiría tener tu cooperación, cariño –pronunció Geoffrey con delicadeza.

Jaxon observó a Stazy mientras le daba un trago a su brandy, consciente de que la animadversión que sentía hacia él no había disminuido durante las últimas horas. Incluso parecía más recelosa de su presencia que al principio de la tarde; durante la última media hora más o menos ni siquiera lo había mirado y lo había ignorado en la conversación.

¿Podría ser porque se sentía tan atraída por él como él por ella...?

–El señor Wilder me ha comentado muy amablemente que no es el único director interesado en rodar una película sobre la abuela –contestó Stazy con frialdad.

–Eso tengo entendido, sí –comentó Geoffrey.

–¿Lo sabías? –preguntó ella, impresionada.

–Desde luego, cariño. Todavía me preocupo por saber todo lo que concierne a mi familia.

–Quiero que sepa que tengo la intención de relatar fielmente lo acontecido hace setenta años –terció Jaxon.

–No estarías aquí si no lo supiera, Jaxon –respondió el señor Bromley–. Jamás habría hablado
contigo por teléfono ni te habría invitado a mi casa
si creyera que no eres un hombre íntegro.

–Gracias –ofreció Jaxon, sintiendo como aumentaba su respeto por el anciano.

–Oh, no me des las gracias demasiado pronto
–dijo Geoffrey, sonriendo–. ¡Todavía tienes que
convencer a mi nieta!

–Tal vez la situación cambie una vez que traba-
jemos juntos... –reflexionó Jaxon.

–¿Stazy...? –provocó su abuelo.

–Está bien –concedió ella tras unos segundos,
consciente del enorme daño que podría causarle a
su abuelo el que otro director hiciera una película
difamatoria sobre su adorada Anastasia–. Te otor-
garé exactamente una semana al principio de mis
vacaciones de verano –añadió, mirando a Jaxon–.
Con una condición.

–¿Otra condición? –protestó Jaxon, esbozando
una mueca.

–Sí –contestó Stazy–. Mi abuelo debe darle el
visto bueno al guion una vez que esté escrito.

–Está bien –accedió él, consciente de que no tenía otra alternativa.

–En ese caso, ¿esperamos verte por aquí durante
la primera semana de julio? –comentó Geoffrey.

–Sí –respondió Jaxon. Regresaría a Bromley House

aunque tuviera que reorganizar toda su agenda para coincidir con las vacaciones de Stazy.

Pero ella seguía pareciendo muy descontenta acerca de todo aquello.

—Tengo que advertirte una cosa, Jaxon —dijo a los pocos segundos—. ¡Si le ocurre algo a mi abuelo debido a esta película, tú serás el único responsable!

Capítulo 3

A QUÉ se debe toda esa seguridad extra en la puerta principal? –preguntó Jaxon tras llegar a Bromley House seis semanas después.

Stazy lo había estado esperando, nerviosa. En vez de en el deportivo negro con el que él había aparecido en la propiedad por primera vez, en aquella ocasión lo había hecho en una potente motocicleta. Y completamente vestido de negro, desde las botas hasta el casco. Llevaba su oscuro pelo casi a la altura del hombro y alborotado. Un impresionante contraste con el acicalado hombre vestido de traje y corbata que les había visitado hacía un mes y medio. Al verlo, se había quedado completamente impresionada...

Su abuelo se había ocupado de todos los detalles de la visita de Jaxon. Ella había llegado el día anterior de Londres.

Desde que había visto a Jaxon por última vez no había podido dejar de pensar en él, en el aspecto que tenía, en el aura de masculinidad que le rodeaba, en el fascinante gris de sus ojos, en sus sensuales labios, en el profundo y sexy tono de su voz...

Pero su aura era incluso más impactante aquel día. Cuando Little lo había acompañado al salón, ella se había quedado literalmente boquiabierta ante tanta belleza.

–Buenas tardes a ti también, Jaxon –respondió.

–¿Esta vez vamos a jugar a ser agradables? –dijo Jaxon con el humor reflejado en los ojos.

–Pensé que podíamos intentarlo, sí –contestó Stazy con gran aspereza.

Él sonrió mientras admiraba lo hermosa que estaba ella vestida con una ceñida blusa blanca y unos pantalones vaqueros desgastados que parecían su segunda piel. Le encantaron sus delgadas y largas piernas, así como su escultural trasero. Sus seductores ojos verdes brillaban como dos esmeraldas en su bella y bronceada cara. Parecía mucho más joven de su edad. Pensó que si cualquiera de sus profesoras universitarias hubiera tenido aquel aspecto, le habría resultado imposible concentrarse en obtener su licenciatura.

–En ese caso, buenas tardes, Stazy.

Ella lo miró de la cabeza a los pies de manera crítica.

–¿Vas a alguna fiesta de disfraces?

–Tengo un apartamento en Londres, en cuyo garaje guardo el deportivo y la motocicleta –contestó Jaxon, que se había dado cuenta de la manera en la que Stazy lo había mirado al verlo aparecer y no le convencía la condescendencia que mostraba acerca de su forma de vestir–. Como hace un día tan bonito y he estado tantas horas metido en un avión,

pensé que me vendría bien venir en motocicleta
–añadió, sonriendo–. ¿Has montado alguna vez en
motocicleta, Stazy?

–No –respondió ella, ruborizándose al pensar en
subirse a aquella monstruosa máquina y sentir su vibración entre las piernas mientras abrazaba a Jaxon
por la cintura y presionaba los pechos en su espalda...

–¿Te gustaría...?

Stazy se puso erguida abruptamente, completamente desconcertada ante la manera en la que sus
pensamientos estaban encaminados a un aspecto
sensual totalmente ajeno a ella.

–No, gracias –contestó fríamente.

–Si cambias de idea, dímelo...

–No lo haré –aseguró Stazy firmemente–. ¿Es la
motocicleta también la razón por la que llevas el
pelo largo? –quiso saber, luchando contra el inusi-
tado anhelo de acariciarle el cabello.

No había salido con muchos hombres durante
los últimos once años y con los pocos que lo había
hecho habían tenido más cerebro que músculos.
Nunca le había gustado el pelo largo en el sexo
opuesto, le había parecido afeminado. ¡Pero Jaxon
era tan increíblemente masculino que no podía apli-
cársele aquel calificativo!

–Llevo el pelo largo porque el próximo mes voy
a rodar una película de piratas.

Ella no pudo evitar fantasear con ser capturada
por el pirata Jaxon... ¡Estaba perdiendo la cabeza!
¡No sabía qué le ocurría! Pero la respuesta la tenía
delante de sí...

–No me has contestado... –dijo entonces él– ¿por qué hay más seguridad en la puerta principal?

–Me temo que hay más seguridad por toda la propiedad, no solo en la puerta principal –comentó Stazy–. Mi abuelo la ha contratado.

–¿Para mantenernos a nosotros dos dentro o para evitar que entre gente de fuera?

–Muy gracioso –contestó ella–. Mi abuelo recibió una llamada telefónica muy tarde ayer por la noche y los miembros de seguridad llegaron casi de inmediato. Te telefoneó para ver si querías posponer tu visita, pero no pudo contactar contigo en ninguno de los números que le diste...

–Como te he dicho antes, he llegado a Inglaterra hace tan solo unas horas. Probablemente estaba viajando cuando tu abuelo me telefoneó. ¿Sabes cuál es el problema?

–Mi abuelo jamás comparte conmigo los asuntos de seguridad. Desafortunadamente, tampoco podrás hablarlo con él ya que ha salido para Londres muy temprano esta mañana.

Aquello significaba que, aparte del personal de servicio de la mansión, estaban los dos solos.

Jaxon pensó que probablemente no era muy buena idea ya que la feminidad que desprendía Stazy aquel día le tenía aturdido. Le estaba costando mucho controlarse para no acariciar su glorioso cabello. Incluso fantaseó con sentir el pelo de ella sobre sus muslos al tenerla desnuda y arrodillada entre sus piernas mientras le agarraba su erección y se agachaba para saborearlo...

–Pero me dijo que intentaría telefonearte hoy mismo para explicarte la situación –añadió ella.

–Está bien –aceptó él lacónicamente, consciente de que los pantalones de cuero que llevaba no podían ocultar lo excitado que estaba.

–Seguro que, dadas las circunstancias, mi abuelo comprenderá si decides marcharte y regresar en otro momento...

–Siento decepcionarte, Stazy, pero no tengo más tiempo libre –respondió Jaxon, dolido ante la esperanza que había percibido en la voz de ella.

–Te garantizo que me es indiferente si te vas o te quedas –afirmó Stazy.

–En ese caso, me quedo –dijo él, consciente de que a ella no le hacía gracia que estuviera allí.

–Mi abuelo ha dejado en la biblioteca todos los documentos necesarios para que los analicemos. ¿Te gustaría empezar ahora?

Jaxon negó con la cabeza.

–Llevo viajando casi veinticuatro horas. Lo que realmente me gustaría hacer es ducharme y cambiarme de ropa –contestó, esperando que su díscola erección se apaciguase al hacerlo.

Desafortunadamente aquello provocó que Stazy se imaginara a un desnudo Jaxon bajo el agua de la ducha...

–¿Te gustaría tomar un té antes de subir al cuarto de baño? –sugirió abruptamente, muy excitada. No comprendía qué le ocurría. Jamás había tenido aquel tipo de reacciones.

—No, gracias. Solo quiero ducharme y cambiarme de ropa.

—Le diré a Little que te acompañe a la suite que mi abuelo ordenó preparar para ti.

—¿Por qué vas a molestar al mayordomo cuando tú ya estás aquí...? —preguntó él.

—Está bien —concedió ella tras darse cuenta de la burla que reflejaban los ojos de Jaxon.

—Espero que no hayas tenido muchos problemas al cambiar tu viaje a Iraq para la semana que viene —dijo él para intentar mantener una conversación cordial mientras subían por las escaleras hacia la planta de arriba.

—¿Te importaría si los hubiera tenido? —respondió Stazy, mirándolo fugazmente.

—¿Sinceramente? No —confesó Jaxon, esbozando una mueca.

Ella se rio y un cálido brillo se reflejó en sus preciosos ojos. A continuación esbozó una sonrisa que marcó un hoyuelo en su mejilla izquierda.

Durante las anteriores seis semanas, él había estado pensando en aquellos sensuales labios más tiempo del que le habría gustado. Eran la clase de labios que sería delicioso besar y saborear... y que a su vez sería delicioso que lo besaran y saborearan a él...

Debía dejar de pensar en aquello ya que sentía como si su erección estuviera a punto de estallar.

—Lo que no implica que no aprecie que...

—Oh, no lo estropees con una disculpa, Jaxon

—dijo Stazy, girando a la derecha al llegar a lo alto de las escaleras—. Yo valoro mucho más la sinceridad que la falsa educación.

—Mi educación nunca es falsa —espetó él, irritado.

—¿Nunca? —respondió ella—. ¡Te advierto que soy culpable de haber visto entregas de premios cinematográficos en el pasado!

—¿Culpable...?

—Oh, vamos, Jaxon... es todo tan exageradamente deslumbrante, ¿no es así?

—Creo que este año los periódicos alabaron la brevedad de mi discurso —comentó él.

—No me sorprende; pensé que tu compañera de reparto nunca iba a bajarse del pódium.

—Puede llegar a... emocionarse un poco —concedió Jaxon de mala gana.

—¿Un poco...? —repitió Stazy con burla—. ¡Le dio las gracias a todo el mundo presente en la celebración!

Él frunció el ceño.

—Realmente puedes llegar a ser... —comenzó a decir. Pero entonces negó con la cabeza—. No importa —farfulló lacónicamente.

En ese momento ella abrió la puerta de la habitación de invitados que su abuelo había mandado preparar para Jaxon. La suite tenía una impresionante cama de matrimonio, un cuarto de baño y un salón.

—La sala de estar está por aquí —comentó mientras andaba hacia el salón de la habitación.

Al llegar, él pudo ver un escritorio de madera frente a un gran ventanal desde el que se divisaban los jardines traseros de la vivienda. Incluso podía verse el mar por encima de la gran cerca que rodeaba la propiedad.

—Es muy bonito —murmuró sin alterarse.

—Pareces un poco... tenso —comentó ella.

—¡Me pregunto por qué!

—¿Qué puedo hacer yo si el muy reconocido encanto de Jaxon Wilder no funciona sobre mí?

Él esbozó una mueca ante aquel insulto.

—¡No deberías creer todo lo que lees en las revistas basura!

—Jamás he leído una revista basura en mi vida.

—¿Son demasiado populares para ti?

Stazy respiró profundamente.

—Antes de marcharse, mi abuelo me dejó claro que esperaba que durante su ausencia fuera educada con su invitado...

—Siento tener que ser yo quien te lo diga... pero hasta el momento has fracasado. ¡De manera espectacular! —espetó Jaxon.

—Ser educada no implica que tenga que ser falsa —respondió ella, dirigiéndole una fría mirada.

—Si no te importa... —comenzó a decir él mientras se bajaba la cremallera de la cazadora— ahora me gustaría ducharme.

—Baja a la planta de abajo cuando estés preparado y te enseñaré la biblioteca donde vamos a trabajar —dijo Stazy con poca naturalidad.

Entonces se giró y se dirigió a la puerta... a la vez que escuchaba la risa de Jaxon tras de sí...

—¿Por dónde quieres empezar?

—No tengo ni idea —contestó Jaxon, mirando con cierta consternación la gran cantidad de documentos que Geoffrey Bromey había dejado muy bien ordenados sobre el escritorio de la biblioteca.

No creía que fuera a ser capaz de analizarlos todos en tan solo una semana.

Se sentía mucho mejor tras haberse duchado y cambiado de ropa. Afortunadamente había logrado apaciguar su erección bajo la fría agua que había utilizado. Pero no iba a lograr mantener calmado su sexo durante mucho tiempo si Stazy continuaba apoyándose sobre el escritorio de la manera tan provocativa en la que estaba haciéndolo.

—Tal vez hoy debamos ordenarlos por años y mañana podremos comenzar a analizarlos con calma —sugirió.

—Me parece lógico —concedió ella.

—¿Son estos los diarios de Anastasia? —preguntó entonces él, acariciando una docena de pequeños cuadernos.

—Eso parece, sí —respondió Stazy, mirando los cuadernillos como si fueran una bomba a punto de estallar.

Al percibir su tensión, Jaxon la miró.

—¿No sabías que había diarios?

—No —reconoció ella, esbozando un gesto de dolor.

–Stazy, por mucho que te hayas convencido de lo contrario, sé que nada de esto debe ser fácil para ti...

–¡Dudo que puedas comprender lo mucho que odio todo esto!

–Obviamente Anastasia era tu abuela y solo la conociste durante su vejez, pero...

–¡Pero incluso entonces habría sabido cómo tratar a alguien como tú! –espetó Stazy, enojada.

–¿Como yo? –dijo él en voz baja.

–¡Ya sabes a lo que me refiero!

–Lo sé –reconoció Jaxon–. Simplemente me gustaría oírte decirlo –añadió a modo de reto.

Frustrada, ella lo miró fijamente.

–¡Desde el principio has sabido que no hay nada que vaya a lograr que me caigas bien o que me guste tu maldita película!

–¿Nada...?

Stazy se puso tensa. Se fijó en que él todavía tenía el pelo húmedo y en que se había afeitado. Así mismo, se había cambiado de ropa. Llevaba una ceñida camisa blanca y unos pantalones vaqueros negros. Estaba arrebatadoramente guapo. Era todo un sex-simbol.

–Siento decepcionarte, Jaxon, pero no tengo ningún tipo de interés en... en proveerte una romántica diversión para que te diviertas durante la semana que vas a pasar aquí –aseguró.

–¿Qué te hace pensar que yo estaría interesado en tenerte como «romántica diversión»... ahora o en cualquier otro momento...? –respondió él con la burla reflejada en los ojos.

Ella se ruborizó intensamente. ¡Obviamente Jaxon no estaba interesado en tener algo con ella!

–Pero para quedarme tranquilo, por si las cosas transcurren por ese camino entre nosotros, me interesaría saber si mantienes alguna relación sentimental en este momento... –dijo entonces él.

A Stazy le impresionó ver que Jaxon estaba a tan solo unos centímetros de ella... y ni siquiera se había dado cuenta de que se había movido. Ante el intenso escrutinio al que estaba sometiéndole él con la mirada, se humedeció los labios con la punta de la lengua.

–No comprendo qué tiene eso que ver con nada...

–Compláceme, hmm –la animó Jaxon.

El principal problema que tenía Stazy era que desde el primer momento en el que había conocido a Jaxon, se había dado cuenta de que el magnetismo de este era tal que quería hacer muchas más cosas con él que simplemente complacerlo. Era algo ilógico. Ridículo. Pero no solo eso, sino que iba en contra de todo lo que había dicho y pensado acerca de él.

Aun así, estaba deseando echarse sobre su cuerpo y acariciarle su musculoso pecho y sus anchos hombros antes de entrelazar los dedos con su precioso pelo oscuro, echarle la cabeza para atrás y besar sus sensuales labios...

Aquello no solo era ridículo, sino que era peligroso. Aquel tipo de pensamientos le resultaban tan ajenos que apenas se reconocía a sí misma.

A sus veintinueve años, solo había tenido dos

amantes. El primero había sido uno de sus profesores de universidad, veinte años mayor que ella, con el que había pasado solo una noche hacía diez años. El segundo había sido un hombre al que había conocido en una excavación en Túnez hacía cuatro años... un hombre con esposa e hijos en Inglaterra. Ella lo había descubierto tras pasar la noche con él... ¡cuando su mujer lo había telefoneado para informarle de que uno de sus tres hijos estaba ingresado en el hospital y decirle que debía regresar de inmediato!

Ninguna de aquellas experiencias le había aportado calidez ni le había hecho sentir un orgasmo. ¡No la habían preparado en absoluto para el seductor encanto e increíble físico de Jaxon Wilder!

–No tengo ninguna relación con nadie en este momento. Ni deseo tenerla –dijo con frialdad.

Al darse cuenta de lo agitada que tenía la respiración Stazy y del intenso brillo que reflejaron sus ojos, Jaxon deseó tomarla en brazos y demostrarle lo equivocada que estaba.

Tuvo que controlarse para no besarla con pasión cuando ella levantó la barbilla a modo de reto. Se preguntó si no estaría deseando que la besara...

Capítulo 4

STAZY se echó para atrás al darse cuenta de la pasión que reflejaron los ojos de Jaxon.

—Tal vez tú debas concentrarte en los documentos mientas yo reviso los diarios, ¿no te parece? —sugirió con la voz entrecortada.

—Está bien —concedió él bruscamente.

Ella continuó mirándolo con cautela, consciente de la gran tensión que se respiraba en el ambiente.

Jaxon se dio cuenta del pánico que sentía Stazy. Se preguntó cuál sería el problema con que un hombre encontrara suficientemente atractiva a una mujer como para querer besarla, incluso como para querer hacerle el amor. Tal vez le habían hecho tanto daño en el pasado que no se fiaba de ningún hombre. O quizá solo desconfiaba de él...

Era cierto que los periódicos se habían esmerado en publicar cuantas más fotografías habían podido de sus romances con las bellas actrices con las que había salido durante los últimos diez años, pero, en realidad, estas no habían sido tan numerosas. Incluso muchas de las fotografías publicadas habían sido fotogramas publicitarios de las películas en las que había estado trabajando en aquellos momentos.

Aun así, no creía que aquello fuera razón suficiente para que Stazy lo mirara de aquella manera tan extraña y llena de sospecha. ¡Parecía como si temiera que en cualquier momento fuera a quitarle la ropa y a hacerle el amor sobre el escritorio! Aunque era una idea digna de sopesar, no era algo que él pensara que fuera a ocurrir durante los siguientes minutos...

–¿Entonces empezamos...? –sugirió, más relajado.

–¿Por qué no? –respondió ella, forzándose a utilizar un tranquilo tono de voz. A continuación lo ignoró para centrarse en los documentos de su abuela.

Se preguntó si se había imaginado la tensión sexual que se había apoderado del ambiente hacía tan solo unos minutos. O, peor aún, quizá había sido ella sola la que la había sentido.

Pero no, estaba segura de que no había sido algo unilateral por su parte. Aunque sabía perfectamente que no debía involucrarse con un hombre que solo iba a estar allí una semana. Después se marcharía a rodar su película de piratas y seguramente se olvidaría de que ella siquiera existía.

–Cuando hace un rato hablé por teléfono con tu abuelo, parecía reacio a contarme las razones por las que ha contratado seguridad extra –comentó Jaxon mientras cenaba con Stazy.

El mayordomo les había servido el primer plato

antes de volver a dejarlos solos en el pequeño y alegre comedor de la mansión.

Ella estaba realmente bella aquella velada. Se había puesto un vestido rojo que le llegaba a la altura de la rodilla y que resaltaba su precioso cabello dorado rojizo. Llevaba unas sandalias rojas de tacón que lograban resaltar sus largas piernas y no se había maquillado su bronceado rostro... salvo los labios, que se había pintado de rojo.

Nada más haberla visto en el salón, donde se habían encontrado, Jaxon se había vuelto a excitar... al mismo tiempo que se había dado cuenta de que sufrir aquel tormento durante una semana podría acabar con él.

—Intenté advertirte de que hasta que mi abuelo no crea que debemos saber algo, no dará muchos detalles al respecto —respondió Stazy con indiferencia.

—Parece que la situación no te altera en absoluto, ¿no es así? —dijo Jaxon mientras observaba como ella seguía comiendo. No solo había visto miembros de seguridad en la puerta principal, sino también patrullando la propiedad, algunos incluso con perros.

Ella se encogió de hombros.

—He vivido aquí con mis abuelos durante casi diez años.

—¿Y en otras ocasiones habéis tenido tanta seguridad?

—En un par de ocasiones, sí.

—Pero...

–Jaxon, si estás tan preocupado por ello, siempre puedes marcharte –razonó Stazy en voz baja.

–Estoy bien aquí, gracias –aseguró él, pensando que lo estaría si no estuviera constantemente excitado cuando se encontraba en compañía de su anfitriona.

Ella era guapa, pero no tanto como algunas de las mujeres con las que había estado él en el pasado. Y no se molestaba en ocultar la desconfianza que sentía hacia él, sino todo lo contrario.

Aunque tal vez precisamente aquello contribuía a la fuerte atracción que sentía por ella.

Lo cierto era que Stazy era completamente distinta a cualquier otra mujer que hubiera conocido. Incluso no parecía ser consciente de su propia belleza. Aquel hecho combinado con su obvia inteligencia creaba una mezcla muy potente.

Él jamás se había sentido atraído por ninguna mujer simplemente por su aspecto físico, sino que le gustaba poder hablar con su amante y no solo hacerle el amor. Y Stazy Bromley parecía cumplir todos los requisitos para despertar su libido.

Ella no estaba segura de si le molestaba la manera en la que Jaxon estaba mirándola... como si estuviera pensando en comérsela a ella en vez de la cena que tenía en el plato.

Se había puesto a propósito su vestido favorito para lograr ganar la confianza en sí misma que había sentido que le había faltado. Tras la tensa situación que había vivido en la biblioteca de su abuelo, había requerido utilizar todas las armaduras posibles en lo que a Jaxon Wilder se refería. Y sentirse bien con su aspecto físico era sin duda un buen comienzo. O, por lo menos, lo habría sido si en el momento de volver a verlo no se hubiera dado cuenta de lo peligrosamente atractivo que estaba él aquella velada, vestido con una bonita camisa de seda blanca y aquellos pantalones vaqueros negros que marcaban sus musculosas piernas.

Llevaba la camisa desabotonada por el cuello y pudo ver el tentador vello oscuro que sin duda cubriría la mayor parte de su pecho. Y más abajo también...

Maldijo y pensó que aquella no era ella. Las dos experiencias sentimentales que había tenido, aparte de haber resultado insatisfactorias, habían terminado con cualquier ilusión que hubiera tenido de encontrar el amor. Cuanto antes regresara su abuelo de Londres y pusiera fin a la intimidad que estaban compartiendo, mejor.

—Entonces... —dijo Jaxon una vez que el mayordomo entró y se llevó los platos de los primeros— ¿te he dicho ya lo guapa que estás esta noche?

La intimidad entre ambos pareció hacerse incluso más intensa...

—No, no lo habías hecho... y preferiría que no lo hicieras —espetó Stazy.

Él pareció realmente impresionado.

—Pensaba que me habías pedido que fuera sincero...

—¡No me refería a esa clase de sinceridad! —exclamó ella con la desaprobación reflejada en los ojos–. Somos compañeros de trabajo, Jaxon, y los compañeros de trabajo no comentan la apariencia del otro si quieren mantener una agradable atmósfera laboral.

–Parece que estuvieras hablando desde la experiencia...

Stazy se ruborizó.

–Tal vez.

–¿Te apetece hablar de ello?

–No –contestó ella, esbozando una mueca.

Él pensó que era una pena ya que le habría gustado saber más, mucho más, de la vida personal de Stazy.

–La mayoría de las actrices con las que trabajo se sentirían insultadas si no mencionara su apariencia por lo menos una vez al día.

Ella lo miró mientras fruncía el ceño.

–Bueno... pues te aseguro que en mi caso no es necesario... ni apreciado.

–Pensaba que a todas las mujeres les gustaba que les hicieran cumplidos –dijo Jaxon, sonriendo.

–Yo prefiero que me hagan cumplidos sobre mi carrera profesional y no sobre mi aspecto.

A él le habría convencido más aquella afirmación si a Stazy no le hubiera temblado la mano al tomar su vaso y dar un sorbo de vino tinto.

–Pero eso me resultaría un poco difícil de hacer ya que no sé casi nada de tu carrera laboral... aparte de que obviamente eres buena en lo que haces... pero puedo ver claramente lo bella que estás con ese vestido rojo.

Los verdes ojos de ella reflejaron un oscuro brillo.

–No tenemos una cita, Jaxon, y ningún tipo de cumplido por tu parte va a lograr que ambos terminemos en la cama al finalizar esta velada... ¡maldita sea! –dijo justo cuando Little volvió a entrar en el comedor.

Jaxon tuvo que contener la risa al ver como Stazy evitaba mirarlo mientras el mayordomo les servía los segundos y se retiraba a toda prisa a continuación.

–Adivina sobre qué van a cotillear esta noche en la cocina... –murmuró.

–Esto no tiene gracia, Jaxon –protestó ella acaloradamente–. Little lleva trabajando muchos años para mi abuelo. Yo lo conozco desde pequeña. Y ahora va a pensar que yo... que nosotros...

–Oh, anímate, Stazy –contestó él–. Mira el lado positivo; por lo menos ahora sé las posibilidades que tengo de compartir tu cama esta noche. Con suerte, tras oír tu último comentario, Little decidirá colocar velas en la mesa para la cena de mañana, ¡para intentar avivar el amor!

Por mucho que odiara reconocerlo, ella sabía que no necesitaba que nadie avivara la pasión que sentía por aquel hombre... aunque la preciosa puesta de sol que se divisaba por los ventanales del comedor en aquella bonita tarde de julio parecía añadir cierto aire de romanticismo a la atmósfera.

Little regresó entonces con una bandeja para reponer las bebidas y se marchó de inmediato.

–Estás divirtiéndote mucho, ¿no es así? –le dijo Stazy a Jaxon al verle sonreír.

–Tú también lo harías si te animaras un poco –respondió él–. Oh, venga, Stazy... piénsalo un segundo y admite que ha sido gracioso –la cameló mientras ella continuaba frunciendo el ceño.

–¡No voy a admitir nada parecido! Tú...

–¿Alguna vez has oído el dicho de la señorita que protestaba demasiado? –interrumpió Jaxon, levantando las cejas de manera burlona–. Dicen que cuando una señorita hace eso es porque normalmente quiere que hagas lo contrario de lo que dice.

–¡Eso es una estupidez! –aseguró Stazy, negando con la cabeza–. ¡Si no fueras el invitado de mi abuelo te pediría que te marcharas!

–Es una pena, ¿no te parece? –murmuró él con sequedad.

Ella tiró su servilleta sobre el mantel antes de levantarse y alejarse de la mesa.

–Si me perdonas...

–No.

Ante aquella inesperada respuesta, Stazy se quedó paralizada.

–¿Cómo que no?

–Pues eso, que no –insistió Jaxon sin ningún tipo de humor reflejado en la voz. Frunció el ceño al tirar a su vez su servilleta sobre el mantel. Entonces se levantó y se acercó a ella.

Instintivamente, Stazy alzó una mano y dio un paso atrás... con la mala suerte de que chocó con una vitrina llena de figuras de porcelana y en unos segundos lo tuvo a él delante.

–Déjalo ya, Jaxon...

–Créeme, ni siquiera he empezado –gruñó él–. ¡De hecho, creo que deberíamos terminar con esto y entonces tal vez podamos seguir adelante!

Impresionada, ella lo miró.

–¿Terminar con...?

Jaxon levantó los brazos para colocarlos a ambos lados de la cabeza de Stazy. Apoyó las manos en la vitrina que había detrás de ella mientras casi la tocaba con su cuerpo.

–Por alguna razón que desconozco, parece que has decidido que durante mi visita a Bromley House voy a intentar llevarte a la cama, ¡así que he pensado que podíamos empezar ahora!

–Eres... –comenzó a protestar ella, pero dejó de hacerlo al darse cuenta de que levantar las manos y colocarlas en el pecho de él con la intención de separarlo había sido una mala idea. Una idea realmente mala...

No apartó las manos de sus pectorales, que desprendían una gran calidez a través de la delicada tela de su camisa... parecía acero envuelto en terciopelo. Le abrumó el aroma de su perfume combinado con su intensa y caliente masculinidad.

Al mirarlo con unos grandes y aprensivos ojos, le faltó el aliento. Se preguntó si, en realidad, había deseado que aquello ocurriera.

¡Sí...!

Por mucho que le doliera reconocerlo, sabía que

había estado pensando en Jaxon en demasiadas ocasiones durante las anteriores semanas. Incluso había fantaseado con cómo sería estar desnuda con él y hacer el amor con él...

Pero querer algo y conseguirlo no era lo mismo.

No podía permitir que Jaxon Wilder la besara.

Necesitaba que su vida estuviera ordenada, estructurada, ¡segura! Sobre todo segura.

Había aprendido a una edad muy temprana que preocuparse por alguien, amar a alguien, necesitar a alguien especial en la vida, era garantía de sufrimiento cuando esa persona se marchara o, peor aún, cuando muriera. Como les había ocurrido a sus padres. Y a su abuela. Y como le ocurriría a su abuelo en un futuro no muy lejano.

No deseaba querer a nadie más ni necesitar a nadie más. No podría soportar más pérdidas en su vida.

—¡No hagas eso! —se quejó Jaxon con la voz ronca.

—¿Que no haga el qué? —preguntó Stazy, impresionada.

—No te lamas los labios —respondió él, observando como ella continuaba haciendo precisamente aquello—. Llevo deseando hacerlo yo desde el momento en el que nos conocimos.

—¿Ah, sí...? —dijo Stazy con los ojos como platos.

Jaxon apoyó la frente en la de ella.

—Tienes la boca más sexy que jamás he visto...

—Pensaba que era universalmente sabido que la

boca más sexy es la de Angelina Jolie –bromeó ella.

–Eso pensaba yo hasta hace seis semanas –reconoció él, ansioso por saborearla–. Voy a besarte.

–¡Jaxon... no! –protestó Stazy.

–¡Jaxon, sí! –la contradijo él con firmeza antes de bajar la cabeza para tomar aquellos suculentos y exuberante labios con los suyos. Gimió al comprobar que ella tenía un sabor tan exquisito como se había imaginado.

Stazy deseaba poder resistirse, pero él estaba besándola con una delicadeza exquisita que suponía toda una tortura para sus sentidos. En un momento dado, Jaxon apretó el cuerpo sobre el suyo, por lo que pudo sentir lo excitado que estaba.

Decidió subir las manos por su pecho hasta sus hombros, donde entrelazó los dedos con su denso cabello oscuro.

Él se echó ligeramente para atrás y Stazy se sintió angustiada sin el calor que desprendían sus labios.

–Si quieres que pare, dímelo ahora... –dijo Jaxon.

–No –respondió ella, volviéndolo a besar mientras lo sujetaba con firmeza.

Aquello fue toda la invitación que necesitó él. Apretó el torso con firmeza sobre la cálida suavidad que desprendía el cuerpo de Stazy mientras le tomaba la cara entre las manos para poder explorar con más detenimiento su deliciosa boca. Introdujo la lengua entre sus labios y disfrutó de su embriagador sabor. Ya solo pudo pensar en la increíble sensación de besarla y sentirla bajo su cuerpo.

Sintió como ella lo abrazaba aún más estrechamente por los hombros y como arqueaba el cuerpo sobre el de él... presionando las caderas contra su excitado miembro. Sin pensarlo dos veces, la agarró con fuerza por el trasero y la besó apasionadamente.

Stazy le devolvió el beso con la misma pasión y sintió la necesidad de que ambos cuerpos estuvieran más cerca, más unidos...

Tal y como había esperado, y temido, el autocontrol que normalmente ejercía sobre sus emociones la había abandonado por completo en el momento en el que Jaxon la había besado. Se le habían endurecido los pezones, que se habían convertido en un punto extremadamente sensible de su cuerpo. El calor que desprendían sus besos estaba apoderándose de su entrepierna... una sensación que no había experimentado ni siquiera cuando había hecho el amor con aquellos dos hombres en el pasado.

No quería que Jaxon parara. Cuando él acercó la mano a uno de sus pechos para acariciarle el pezón, sintió como un intenso placer se apoderaba de su cuerpo. Apretó el seno contra su mano, quería más, necesitaba más, y en ese momento él la levantó por completo del suelo para colocarle las piernas alrededor de su cadera.

A ella ya no le importaba que estuvieran en el comedor de la casa de su abuelo ni que Little pudiera volver a entrar en la sala en cualquier momento para retirar los platos de la cena.

Tenía toda su atención puesta en Jaxon, en la manera en la que estaba incitándole el pezón, en el calor que desprendía su sexo...

Gimoteó a modo de protesta al romper él el beso, pero de inmediato gimió de placer al comenzar a besarle Jaxon la garganta, el cuello y los hombros mientras presionaba su sexo contra ella.

En ese momento fue consciente de que deseaba a aquel hombre con locura, deseaba aquello, deseaba ardientemente estar con él y que lo que estaban compartiendo no terminara...

Pero Jaxon se apartó de ella repentinamente.

—Dios sabe que no quiero que paremos, pero seguramente Little regrese en pocos minutos...

Aturdida, Stazy se quedó mirándolo durante varios segundos, tras lo que se quedó pálida. Al darse cuenta de la enorme trascendencia de lo que acababa de ocurrir, sus ojos reflejaron una gran consternación.

—¡Oh, Dios mío! —exclamó con una afligida expresión reflejada en la cara mientras intentaba poner los pies de nuevo en el suelo y apartarse de Jaxon.

—Stazy... —dijo él.

—Creo que será mejor si no vuelves a tocarme de nuevo —advirtió ella una vez en el suelo.

A Jaxon le impactó el desconcierto que reflejaron los ojos de Stazy.

—Mira, lo que acaba de ocurrir es perfectamente normal... —intentó razonar.

—Tal vez es «normal» para ti, Jaxon, ¡pero desde luego que no lo es para mí!

—¡Maldita sea, te pregunté si querías que parara!

—¡Lo sé...! —gruñó ella—. Simplemente... esto no debe volver a ocurrir.

—¿Por qué no? —exigió saber él.

—No puede ser —espetó Stazy con determinación.

—Eso no es una razón.

—Me temo que es la única que vas a obtener por el momento —insistió ella con frialdad antes de mirarlo con la súplica reflejada en los ojos y marcharse del comedor a continuación... cerrando la puerta firmemente tras de sí.

A Jaxon no le quedó ninguna duda de que la apasionada Stazy, la mujer que había abrazado hacía tan solo unos minutos, estaría enterrada bajo la fría doctora Anastasia Bromley durante el tiempo que tuvieran que pasar juntos...

Capítulo 5

SI ME HUBIERAS dicho que ibas a salir a montar a caballo a primera hora de la mañana, habría ido contigo... en vez de mirarte por la ventana mientras desayunaba...

Stazy miró con frialdad a Jaxon al entrar este en la biblioteca a la mañana siguiente.

–Invitarte a montar conmigo lo habría estropeado todo –respondió, pensando que ya había sido suficientemente duro haber tenido que acceder a que uno de los miembros del equipo de seguridad contratado por su abuelo la acompañara y restringiera la zona por la que podía montar.

¡Tras lo que había ocurrido la noche anterior con Jaxon, este era la última persona que había querido ver tras haberse levantado!

Sus dos experiencias sentimentales anteriores no la habían preparado para el increíble apasionamiento que había sentido al estar en los brazos de Jaxon. ¡No había sido capaz de mantener el control!

Ninguno de los dos amantes que había tenido la había satisfecho y le había impactado mucho darse cuenta de que casi había enloquecido de placer al simplemente tener a Jaxon abrazado por la cintura con las piernas mientras él presionaba sus braguitas con su endurecido miembro.

Había estado tan excitada que le daba miedo pensar lo que habría ocurrido si Jaxon no hubiera puesto fin a aquella locura. Tal vez él le habría quitado la ropa y le habría hecho el amor en el suelo del comedor. O quizá le habría apartado las braguitas a un lado y la habría tomado apoyándola sobre la vitrina de cristal...

–¿Me equivoco si pienso que prefieres salir a montar a caballo antes que desayunar conmigo...? –quiso saber entonces Jaxon.

–¿Es eso lo que he insinuado...? –respondió ella.

Él la miró con la frustración reflejada en la cara. Saber que debajo de aquella apariencia de frialdad se escondía una mujer tan apasionada como el color fuego de su cabello no lo estaba ayudando a tranquilizarse.

–Además, me he levantado a las seis, como de costumbre, y he desayunado poco después –continuó Stazy.

Jaxon cerró la puerta tras de sí antes de acercarse a sentarse en el borde de la mesa a la que a su vez estaba sentada ella.

–Si alguna vez quiero que desayunemos juntos, tendré que recordar que madrugas mucho.

Stazy no pudo evitar darse cuenta del buen aspecto que tenía él aquella mañana... después de haber viajado desde los Estados Unidos el día anterior. Parecía realmente descansado y fresco; se había puesto una camiseta negra que le marcaba su musculoso pecho y unos gastados pantalones vaqueros que le quedaban a la perfección. Estaba realmente atractivo.

–Si fuera tú, dado el poco tiempo que vas a estar aquí, no me molestaría –aconsejó secamente.

–Oh, no es molestia, Stazy –aseguró Jaxon, esbozando una relajada sonrisa.

–¿No deberíamos empezar ya a trabajar?

Él no necesitaba que le recordara que solo tenía seis días para recopilar toda la información necesaria para su película... al igual que tampoco necesitaba que le dijeran que Stazy pretendía mantener las distancias con él durante esos mismos seis días...

Durante la noche anterior había habido algunos momentos incómodos, como cuando le había dicho a Little que su anfitriona no se encontraba bien y que había subido a su dormitorio sin terminar de cenar. La mirada que le había dirigido el empleado le había dejado claro que no creía la explicación que le había dado.

Una vez que él mismo había subido a su dormitorio, a pesar de que estaba agotado, había dado vueltas por el salón de su suite durante horas mientras pensaba en la ardiente respuesta que Stazy había dado a sus besos. Su miembro había continuado erecto y ansioso al recordar la manera en la que ella lo había tenido abrazado por la cintura.

Tras casi no haber dormido nada, solo había tenido que volver a verla aquella mañana para recordar el apasionamiento de los momentos que habían vivido... aunque Stazy había vuelto a ser de nuevo la doctora Bromley. Llevaba el pelo arreglado en una tirante coleta e iba vestida con una seria blusa verde combinada con unos elegantes pantalones negros.

Pero aquel aire de fría profesionalidad solo estaba consiguiendo que deseara besarla hasta sentir de nuevo entre sus brazos a la ardiente mujer que sabía que había en ella.

—Está bien —dijo, levantándose de la mesa para sentarse en la silla que había frente a Stazy.

A continuación se concentró en los documentos que Geoffrey había dejado para él... sin querer ello decir que no estuviera pendiente de la hermosa mujer que tenía enfrente, cuyo perfume estaba embriagándolo, un perfume floral mezclado con su cálida feminidad.

—¿Has tenido noticias de tu abuelo esta mañana? —preguntó tras varios minutos de un tenso silencio... minutos durante los que no había sido capaz de absorber nada de lo que había leído.

Ella negó con la cabeza.

—Desde el fallecimiento de mi abuela, mi abuelo hace lo que quiere.

—¿Y antes de eso...? —provocó Jaxon, echándose para atrás en la silla.

—¿Qué es exactamente lo que quieres saber, Jaxon?

—Todas las investigaciones que he realizado

hasta el momento indican que su matrimonio fue largo y feliz.

—¿Hasta el momento?

—¿Sabes una cosa? Vamos a llevarnos mucho mejor si dejas de pensar que hay una crítica en cada afirmación que realizo —dijo él, suspirando.

—Lo siento —se disculpó Stazy, aunque en realidad no pretendía llevarse bien con Jaxon.

—¿Entonces...?

—El matrimonio de mis abuelos efectivamente fue largo y feliz —confirmó ella—. Aunque cada uno era muy independiente, emocionalmente estaban muy unidos. Siempre.

—Eso está bien —comentó él, tomando notas en el bloc que había llevado consigo.

—Cuando estuviste aquí la última vez mencionaste a tus padres, ¿están felizmente casados?

—Oh, sí —contestó Jaxon, esbozando una afectuosa sonrisa—. Mi hermano también. Son una gran y feliz familia que, de hecho, todavía vive en Cambridgeshire. Yo soy el único de la familia que me he marchado a vivir fuera y que he evitado casarme.

—Me parece que tu estilo de vida no conduce a poder tener... una relación permanente —reflexionó Stazy en voz alta.

—No es diferente a la tuya —respondió él—. Una arqueóloga que viaja a cualquier excavación del mundo a la primera oportunidad que tiene...

—Es una de las ventajas de estar soltera, sí.

—¿Y qué otras ventajas crees que tiene?

–Supongo que las mismas que tú crees, pero, sobre todo, la libertad de hacer lo que quiera cuando quiera.

–¿Y los inconvenientes...?

Ella frunció el ceño.

–No sabía que había ninguno...

–¿No? –provocó Jaxon.

–No.

–¿Y qué te parece el no tener a nadie que te espere en casa al finalizar la jornada laboral? ¿El no tener a nadie con quien hablar y con quien estar? ¿El no tener a nadie con quien compartir una comida, con quien irse a la cama? Supongo que todo puede resumirse en una palabra; soledad.

Stazy se planteó si alguna vez se encontraba sola. Probablemente sí. Aunque no lo tenía muy claro. Pero lo cierto era que después de regresar a su apartamento tras dar clases en la universidad, siempre estaba muy sola. Cenaba y se acostaba sola.

Se reprendió a sí misma al decirse que precisamente de aquella manera prefería las cosas. No solo eso, sino que había organizado su vida para que fuera exactamente como era. Aparte de su abuelo, no quería ni necesitaba a nadie de manera permanente. No quería sufrir al perderlos... ya fuera por fallecimiento o por cualquier otra causa.

–¡Me resulta difícil de creer que alguna vez te encuentres solo, Jaxon! –bromeó.

–¿Nunca has oído eso de «encontrarse solo en medio de una multitud de personas»?

–¿Y ese dicho te describe a ti?

–A veces, sí.

–No lo comprendo...

–Ser actor no solo implica acudir a glamurosas fiestas y a ceremonias de entregas de premios.

–¡No olvidemos que a ambas siempre vas acompañado de hermosas actrices! –dijo ella.

–No, no nos olvidemos de ello –concedió él.

–¡Y vas a todos esos lugares maravillosos donde se ruedan las películas... con todos los gastos pagados!

–Oh, sí, recuerdo lo bien que lo pasé al estar durante días en unas aguas llenas de cocodrilos y serpientes en el rodaje de *Contrato con la muerte*.

–Había supuesto que para esas partes de la película utilizabas un doble...

–No uso dobles ni utilizo extensiones en el cabello –respondió Jaxon, impresionado al darse cuenta de que Stazy había visto por lo menos una de sus películas. ¡Nunca se lo habría imaginado!

–¿Y cuando montaste aquel elefante en *Horizonte oscuro*? –quiso saber ella.

–¡Fue pan comido!

–¿Y cuando capitaneaste el barco en *A las profundidades*?

Obviamente Stazy no había visto solo una de sus películas... ¡sino varias!

–Cuando estaba en la universidad, solía pasar los veranos en Great Yarmouth y ayudaba a mi tío con su barco pesquero –contestó él.

–¿Fuiste a la universidad? –preguntó ella, impresionada.

—¿Te sorprende saber que no soy solo una cara bonita?

—¿Qué carrera estudiaste?

—¿Estás segura de que realmente quieres que conteste a eso?

—¿Estudiaste Arqueología? —supuso Stazy tras sentir una extraña sensación en el pecho.

—Historia y Arqueología.

—¿Tienes una licenciatura en Historia y Arqueología?

—Con las mejores notas.

—¿Con qué propósito...?

—Antes de que me picara el gusanillo de la interpretación, me planteé muy en serio ser profesor.

—¿Por qué no me lo habías dicho antes? —preguntó ella, avergonzada. Lo había tratado como si hubiera sido una estrella más de la gran pantalla con la cabeza hueca. Había hecho el ridículo.

—No me lo preguntaste. Además, te estabas divirtiendo demasiado mirándome por encima del hombro como si fuera un frívolo actor de Hollywood y no quería estropearte el momento.

—¿Seguimos trabajando? —dijo entonces Stazy, consciente de la peligrosa combinación que resultaba de las cualidades más evidentes de Jaxon; su belleza e inteligencia...

—Supongo que ya es hora de comer...

Stazy se había concentrado tanto al leer uno de

los diarios de su abuela que incluso se había olvidado de que Jaxon estaba sentado frente a ella a la mesa... y del tiempo que había pasado. Sorprendentemente había reinado un ambiente muy cordial durante la mañana; la tensión que se había apoderado del ambiente a primera hora había ido desapareciendo poco a poco.

–Normalmente no tomo nada para comer –respondió.

–¿Quieres decir que yo tampoco debería comer? –bromeó él.

–En absoluto –contestó ella–. Yo seguiré trabajando y si quieres ir... ¿Qué estás haciendo? –añadió, frunciendo el ceño al cerrarle Jaxon el diario que estaba leyendo.

A continuación, él se levantó y le tendió una mano.

–Vamos, Stazy –la animó–. Hace unas horas le pedí a Little que nos preparara una cesta con comida.

–¿Esperas que vaya de picnic contigo? –preguntó ella, frunciendo el ceño.

–¿Por qué no? –respondió Jaxon. La tomó por una mano y la levantó sin esfuerzo alguno.

Stazy se sintió completamente aturdida al estar, de pronto, tan cerca de él. El calor que desprendía su cuerpo, así como el excitante aroma de su perfume, la embriagaron por completo.

–¿No somos un poco mayores para ir de picnic, Jaxon?

–En absoluto –negó él. Sin soltarla de la mano,

comenzó a andar hacia el enorme pasillo de la vivienda–. Ah, Little, justo a tiempo –añadió, sonriendo al mayordomo, que llevaba en las manos una cesta de picnic y una manta–. Si el señor Bromley telefonea, dile que regresaremos en un par de horas.

Entonces tomó la manta y se la dio a Stazy antes de agarrar la cesta de picnic... mientras seguía sujetando la mano de ella firmemente.

Stazy sintió como un intenso acaloramiento le recorría el cuerpo ante aquel contacto físico. La mano de Jaxon desprendía una gran calidez y firmeza. Tenía que reconocer que él se había ganado su respeto ya que el verdadero Jaxon no tenía nada que ver con el estúpido actor hollywoodiense que había creído que era. En realidad, era una persona profunda e inteligente.

Si a ello le sumaba su espectacular apariencia física y la manera en la que la había besado la noche anterior, corría un gran peligro de luchar una batalla perdida contra aquella indeseada atracción. ¡Por eso no era muy buena idea ir de picnic con él!

–¿Prefieres ir a la playa o al bosque? –le preguntó entonces Jaxon.

–A ningún sitio –espetó ella, apartando bruscamente la mano de la de él–. Realmente no tengo tiempo para esto, Jaxon.

–Pues debes hacer tiempo. Dime, ¿dónde prefieres ir? –insistió él.

–Creo que los miembros de seguridad tendrán algo que decir sobre a dónde podemos ir de picnic

—supuso Stazy, esbozando una mueca al recordar que su paseo a caballo había sido acortado.

—Dirijámonos a la playa y veamos si alguien nos detiene —sugirió Jaxon, tomándola de nuevo de la mano y llevándola consigo...

Capítulo 6

NADIE intentó detenerlos, pero Jaxon se percató de la presencia de los dos miembros de seguridad que se colocaron en ambos extremos de la playa que había frente a los jardines de Bromley House.

Cuando junto con la ayuda de Stazy colocó la manta sobre la cálida arena, percibió la agradable brisa que desprendía el mar.

–Parece que Little ha pensado en todo –murmuró al ver el contenido de la cesta de picnic y sacar de esta una botella de vino blanco, que sirvió en dos copas.

–Supongo que serán los muchos años que ha tenido de práctica –respondió ella con cierta nostalgia reflejada en la voz. A continuación se arrodilló sobre la manta y sirvió pollo y ensalada en sendos platos.

–Solías venir aquí con tus abuelos –afirmó él mientras daba un sorbo a su vino.

–Y con mis padres cuando estaban vivos –compartió Stazy.

–No había pensado en eso –dijo Jaxon con un

gesto de dolor reflejado en la cara–. ¿Preferirías haber ido a otro sitio?

–En absoluto –aclaró ella–. Estoy segura de que ya me conoces lo suficientemente bien como para saber que no tengo tiempo para sentimentalismos –añadió con sequedad.

Él pensó que no podía engañarlo; sabía que la frialdad que desprendía Stazy era solo apariencia. No le cabía la menor duda de que era una persona realmente buena y de que quería mucho a los suyos.

–¿Dónde estabas cuando murieron tus padres...? –le preguntó, ofreciéndole una segunda copa de vino.

–Estaba en un internado –respondió ella. Le temblaron las manos al tomar la copa–. Mi padre pilotaba el avión privado que los iba a haber llevado a París para celebrar su vigésimo aniversario de bodas.

–¿Sabes qué marchó mal?

–¿Te interesa realmente o simplemente quieres obtener información para tu película...?

–Realmente me interesa –respondió Jaxon, obviamente irritado ante aquella pregunta–. He decidido que ni tus padres ni tú apareceréis en la película, Stazy.

–¿Por qué no?

–No se pueden relatar muchas cosas en una película que solo dura dos horas, por lo que más o menos he decidido centrarme en la huida de la familia de Anastasia de Rusia, en la infancia de esta en Inglaterra y en los primeros años de su relación con Geoffrey.

—Realmente fue una historia de amor, ¿verdad? —dijo Stazy, cuya expresión se dulcificó. Su voz volvió a verse dotada de una gran nostalgia. Pero, al darse cuenta de ello, respondió la pregunta de Jaxon con su habitual brío—. No hubo ningún misterio sobre la muerte de mis padres. El avión se estrelló debido a un fallo en el motor... probablemente un pájaro se metió dentro.

Él sabía que aquel desafortunado accidente le había causado a ella un gran dolor, dolor que le había llevado a construir barreras a su alrededor para intentar no sufrir más.

—No todo el mundo se marcha o fallece, Stazy —comentó, acariciándole ligeramente una mejilla.

Pero supo que había cometido un error al apartarse ella de inmediato de su mano.

—¿Qué demonios crees que estás haciendo, Jaxon? —espetó Stazy, levantándose de la manta—. ¿Realmente pensabas que todo lo que tenías que hacer era ofrecerme unas pocas palabras de consuelo para que cayera rendida en tus brazos? ¿O es que tu ego es tan grande que crees que todas las mujeres que conoces quieren acostarse contigo?

Profundamente ofendido, él se levantó a su vez.

—Tal vez anoche cometiera el error de permitirte que me besaras... —continuó ella— ¡pero te aseguro que no pretendo que se convierta en un hábito!

–¡Tú me devolviste el beso de inmediato, maldita sea! –exclamó Jaxon, frustrado.

Stazy lo sabía, lo sabía y se arrepentía profundamente de ello. Aunque al mismo tiempo estaba
deseando volver a besarlo... Y no solo besarlo. No
había otra cosa que deseara más que el que los dos
se tumbaran sobre la manta... y que él le hiciera el
amor.

¡Precisamente por eso no podía permitir que ocurriera! Jaxon solo iba a estar en Bromley House una
semana, después regresaría a los Estados Unidos y
a su vida allí. Sería un tremendo error permitir que
ocurriera algo serio entre ambos... Él representaba
un claro peligro a todas las barreras que había cons-
truido para proteger sus sentimientos. Se giró para
marcharse.

–¿Dónde vas? –preguntó Jaxon, agarrándola por
el brazo.

–A casa.

–En otras palabras; estás huyendo. De nuevo.

Con solo sentir los dedos de él sobre su piel, ella
se quedó sin aliento.

–No estoy huyendo de nada –espetó, apartando
el brazo–. ¡Simplemente me he aburrido de tu constante necesidad de hacer honor a tu no muy reputada
imagen!

–¿De verdad? –dijo Jaxon con la tensión reflejada en la cara.

–De verdad –repitió ella de manera desafiante.

Él sabía que lo más inteligente que podía hacer
era dejarla marchar, pero al mismo tiempo deseaba

ardientemente volver a besarla... y hacerle el amor...
Pero sabía que sería un gran error.

–Entonces no seguiré aburriéndote durante más
tiempo –contestó.

–Está bien –dijo Stazy, decepcionada ante la repentina capitulación de él–. Disfruta de tu comida
–añadió con la cabeza en alto al darse la vuelta y
marcharse.

Jaxon la observó alejarse, enojado consigo mismo
por haber permitido que aquel último hiriente co-
metario lo afectara. No sabía a qué «no muy reputada imagen» se refería ella. Era cierto que durante
los últimos diez años más o menos había salido con
numerosas mujeres, pero no habían sido más de
dos o tres en un año y jamás había estado con más
de una a la vez. Y en aquel momento no estaba in-
volucrado con nadie.

Captó su atención que uno de los miembros de
seguridad estaba siguiendo a Stazy a la casa. El segundo miembro de seguridad comenzó entonces a
seguir a ambos, y asintió con la cabeza ante él al
pasar por su lado. Le dejó claro que no era por su
bienestar por lo que velaban.

–¿Lo dejamos ya por hoy?

Stazy había estado recelosa de Jaxon cuando
este había regresado a la casa una hora después de
que lo hubiera hecho ella tras haberlo dejado solo
tan abruptamente en la playa. Pero sus temores habían sido infundados. Fuera lo que fuera que él hu-

biera sentido acerca de su acalorada discusión, lo había ocultado tras una barrera de calmada educación, hecho que a ella le resultó más irritante que tranquilizador.

Miró su reloj de muñeca y le sorprendió que fueran casi las seis de la tarde.

–Jaxon, yo... –comenzó a decir, respirando profundamente– creo que te debo una disculpa por algunas de las cosas que te dije antes.

–¿Ah, sí? –respondió él, estirando los hombros tras muchas horas de intensa concentración.

Ella se quedó mirando fijamente los músculos que se marcaban bajo la camiseta de Jaxon al alzar este los brazos por encima de la cabeza antes de levantarse. Era realmente sexy.

–Mi abuelo se sentiría muy decepcionado si supiera que he sido grosera con un invitado.

–No voy a decírselo –respondió él–. Olvídalo –añadió, un poco más tenso de lo que había estado–. ¡Pero, para que lo sepas, esa dudosa reputación a la que has hecho referencia es una gran exageración!

–Solo dije eso porque... –Stazy tuvo que dejar de hablar al darse cuenta de que había realizado aquel desafortunado comentario debido a la intensa atracción que sentía por Jaxon. Negó con la cabeza–. ¿Has encontrado algo interesante en los papeles de mi abuela?

–Un par de cosas que me gustaría comentar con Geoffrey cuando vuelva a verlo.

–¿Como por ejemplo?

–Puede esperar a que regrese tu abuelo –insistió

Jaxon, que no creía que aquel fuera el mejor momento para hablar de aquello con ella.

—Pensaba que la razón por la que yo estaba aquí contigo era para que no tuvieras que molestar a mi abuelo con preguntas...

—¡Y yo pensaba que la razón por la que habías decidido estar aquí era para asegurarte de que no huía con ninguno de los documentos de tu abuela!

—¡Estoy segura de que a los miembros del equipo de seguridad les divertiría mucho garantizar que no pudieras hacerlo! —contestó Stazy con sequedad.

—¡Gracias! —ofreció él, esbozando una mueca.

—¡De nada! —dijo ella, sonriendo de manera compungida.

Aquella sonrisa transformó sus delicadas facciones en algo realmente bello; sus ojos brillaron con intensidad y sus mejillas se ruborizaron.

Jaxon sintió un intenso deseo de besarla y la sonrisa de Stazy poco a poco desapareció de sus labios al darse cuenta de la manera en la que él estaba mirándole la boca.

—Creo que antes de cenar voy a subir a darme una ducha —se apresuró a decir.

—Me ofrecería a acompañarte para enjabonarte la espalda si no supiera cuál sería tu respuesta —comentó él burlonamente.

Ella se quedó mirando la bella cara de Jaxon, sus preciosos y cálidos ojos grises, sus esculpidos labios, la barbita de tres días que tenía... y por un momento deseó que su respuesta no tuviera que ser «no».

–Parece que estás tomándote tu tiempo para pensarlo... –dijo él, levantando una ceja.

–En absoluto –espetó Stazy–. Simplemente estoy asombrada, por no decir sorprendida, ante tu perseverancia en coquetear conmigo.

–Es porque tengo que hacer honor a cierta reputación que se me achaca...

–Ya me he disculpado por ese comentario –le recordó ella.

–Y yo he aceptado tu disculpa –contestó Jaxon.

–¿Pero no lo has olvidado...?

No, él no lo había olvidado ni comprendía por qué Stazy sentía la necesidad de insultarlo. Aun así, al mirarla y recordar la pasión que habían compartido la velada anterior, deseó poder volver a tenerla en sus brazos y sentir a aquella bella y embriagadora mujer de nuevo...

–Creo que voy a salir a dar un paseo antes de cenar –comentó. ¡Tenía la esperanza de que el aire fresco lo ayudara a calmar la intensa erección que estaba experimentando!

Capítulo 7

HE INVITADO a un viejo amigo de mi abuelo a que nos acompañe a cenar esta noche –informó Stazy a Jaxon al entrar este en el salón de Bromley House una hora más tarde.

–¿De verdad? –dijo él, acercándose a ella. Se había puesto una camisa de seda negra y unos pantalones de vestir del mismo color. Se había afeitado y tenía el pelo húmedo.

–Pensé que tal vez estarías aburriéndote al solo tenerme a mí como compañía –comentó Stazy, ofreciéndole una copa de Martini.

–¿Ah, sí?

–Obviamente estás acostumbrado a entretenimientos más sofisticados...

–Razón de peso para que disfrute de una semana de paz y tranquilidad –respondió Jaxon, mirándola fijamente.

–Solo estaba intentando ser hospitalaria...

–No, Stazy, eso no es cierto.

–No te atrevas a decirme cuáles son mis motivos –advirtió ella.

–Está bien –concedió él, dirigiéndose al otro extremo del salón para sentarse en una butaca. Colocó su bebida en una mesita que había al lado–. ¿Quién es este «viejo amigo» de tu abuelo?

Stazy tenía el corazón tan acelerado que temió que Jaxon pudiera oír sus latidos. Él tenía razón; no había invitado a Thomas Sullivan a cenar porque pensara que Jaxon estaba aburrido... ¡sino que lo había invitado para que actuara como barrera frente a la creciente atracción que sentía por Jaxon!

Por la misma razón se había puesto el mismo vestido negro que había llevado seis semanas atrás cuando había conocido a Jaxon y se había arreglado el cabello en un moño.

–Mi abuelo y él fueron juntos a la universidad.

–¡Entonces desde luego que es un «viejo amigo»! ¿Y a los empleados de seguridad de tu abuelo no les molesta que venga aquí esta noche?

–No les he preguntado –confesó ella.

–Pues tal vez deberías haberlo hecho.

–No somos prisioneros, Jaxon.

–¿Has intentado salir de la propiedad? –preguntó él, esbozando una ligera sonrisa.

–Claro que no... –comenzó a decir Stazy, dejando de hablar abruptamente–. ¿Estás diciendo que has intentado salir de la propiedad y que te lo han impedido...?

–Tenía más o menos media hora libre antes de cenar y pensé en salir a montar a caballo... para disfrutar de algunas de las vistas de la zona. Pero me detuvieron en la puerta principal y me dijeron muy firmemente que esta noche nadie podía entrar ni salir de Bromley House. Lo que probablemente significa que el amigo de tu abuelo no va a poder cenar con nosotros.

—¡Pero eso es completamente ridículo! —exclamó ella, desconcertada—. Voy a ir a hablar con ellos ahora mismo —añadió, dirigiéndose hacia la puerta.

—Hazlo... y también pregúntales qué era toda esa actividad que se estaba desarrollando hace más o menos media hora.

—¿Qué actividad? —preguntó Stazy, parándose en seco.

—Han estado hablando mucho por radio y hace más o menos quince minutos ha llegado media docena de hombres más... varios de ellos con más perros.

Ella se quedó muy pálida.

—No sabía nada de eso...

—¿No? —dijo Jaxon, levantándose abruptamente y frunciendo el ceño—. Creo que tienes un problema mucho más grande del que preocuparte que yo, Stazy.

—Voy a telefonear a mi abuelo para preguntarle qué está ocurriendo —respondió ella, angustiada.

—Ya lo he intentado yo —confesó él—. Incluso le comenté a la señora que respondió al teléfono que estaba hospedándome aquí contigo como invitado de tu abuelo. Pero no supuso ninguna diferencia. Me dijo educada pero firmemente que el señor Geoffrey no podía ponerse al teléfono en ese momento, pero que le haría llegar el mensaje.

—Mi abuelo no suele comportarse de esa manera... —aseguró Stazy, negando con la cabeza.

—Yo pensé lo mismo, por lo que intenté telefonearlo al número de móvil que me dio. Pero me respondió un contestador automático y obviamente no volví a dejar otro mensaje... Ah, Little —dijo Jaxon, dirigiéndose hacia el mayordomo al entrar este en el salón—. La doctora Bromley y yo estábamos especulando acerca de la posible razón de que haya aún más miembros de seguridad en la propiedad...

Experto en descifrar las expresiones de las caras de la gente, se dio cuenta de que los marrones ojos del fiel empleado reflejaron cierta dureza justo antes de que bajara los párpados.

—Parece que esta tarde han detenido a varios jóvenes que estaban intentando escalar los muros de Bromley House para celebrar una fiesta en la playa —dijo Little.

—¿De verdad? —respondió Jaxon secamente.

—Sí —confirmó abruptamente el mayordomo antes de dirigirse a Stazy—. La cena está lista para servir, señorita Stazy. El señor Sullivan telefoneó hace algunos minutos para disculparse. No va a poder acompañarlos a cenar debido a una ligera indisposición.

—¡Vaya sorpresa! —exclamó Jaxon, mirándola a ella con complicidad.

Pero Stazy estaba más que sorprendida por todo aquello.

—Little, ¿sabes por qué mi abuelo no se pone al teléfono esta noche?

—No sabía que ese fuera el caso... —contestó el mayordomo.

Durante los muchos años que Stazy había conocido a Little, jamás había dudado de su palabra... pero en aquel momento estaba haciéndolo. Había algo en el tono de su voz, un cierto carácter evasivo, que provocó que le diera un vuelco el estómago.

–¿Podrías pedirle a la señora Harris que espere más o menos quince minutos para servir la cena? –le pidió al fiel empleado–. Hay varias cosas que tengo que hacer antes de cenar.

Little no pudo evitar esbozar una mueca de desaprobación.

–Está bien, señorita Stazy –dijo, haciendo una reverencia antes de retirarse.

Al llegar a la puerta, le dirigió a Jaxon una mirada de censura.

–No parece muy contento –comentó Jaxon una vez que estuvo de nuevo a solas con Stazy.

–No –concedió ella, que parecía realmente preocupada por toda aquella situación.

Él se sintió culpable por haber comentado que no le habían dejado salir de la propiedad y que habían llegado más miembros de seguridad, así como que Geoffrey no se había puesto al teléfono.

–Estoy seguro de que no hay necesidad de preocuparse, Stazy...

–No estás seguro de eso en absoluto, Jaxon, así que, por favor, deja de tratarme como si fuera una niña. Está pasando algo malo, ¡y pretendo descubrir qué es!

–¿Y cómo pretendes hacerlo...? –provocó él.

–Telefoneando a mi abuelo yo misma, desde luego –respondió ella, acercándose a tomar su bolso, que estaba en el suelo junto a uno de los sillones. Sacó su teléfono móvil y marcó el número de su abuelo–. Siempre he podido hablar con mi abuelo... ¿Eres tú, Glynis...?

Frunció el ceño al no haber respondido su abuelo a la llamada... tal y como había esperado.

–Sí, sí, soy Stazy –continuó–. ¿Dónde...? Oh, ya veo. Bueno, ¿sabes cuándo saldrá de la reunión?

Jaxon se apartó a un lado de la sala para darle a ella la intimidad que quizá necesitaba. Mientras miraba por una de las ventanas, pensó que el parecido de Stazy con su abuela iba más allá del aspecto físico; había heredado de Anastasia la determinación y confianza en sí misma que poseía. Pero, al mismo tiempo, Stazy también era muy vulnerable... y esa vulnerabilidad provocaba que su instinto protector aflorara en todo su esplendor...

Al terminar ella la llamada, volvió a acercársele.

–¿Está todo bien? –quiso saber.

–Mi abuelo está en una reunión –respondió Stazy, que seguía pareciendo preocupada. Volvió a meter el móvil en su bolso–. Glynis le pedirá que me telefonee en cuanto salga.

–¿Y Glynis es...?

–Fue la secretaria personal de mi abuelo hasta su jubilación hace veinticinco años...

Jaxon estaba comenzado a dudar que Geoffrey se hubiera realmente jubilado.

–Entonces será mejor que vayamos a cenar mientras esperamos a que te telefonee –sugirió, tendiéndole un brazo a su acompañante.

Pero Stazy no se movió; estaba muy intranquila por todo lo que había ocurrido aquella velada. Le había parecido realmente extraño que su abuelo no se hubiera puesto al teléfono; durante los catorce años que habían transcurrido desde el fallecimiento de sus padres, siempre había hablado con él cuando había querido. Pero aún más extraño había sido que Glynis hubiera respondido a la llamada...

–Debes hacer un esfuerzo para evitar que tu imaginación comience a angustiarte –aconsejó Jaxon.

Stazy se enderezó al darse cuenta de que él se había colocado delante de ella... tan cerca que podía ver el oscuro vello que le cubría el pecho gracias a que llevaba la camisa desabotonada al cuello. Incluso podía sentir el calor que desprendía su cuerpo y oler la fragancia a limón del champú que había utilizado, así como el intenso aroma a hombre de su piel... ¡Un aroma que siempre lograba que se le debilitaran las rodillas!

Asintió con la cabeza e ignoró el brazo que le tendía Jaxon... ya que no quería que este sintiera lo mucho que estaba temblando por tenerlo cerca.

–Voy a decirle a Little que cenaremos ahora... ¿por qué no vas yendo al comedor?

Él asintió con la cabeza, bajó el brazo y se dirigió al comedor.

–El señor Geoffrey está al teléfono –informó Little al entrar en el comedor una hora y media más tarde para retirar los platos del postre–. Me he tomado la libertad de desviar la llamada a su despacho.

Stazy se levantó abruptamente.

—Voy de inmediato.

—El señor Geoffrey ha pedido hablar con el señor Wilder —aclaró el mayordomo, mirando fijamente a Jaxon.

—¿Con el señor Wilder? —repitió ella, aturdida—. Debes haberte equivocado, Little...

—En absoluto —aseguró el empleado—. Creo que el señor Wilder telefoneó al señor Geoffrey esta tarde, ¿no es...?

—Así es —se apresuró a responder Jaxon, consciente de que ocurría algo extraño. Dejó su servilleta sobre la mesa antes de levantarse—. ¿Si pudieras acompañarme al despacho del señor Geoffrey? —le pidió a Little.

—Desde luego, señor Wilder.

—¡Jaxon!

Él se puso tenso al darse la vuelta y ver lo enojada que estaba Stazy... con toda la razón. Geoffrey debía saber que ella no iba a aceptar alegremente que hablara primero con él.

—Voy contigo —informó Stazy con determinación.

—Creo que el señor Geoffrey desea hablar a solas con el señor Wilder —terció Little.

A juicio de Jaxon muy valientemente.

Ella pareció dispuesta a hacer añicos tanto verbal como físicamente a cualquiera que intentara impedir que hablara con su abuelo. ¡Y Little parecía decidido a hacerlo!

—El señor Geoffrey puede desear lo que quiera, Little —le dijo al mayordomo con la furia reflejada en los ojos—. ¡Pero yo voy a acompañar al señor Wilder al despacho!

Jaxon se echó a un lado justo en el momento en el que Stazy pasó por su lado y salió del comedor.

—Creo que es una reacción bastante previsible, ¿no te parece? —comentó ante el mayordomo.

—Hay ocasiones en las que es casi posible creer que lady Anastasia está de vuelta con nosotros —murmuró Little con admiración mientras observaba a Stazy alejarse por el pasillo.

Jaxon asintió con la cabeza.

—Dentro de cinco minutos tal vez debas llevar una botella de brandy y dos copas al despacho del señor Geoffrey.

—Desde luego, señor —respondió el mayordomo.

Consciente de que los siguientes cinco minutos no iban a ser placenteros, Jaxon se acercó a la habitación en la que había visto entrar a Stazy.

—Ya has oído a tu abuelo, Stazy —le recordó Jaxon con delicadeza—. Ha dicho que no hay ninguna razón para que viajes a Londres ahora mismo.

Stazy sabía muy bien lo que su abuelo le había dicho... una vez que había logrado quitarle el teléfono de las manos a Jaxon y hablar con él ella misma. Pero también sabía que no iba a hacerle caso y simplemente esperar a que se pusiera de nuevo en contacto con ella.

Tras la llamada telefónica había descubierto que su abuelo se había marchado apresuradamente a Londres hacía dos días ya que había sido amenazado junto a algunos miembros más de uno de los equipos de seguridad en los que había trabajado. Aquella era la razón de todas las medidas de seguridad que se estaban adoptando en Bromley House.

La amenaza se había intensificado en las últimas veinticuatro horas... ¡y su abuelo esperaba, le ordenaba, que esperara tranquilamente a tener noticias suyas!

De ninguna manera. De ninguna manera iba a quedarse allí esperando a que alguien atacara a su abuelo.

Se giró hacia Little al entrar este en el despacho con una bandeja en la que había una botella de brandy y dos copas.

—Supongo que tú ya sabías qué ocurría antes de que habláramos con mi abuelo, ¿verdad?

—Stazy —la reprendió Jaxon desde el lugar en el que estaba sentado.

—Lo siento, Little —se disculpó ella—. ¿Sabías que estaban amenazando a mi abuelo? —preguntó de manera menos desafiante pero igual de decidida.

El mayordomo dejó la bandeja en el escritorio. A Jaxon le dio la impresión de que parecía un poco nervioso. Pero enseguida se compuso.

—Creo que el aumento de seguridad en la propiedad es solo como medida de precaución, señorita Stazy —contestó Little.

—No estoy preocupada por mí... —contestó ella.

–Eso es todo, Little, gracias –terció Jaxon, sonriendo al mayordomo para tranquilizarlo.

Cuando el hombre se hubo marchado, se levantó para cerrar la puerta del despacho.

–Pagar tu nerviosismo con uno de los empleados de tu abuelo no va a lograr que te sientas mejor, Stazy –comentó, acercándose para servir el brandy.

–¿Es esperar demasiado que comprendas lo preocupada que estoy? –respondió Stazy, pálida.

–No, claro que no –dijo él, ofreciéndole un vaso de brandy–. Simplemente no creo que insultarnos a Little o a mí vaya a arreglar la situación.

–¿Entonces qué va a arreglarla? –espetó ella, aceptando la copa y bebiéndose el brandy de un trago.

–Se supone que hay que oler y saborear los brandy tan caros como este, ¡no tragárselos como si fueran una barata cerveza caliente!

–Ya lo sé –concedió Stazy, sirviéndose más brandy y bebiéndoselo de nuevo de un trago.

A continuación dejó la copa sobre el escritorio y miró de manera desafiante a Jaxon.

–Stazy, te aconsejaría que no lleves la situación a un punto en el que me obligues a tomar medidas extremas para tranquilizarte –advirtió él.

–¿A qué medidas te refieres? –provocó ella–. ¿Vas a colocarme sobre tus rodillas y a darme unos azotes por haber sido traviesa? ¿O bastará con abofetearme en la cara?

–No voy a pegarte... ¡aunque la primera sugerencia que has hecho tiene cierto sentido en este momento! –exclamó Jaxon.

Normalmente jamás se le pasaría por la cabeza ejercer violencia sobre una mujer, pero aquella situación no era normal en absoluto. Stazy estaba al borde de la histeria. Algo comprensible ya que su abuelo era la única familia que le quedaba en el mundo.

Las lágrimas que vio reflejadas entonces en los verdes ojos de ella fueron su perdición.

–¡Oh, Stazy...! –exclamó, abrazándola delicadamente–. Todo va a salir bien, ya verás.

–No puedes saberlo –murmuró ella contra su pecho mientras contenía el llanto.

–No, tienes razón –concedió él–. Pero lo que sí sé es que Geoffrey es un hombre que sabe exactamente lo que hace. Si dice que resolverá este problema, no me cabe la menor duda de que lo hará. Y, como tú lo conoces mucho mejor que yo, tampoco deberías tener dudas.

–Tienes razón. Sé que la tienes. Simplemente... no puedo evitar estar preocupada.

–Lo sé –dijo Jaxon, estrechando el abrazo–. Y también lo sabe tu abuelo. Por eso me ha pedido que cuide de ti.

Ella levantó la cabeza para mirarlo. Tenía una sonrisa reflejada en su llorosa cara.

–¿Y así estás cuidando de mí...?

–Podría hacerlo mucho mejor si no pensara que vas a oponerte.

Stazy gimió al acercar él la cabeza y besarle delicadamente la boca. Relajó el cuerpo sobre el de Jaxon y separó los labios para profundizar el beso.

Parecía como si hubiera estado esperando a que

ocurriera aquello desde la última vez que él la había besado. Esperando y deseándolo. De inmediato, se perdió en el placer que suponían los ansiosos labios de Jaxon y disfrutó enormemente de la manera en la que le acarició la espalda y el trasero antes de apretarla con fuerza contra su cuerpo.

Sintió el musculoso pecho de él sobre sus senos y la dureza de su erección contra su pelvis... evidencia de lo excitado que estaba.

Gimió al agarrarla Jaxon con fuerza por los glúteos y alzarla del suelo para sentarla en el escritorio; le separó las piernas con las rodillas y le levantó el vestido hasta los muslos. Se colocó entre estos y ella pudo sentir el calor que desprendía su erección sobre sus braguitas.

Echó la cabeza para atrás al apretar él su sexo contra el de ella y lo abrazó por los hombros cuando dejó de besarla y comenzó a posar los labios sobre sus mejillas, su garganta, su cuello...

Arqueó la espalda al sentir como Jaxon tomaba uno de sus pechos con una mano. La delicada tela de su vestido no impidió que disfrutara enormemente del placer que le recorrió el cuerpo al acariciarle él su excitado pezón. Apenas se dio cuenta de que le bajó la cremallera del vestido con su otra mano. Solo fue consciente de ello al tocarle Jaxon la piel de la espalda, momento en el que recordó que no llevaba sujetador.

Él sabía que debía detenerse. Consolar a Stazy era una cosa... pero lo que en realidad quería era algo completamente distinto. No podía parar, no cuando estaba percibiendo que el placer que estaba sintiendo ella era igual de intenso al suyo.

Le quitó el vestido por encima de la cabeza y la tuvo que levantar ligeramente del escritorio para poder hacerlo. Pudo ver entonces los preciosos pechos de Stazy, unos pechos grandes y rebosantes de sensualidad en contraste con el resto de su delgada y delicada figura.

Sujetándola por la cintura, se echó para atrás para poder observar su desnudez. Miró de nuevo sus exuberantes pechos antes de acercarse para tomar uno con la boca.

Ella apoyó las manos en el escritorio y sintió como el placer le recorría por dentro hasta apoderarse de su entrepierna. Al comenzar a chuparle Jaxon el pezón y a acariciarle sensualmente su otro pecho, un intenso cosquilleo se apoderó de su sexo, cosquilleo que fue convirtiéndose rápidamente en una ardiente necesidad que debía ser saciada...

—Por favor, Jaxon... —suplicó, gimiendo.

Pero él ignoró su petición y comenzó a saborear con sus labios y lengua su otro pecho. Incitó hasta extremos insoportables su endurecido pezón.

Enloquecida de pasión, Stazy apretó la pelvis contra la de él para intentar calmar su ardiente necesidad. Temblorosa, miró a Jaxon con la pasión reflejada en los ojos. Al ver como él chupaba su pezón con ansia, una llamarada de placer se apoderó de nuevo de su sexo.

—¡Jaxon...!

En vez de saciarla, él comenzó a besarle los pechos con delicadeza y a acariciarle la espalda.

–Deja de jugar conmigo, por favor, Jaxon –súplicó ella.

–Esto no es una idea muy inteligente, Stazy –dijo él, dejando de tocarla y apartándose de ella.

Stazy se quedó mirándolo durante varios segundos y vio claramente reflejado en sus ojos un intenso arrepentimiento.

–¿Jaxon...?

Él negó con la cabeza con una adusta expresión reflejada en la cara.

–Ambos sabemos que vas a terminar odiándome si llego más lejos con esto...

–Estás equivocado, Jaxon –respondió ella, volviéndose a poner el vestido.

–¿Lo estoy? –preguntó él con voz ronca.

–Oh, sí –aseguró Stazy–. ¡No podría odiarte más de lo que te odio en este momento! –añadió con el enfado reflejado en los ojos. Parecía sentirse humillada.

Jaxon sabía que se merecía aquel enfado; había permitido que las cosas llegaran mucho más lejos de lo que debía haber hecho teniendo en cuenta que ella estaba muy vulnerable emocionalmente. Pero también sabía que Stazy estaba equivocada; lo habría odiado aún más si hubiera llevado aquel acto sexual hasta sus últimas consecuencias.

Sintiendo como su sexo le quemaba debajo de los calzoncillos, decidió que debía darse otra ducha de agua fría en cuanto llegara a su habitación...

pero en aquella ocasión debía ser una ducha muy larga...

–Tal vez incluso me des las gracias por la mañana por haber detenido esto –murmuró.

–¡Si fuera tú, no apostaría por ello!

–Stazy...

–Creo que debes marcharte ya, Jaxon –espetó ella, enfurecida.

–Está bien –concedió él–. Pero ya sabes dónde estoy si no puedes dormir y te apetece...

–¿El qué? –interrumpió Stazy–. ¿No acabamos de decidir que esto ha sido muy mala idea?

–Iba a decir si te apetece tener compañía –terminó Jaxon–. Y no recuerdo haber dicho que fuera mala idea, simplemente que no era una idea muy inteligente... dadas las circunstancias.

–Bueno, «dadas las circunstancias», me gustaría que ahora te marcharas –respondió ella, levantando la barbilla con orgullo al quedársele mirando.

Él la miró con el arrepentimiento reflejado en los ojos antes de salir de la sala, consciente de que quedarse solo empeoraría la situación.

Si es que era posible...

Capítulo 8

L O QUE has intentado hacer no ha sido muy inteligente, ¿no te parece? –le dijo Jaxon a Stazy al entrar en el salón casi dos horas más tarde.

Ella estaba dando vueltas delante de las ventanas, vestida con un gordo jersey verde y pantalones vaqueros negros. Llevaba el cabello arreglado en una tirante trenza.

–¿No deberías estar dormido? –respondió, mirándolo fugazmente.

Él cerró la puerta del salón con cuidado.

–Little vino a mi dormitorio para decirme que habías intentado tomar mi Harley para ir a ver a tu abuelo esta misma noche.

–¡Es un traidor!

Jaxon negó con la cabeza. Antes de bajar se había puesto apresuradamente unos pantalones vaqueros y una camiseta negra.

–¿Cuándo tomaste las llaves de mi Harley de mi mesilla de noche...?

–Cuando oí que estabas duchándote –confesó Stazy, que parecía sentirse un poco culpable–.

Siento haberlas tomado sin tu permiso, pero en el momento no pensé que tuviera otra opción.

—¿Es así como te disculpas?

—No —dijo ella, suspirando—. Ha estado muy mal por mi parte y me disculpo sinceramente, Jaxon. ¡Mi abuelo se quedaría horrorizado si lo supiera!

—Yo estoy horrorizado... ¡pero seguramente no por la misma razón! —espetó él, mirándola con exasperación al imaginarse lo que podía haber ocurrido si hubiera logrado marcharse con la motocicleta—. ¿Cómo pensaste siquiera que tomar mi Harley iba a funcionar, Stazy, con todos los miembros de seguridad que hay en la propiedad?

—Ni siquiera saqué la motocicleta del garaje —reconoció ella, apesadumbrada.

No había excusa para lo que había permitido que ocurriera en el despacho de su abuelo aquella misma velada... y simplemente había querido alejarse de Bromley House y de Jaxon.

Pero en cuanto había encendido el motor de la Harley, tres miembros de seguridad se habían acercado a donde la motocicleta estaba aparcada. Le habían quitado las llaves y la habían acompañado de vuelta al interior de la vivienda. ¡Toda una humillación!

—Obviamente no pensé en las consecuencias que podría acarrear —comentó con aire de culpabilidad.

—¡Obviamente! —repitió Jaxon, negando con la cabeza—. ¡Podrías haberte matado, maldita sea!

En retrospectiva, Stazy reconoció para sí misma que su idea había sido muy mala. No había tenido ninguna garantía de haber podido salir por la carretera trasera de Bromley House, lo que había sido su idea para no ser vista. Pero ya nunca lo sabría.

No. Haber tomado la Harley no había sido una buena idea en absoluto. En realidad, había sido una idea muy infantil...

—Me siento tan... tan inútil, al tener que sentarme aquí a esperar noticias de mi abuelo —comentó.

La expresión de la cara de Jaxon se dulcificó.

—Estoy seguro de que Geoffrey sabe cómo te sientes, Stazy.

—¿Sí?

—Sí —insistió él—. Mira, es casi la una de la madrugada y sin duda el personal de cocina se fue a la cama hace horas. ¿Por qué no bajamos a la cocina y preparamos té o algo que nos apetezca?

—El té es la panacea inglesa para cuando estamos alterados, ¿no es así?

—Parece que funciona en la mayoría de las situaciones, sí.

—¿Por qué no? —concedió ella, que se encontraba demasiado nerviosa como para conciliar el sueño.

Mientras se dirigían a la cocina, el único sonido que perturbó el inquietante silencio que imperaba en la vivienda fue el reloj de cuerda de su abuelo.

Aquello le recordó a Jaxon, si es que necesitaba algún recordatorio, que era muy tarde y que estaba a solas con Stazy. La ducha fría de quince minutos que se había dado no había logrado apaciguar su excitación, como tampoco lo había logrado el sentarse a su escritorio para leer las anotaciones que había realizado hasta aquel momento para la película, ni el telefonear a su agente en Los Ángeles para hablar sobre ello.

Nada de todo aquello había impedido que fantaseara con hacerle el amor a Stazy en el despacho de Geoffrey. De hecho, todavía seguía pensando en ello.

El ambiente de intimidad que se respiraba en la cocina y el ayudarla a ella a preparar el té no consiguieron mejor resultado sobre su lívido. No podía dejar de mirar como sus delicadas manos preparaban la tetera ni dejar de imaginarse esas mismas manos acariciándolo...

—¿Te sientes algo mejor? —le preguntó cuando por fin estuvieron sentados a la mesa de la cocina con dos tazas de té delante de cada uno.

—¿Te refieres a que si estoy menos histérica? —respondió Stazy.

—No estabas histérica... —aseguró él— simplemente comprensiblemente preocupada por tu abuelo.

—Sí —reconoció ella, suspirando—. Aun así, no debería haber sido tan insidiosa.

—¿Tú? ¿Insidiosa? —Jaxon emitió un exagerado grito de incredulidad—. ¡Nunca!

—¡Jamás ganarás ningún premio con esa actuación!

—Tienes razón —reconoció él, riéndose irónicamente.

Stazy se puso muy seria.

–¿Crees que mi abuelo está diciéndonos la verdad acerca de esta amenaza? –preguntó, preocupada–. Antes se me ocurrió que podría estar utilizándola como cortina de humo... y que tal vez el guion de tu película le haya causado otro ataque al corazón.

–¿Realmente piensas que tu abuelo te mentiría de esa manera? –respondió Jaxon.

–Si creyera que yo iba a preocuparme menos, sí, lo haría –confirmó ella.

Desafortunadamente, Jaxon pensaba lo mismo. Aunque deseaba con fervor que no fuera el caso.

–Entonces es una de esas preguntas que no puedo responder correctamente, sea cual sea mi contestación. Si digo que creo que tu abuelo está diciendo la verdad, no vas a creerme. Y si te digo que es una posibilidad, me pedirás que considere abandonar la idea.

–Tal vez debamos cambiar de tema –sugirió Stazy.

–Puede ser buena idea –concedió él.

–Como probablemente no vayas a poder hablar con mi abuelo de la película durante varios días, quizá quieras contarme a mí lo que has descubierto en los diarios de mi abuela y que querías comentar con él.

–Me temo que es otra pregunta que no puedo responder. Me parece una pena que vayamos a estropear las cosas cuando parecía que durante la última media hora habíamos logrado una tregua...

–Probablemente sea una tregua armada, Jaxon

—comentó ella—. ¡Y propensa a que se produzca un tiroteo en cualquier momento!

—Está bien —dijo él—. Curiosamente, lo que he encontrado es algo que parece que el reportero que escribió la biografía de tu abuelo pasó por alto.

—Hmm...

—¿No crees que lo pasara por alto?

—Lo que creo es que, sea lo que sea que hayas descubierto, sin duda mi abuelo se aseguró de que el reportero no lo descubriera.

—¿Crees que Geoffrey tiene tanto poder?

—Oh, sí —contestó Stazy, esbozando una afectuosa sonrisa.

—Ni siquiera sabes de qué trata lo que he descubierto.

—No necesito saberlo. Si mi abuelo ha dejado algunos documentos comprometedores para ti, entonces es que quería que los encontraras.

Aquello provocó que Jaxon se sintiera un poco mejor.

—De hecho, he descubierto dos cosas, pero ambas están relacionadas.

Ella simplemente esperó a que continuara hablando.

—He descubierto el certificado matrimonial de tus abuelos, que data de febrero de 1946.

—¿Sí?

—Y el certificado de nacimiento de tu padre, de octubre de 1944.

—¿Sí?

—Lo que deja una discrepancia de dieciséis meses.

–Dos años o más si tienes en cuenta los nueve meses de embarazo –corrigió Stazy.

–¿Sí...? –respondió él en aquella ocasión.

Ella sonrió y pareció relajarse.

–Estoy segura de que hay muchos niños con certificados de nacimientos cuestionables durante los años de guerras.

–Sin duda –concedió Jaxon, desconcertado–. Pero...

–Pero el lugar de nacimiento de mi padre aparece como Berlín, Alemania.

–Sí.

–Y sin el nombre del padre.

–No...

–Lo que significa que no hay ninguna manera de saber con certeza que Geoffrey es su padre.

–Yo no he dicho eso –protestó Jaxon.

–No has tenido que decirlo –dijo Stazy, riéndose–. ¿No crees que hubiera resultado un poco extraño que en la partida de nacimiento de un bebé varón en Berlín, en 1944, apareciera un hombre inglés como su padre?

–Bueno, sí, pero...

–¿Quieres más té, Jaxon? –preguntó repentinamente ella, levantándose para calentar más agua en la tetera. A continuación regresó junto a la mesa con esta.

–Gracias –ofreció él al servirle Stazy más té. Se fijó en que parecía divertida–. ¿Te importaría compartir qué es tan divertido?

–Tú –contestó ella, sentándose de nuevo–. Tienes treinta y tantos años, Jaxon, eres un excelente actor y director de Hollywood, pero... ¡pareces escandalizado de que hace setenta años nacieran bebés fuera del matrimonio!

—No estoy en absoluto escandalizado... Simplemente es que estamos hablando de tus abuelos. Y de tu padre.

—Geoffrey y Anastasia jamás intentaron ocultarme el hecho de que mi padre tenía ya dieciséis meses el día de su boda —aseguró Stazy con delicadeza—. Tenemos fotografías que lo prueban. Te las puedo enseñar mañana... mejor dicho, más tarde hoy mismo —corrigió al mirar el reloj de la cocina y ver que eran casi las dos de la madrugada—. Si te gustaría verlas.

—Desde luego, sí.

—Las buscaré por la mañana.

—¿Entonces qué fue lo que ocurrió? —quiso saber él—. ¿Por qué no se casaron tus abuelos cuando descubrieron que estaban esperando un hijo?

—No se casaron antes porque al pasar a las líneas enemigas en febrero de 1944, mi abuela no sabía que estaba embarazada. Cuando conoció su estado, ya había adquirido la identidad de una joven austriaca que había enviudado recientemente y que obviamente sentía mucho rencor hacia los ingleses. No pudo hacer otra cosa que quedarse en Berlín y continuar con la misión que le habían encomendado. Siempre dijo que su embarazo la ayudó a confirmar aquella identidad.

—Dios mío... —dijo Jaxon, dejándose caer sobre el respaldo de la silla.

–Sí –concedió ella–. Cuando mi abuelo se enteró del estado de Anastasia, ordenó que la sacaran de Berlín de inmediato.

–Y ella se negó a marcharse hasta que no terminara la misión para la que había ido allí, ¿verdad?

–Efectivamente.

–¿Tu abuela pasó su embarazo, tuvo a su hijo y se ocupó de él mientras se encontraba en el bando enemigo con una identidad falsa que podía haber sido descubierta en cualquier momento?

–Sí –respondió Stazy, levantando la barbilla.

Incrédulo, él negó con la cabeza.

–Dios, eso es tan... tan...

–¿Irresponsable? ¿Egoísta?

–Iba a decir romántico –aclaró Jaxon, sonriendo con admiración–. E increíblemente valiente. ¡Debió haber sido una mujer increíble!

–Siempre he creído lo mismo –comentó ella.

–Pues tú te pareces mucho a tu abuela, ¿sabes?

–Yo creo que no, Jaxon. Incluso con noventa años, Anastasia se habría montado en tu Harley y habría logrado salir de la propiedad, ¡sin importar todos los miembros de seguridad que hubieran intentado impedírselo!

–Tal vez –reconoció él–. Pero tú lo intentaste con todas tus ganas.

–Pero obviamente no fue suficiente –dijo Stazy, encogiéndose de hombros.

–¿Entonces crees que tu abuelo quería que yo encontrara esos certificados?

–Estoy segura.

—¿Por qué?

—Por alguna razón confía en que vas a hacer lo correcto —respondió ella.

—¿Y tú también confías en que vaya a hacerlo? —le preguntó Jaxon, inclinándose sobre la mesa para tomarle una mano.

Al mirarlo, Stazy se dio cuenta de que sí confiaba en él. Su mirada gris era inequívocamente sincera.

Confiaba en Jaxon, ¡pero no confiaba en ella misma cuando estaba a su alrededor!

Incluso en aquel momento de preocupación y angustia por su abuelo, el que él le hubiera tomado la mano la había alterado por completo, la había excitado intensamente.

—Confío en el juicio de mi abuelo con respecto a todo —contestó finalmente.

—¿Pero no en el mío? —dijo Jaxon con astucia.

Stazy apartó su temblorosa mano de la de él y la metió debajo de la mesa.

—Es tarde, Jaxon —comentó, levantándose abruptamente—. Seguro que mañana será un día largo y angustioso. Deberíamos intentar dormir un poco —añadió, dirigiéndose a la cocina para aclarar las tazas que habían utilizado.

Consciente de que él estaba mirándola, sintió como le ardía la sangre en las venas. Le temblaron las piernas y tuvo que agarrarse a la pila para no tambalearse.

—¿Stazy...?

Ella respiró profundamente para intentar tranquilizarse.

—Si algo de lo que he dicho o hecho te ha disgustado, te pido disculpas... —dijo Jaxon.

Stazy había estado tan aturdida intentando controlarse que no se había dado cuenta de que él se había acercado y estaba detrás de ella. Sintió la calidez de su respiración como una caricia en la nuca. ¡Si la tocara...!

—No has hecho nada que me haya disgustado —aclaró, apartando aquel pensamiento de su mente y girándose hacia él—. Creo que simplemente estoy demasiado alterada.

—Debemos irnos a la cama —sugirió Jaxon, tomándola de la mano y guiándola hacia el pasillo.

Una vez allí, ambos se dirigieron de la mano hacia las escaleras que llevaban a la planta de arriba de la vivienda. Cuando comenzaron a subir, ella le apretó la mano con fuerza y sus pasos se hicieron más lentos.

Él se giró para mirarla en la penumbra. Parecía realmente pálida.

—Stazy, ¿preferirías tener compañía esta noche?

Al llegar a la planta de arriba, ella se detuvo en seco. Frunció el ceño y se giró para mirarlo.

—¿Qué es lo que estás sugiriendo exactamente, Jaxon...? —murmuró con recelo.

—Estoy preguntándote si te gustaría que fuera a tu dormitorio y pasara el resto de la noche contigo —espetó él sucintamente.

—¿Por qué?

—¿Qué te parece si te digo que sé que las horas entre las dos y las cinco de la madrugada pueden ser muy duras de pasar si tienes algo que te preocupa en la mente?

—¿Hablas por experiencia personal? —quiso saber Stazy.

—Por muy difícil que obviamente te resulta creer, sí —confesó Jaxon—. Nunca me ha quitado el sueño nada tan serio como la inquietud que sientes por tu abuelo, pero he tenido muchas preocupaciones a lo largo de los años.

—¿Como el mirarte en el espejo para buscar la primera cana y arruga?

—Tinte de pelo e inyecciones de botox —respondió él con tono displicente.

Ella se quedó muy impresionada.

—¿Alguna vez has...?

—No, ¡sinceramente puedo decir que jamás he utilizado ninguna de esas cosas! —aseguró Jaxon, irritado al darse cuenta de que Stazy estaba divirtiéndose a su costa.

—Todavía —supuso ella.

—Jamás —afirmó él—. Voy a envejecer con gracia —añadió con burla.

Stazy sabía que ambos estaban hablando simplemente por hablar. En realidad, estaban esperando para ver qué respondía a la oferta de Jaxon de pasar la noche en su compañía.

—¿Entonces...? —provocó él tras unos segundos.

¡Dios sabía que ella no quería estar sola ya que en cuanto estuviera en su dormitorio iba a comenzar a volverse loca pensando en la seguridad de su abuelo!

¿Quería eso decir que estaba planteándose aceptar la oferta de Jaxon?

Capítulo 9

PREFIERO dormir a la derecha de la cama.
–Yo también.
–Es mi dormitorio.

–Y, como tu invitado, ¿no crees que debería tener el privilegio de elegir en qué parte de la cama quiero dormir?

–No, si mi invitado es un caballero.

Stazy pensó que aquella conversación, para ser una mantenida antes de meterse con un hombre en la cama, era bastante patética. Se preguntó en qué habría estado pensando al aceptar la oferta de Jaxon. No había actuado con lógica ni coherencia.

Había tomado aquella decisión en un impulso, guiada por el deseo de no estar tumbada sola a oscuras con sus angustiados pensamientos.

Acababa de regresar del cuarto de baño de su dormitorio vestida con la camiseta blanca y los pantalones grises que utilizaba para dormir y vio que él solo llevaba puestos unos calzoncillos negros que dejaban intuir su sexo. Tenía unos anchos hombros y una espectacular musculatura.

Deseó acariciar el oscuro vello que le cubría el

pecho y que bajaba por su abdomen para esconderse por debajo de sus calzoncillos...

–Tal vez primero debas ir a tu dormitorio a ponerte un pijama... –dijo sin convicción, ¡como si el
que Jaxon se pusiera pijama fuera a evitar que estuviera tan abrumada por él!

–Sería buena idea... si utilizara pijama –contestó
Jaxon.

–En ese caso, puedes dormir a la derecha de la
cama...

–Solo estaba bromeando sobre eso, Stazy –confesó él–. El lado izquierdo está bien –añadió, muy
excitado al haber visto a su anfitriona vestida con
aquella fina camiseta que le marcaba sensualmente
los pechos.

Supuso que debía estar agradecido por el hecho
de que ella tuviera una cama de matrimonio en su
dormitorio.

–¿Vamos a meternos ya en la cama para calen-
tarnos o nos quedamos toda la noche aquí de pie
mirándonos el uno al otro? –preguntó.

–Tal vez no haya sido tan buena idea el que pases aquí la noche... ¡Oh! –exclamó Stazy al ver que
Jaxon levantaba el edredón del lado izquierdo de la
cama y se metía en ella.

–Aquí dentro se está mucho más calentito que
ahí fuera –comentó él, levantando el edredón de la
parte derecha de manera incitante.

Ella no sabía si necesitaba aquella calidez extra.
Estaba sintiendo como si un intenso fuego le estu-

viera recorriendo el cuerpo. Estaba ruborizada y tenía húmedas las palmas de las manos.

–Mejor así –murmuró Jaxon al finalmente meterse Stazy en la cama.

Entonces se giró para apagar la luz de la mesita de noche. El dormitorio se quedó a oscuras. A los pocos segundos tomó a Stazy por la cintura para atraerla hacia sí y que apoyara la cabeza en su hombro.

Pero ella no sintió ningún alivio. ¿Cómo iba a relajarse al estar acurrucada en el cálido y casi desnudo cuerpo de Jaxon? Al reposar una mano sobre el pecho de este, finalmente pudo acariciar el aterciopelado vello que cubría su piel. Con el codo tocó ligeramente el revelador bulto que había debajo de sus calzoncillos...

–Cierra los ojos y duérmete, Stazy –dijo Jaxon.

–No estoy segura de poder dormirme –confesó ella.

–Supongo que podría cantarte una nana.

–No sabía que podías cantar.

–Y no puedo –respondió él, riéndose. A continuación le acarició el pelo–. ¡Qué agradable!

Stazy pensó que no era agradable... ¡era como estar en el cielo! Era un placer ilícito.

–Estate quieta –ordenó él al moverse ella de manera nerviosa.

–Simplemente estaba poniéndome cómoda –aseguró Stazy.

Jaxon la deseaba tanto que temió perder el control si ella seguía moviéndose. Sentir su cabello sobre sus pectorales, sus pechos presionados contra su costado y una de sus piernas sobre una suya, estaba volviéndole loco...

En un momento dado, ella le puso una mano en el estómago y se acurrucó aún más en él. Pocos minutos después, el sonido de su serena respiración dejó claro que había logrado dormirse.

Consciente de que él no iba a poder encontrar el alivio a su propio purgatorio, tenía una potente erección, se quedó allí tumbado mirando al techo en la oscuridad...

–¿Estás despierta? –preguntó Jaxon en voz baja.

–Umm... –gimió Stazy sin abrir los ojos, disfrutando de la exquisita sensación que estaban provocando en ella las manos de él, que no dejaban de acariciarle todo el cuerpo.

Parecía como si Jaxon hubiera querido recordar de memoria cada curva y contorno de su fisionomía. En un momento dado, le bajó uno de los tirantes de la camiseta y dejó expuesto uno de sus pechos.

Ella gimió entrecortadamente al tomar él con los dedos su endurecido pezón y comenzar a incitarlo. Un intenso placer le recorrió por dentro al alternar Jaxon aquellas deliciosas caricias con las caricias de su lengua.

–¡Jaxon...! –exclamó, abriendo los ojos y mirándolo bajo la tenue luz del amanecer–. Por favor, esta vez no pares... –lo animó, ansiosa.

Entrelazó los dedos con el oscuro cabello de él y Jaxon, con el placer reflejado en los ojos, volvió a centrarse en su pecho, el cual chupó, mordisqueó y acarició antes de hacer lo mismo con su otro seno. A continuación le separó los muslos y se posicionó entre estos. Ella introdujo las manos por debajo de sus calzoncillos y le apretó el trasero. Él la agarró entonces por las caderas, levantó la cabeza y respiró profundamente.

Stazy rodeó su erección con las manos y comenzó a acariciar la humedad que se escapaba por la punta...

Durante la madrugada, Jaxon finalmente se había quedado dormido, pero no había descansado bien y se había despertado tan solo unas horas más tarde. Había estado muy excitado y no había sido capaz de resistir el despertarla. Había necesitado tocarla, pero se había prometido a sí mismo que solo iban a ser un par de caricias... pero no había sido lo suficientemente fuerte.

Y en aquel momento, al notar como ella le acariciaba su sexo, se sintió a punto de explotar.

–Túmbate, Jaxon, y permíteme que te quite los calzoncillos –dijo Stazy, sentándose en el colchón para quitarse la camiseta y poder moverse con libertad.

A continuación le quitó los calzoncillos a él y lo miró con la ansiedad reflejada en los ojos. Entonces se humedeció los labios...

Jaxon pensó que si ella lo tocaba con aquellos húmedos y carnosos labios iba a...

–¡Oh, Dios santo! –exclamó, levantando las caderas al bajar Stazy la cabeza.

Ella le agarró el sexo con firmeza mientras con la otra mano lo sujetaba contra el colchón. En ese momento separó los labios y lo tomó por completo... lo lamió, lo chupó, lo saboreó...

Él podía oler la excitación de Stazy, un aroma caliente de olor a almizcle que estaba volviéndole loco.

Aquello era demasiado. ¡Ella era demasiado!

–Tienes que parar. ¡Ahora! –espetó, agarrándola por los hombros y separándola de él. Su erección cayó sobre su estómago–. Es mi turno.

Aunque los ojos de Stazy reflejaron una gran decepción, la tumbó sobre las almohadas y la desnudó por completo. A continuación se sentó de cuclillas sobre el colchón para admirar la nacarada perfección de su cuerpo; tenía una preciosa pálida piel, como de marfil, unos exuberantes pechos con unos hermosos pezones rosas y unos rizos dorados rojizos cubriéndole la entrepierna.

Le separó los muslos con delicadeza para revelar ante él su belleza oculta. Disfrutó del gemido de placer que emitió ella cuando le acarició con los dedos el clítoris antes de acercar la boca para acariciarla con la lengua, una y otra vez, hasta que Stazy arqueó el cuerpo hacia él.

En ese momento la penetró con los dedos y ella emitió un profundo gemido. Un intenso placer la embargó al comenzar a sentir un potente orgasmo... orgasmo que Jaxon le hizo sentir hasta el último segundo.

Saciada y completamente exhausta, a ella le pareció oír un fuerte estruendo.

Aturdida, miró a Jaxon.

—¿Qué...?

—Me gustaría ser el responsable de ese fenómeno, pero me temo que no lo soy —respondió él.

Stazy miró a su alrededor, completamente desorientada... tanto por la debilidad que se había apoderado de ella tras el primer orgasmo que había sentido jamás como por aquel inexplicable estruendo.

Miró de nuevo a Jaxon al no poder encontrar razón alguna que justificara aquel ruido.

—¿Qué es?

Él creía saber qué era, mejor dicho *quién* era. Se trataba de alguien que iba a borrar la expresión de saciedad de la bella y relajada cara de Stazy. Miró el desnudo y satisfecho cuerpo de esta por última vez antes de levantarse de la cama y acercarse a la ventana. Apartó una de las cortinas para poder ver el jardín de la vivienda.

—Sí, me temía que fuera esto —comentó, esbozando una mueca de dolor. A continuación corrió la cortina de nuevo y volvió junto a Stazy, que se había sentado en el borde de la cama.

—¿Te temías que fuera el qué? —quiso saber ella, desconcertada.

—Es tu abuelo. Acaba de llegar en helicóptero.

—Él... yo... tú... nosotros... —balbuceó Stazy, levantándose abruptamente de la cama.

Completamente desnuda, se acercó a su vez a una de las ventanas del dormitorio.

—Oh, Dios mío... —gruñó, obviamente embargada por el pánico. Se giró y se acercó a Jaxon para agarrarlo por el brazo—. ¡Debemos vestirnos! No... ¡primero tienes que marcharte a tu propio dormitorio! —añadió, soltándole el brazo y comenzando a tomar frenéticamente la ropa de él del suelo. A los pocos segundos hizo un fardo con las prendas y se lo dio a Jaxon—. Tienes que llevarte esto contigo...

—¿Podrías calmarte? —dijo él, dejando la ropa sobre una silla cercana a la cama. Entonces agarró a Stazy por los brazos y le dio un ligero apretón—. Por el amor de Dios, tienes veintinueve años.

—Y mi abuelo está ahí fuera —contestó ella, angustiada.

—No hemos hecho nada malo —aseguró Jaxon.

—Si estuviéramos en mi apartamento o en un hotel, estaría de acuerdo contigo... ¡pero esta es la casa de mi abuelo! —espetó Stazy, pálida. Se apresuró a ir al cuarto de baño y regresó con su bata.

—No creo que lo primero que vaya a hacer Geoffrey cuando entre en casa sea venir a tu dormitorio para comprobar si por casualidad hemos pasado la noche juntos...

—Por favor, no discutas más... ¡simplemente márchate, Jaxon! —interrumpió ella, mirándolo.

—Voy a regresar a mi dormitorio, Stazy —aseguró él con brusquedad—. Pero creo que primero debería vestirme, ¿no te parece? No sería apropiado que me encontrara por los pasillos con tu abuelo o con algún miembro del personal estando completamente desnudo.

Ella tuvo que reconocer que Jaxon tenía toda la razón.

—Y tampoco me parece aceptable salir a hurtadillas de tu dormitorio como si fuera un jovencito que acabara de hacer algo malo —continuó él con un obvio desagrado reflejado en la voz.

—No estaba implicando eso...

—¿No? —dijo Jaxon, tomando su ropa—. Pues a mí me parece que es precisamente eso lo que estás implicando —añadió, vistiéndose a toda prisa.

—¿Podemos hablar de esto después, Jaxon?

—¿De qué tenemos que hablar? En mi profesión he aprendido que las acciones valen más que mil palabras, Stazy —espetó él—. Y tus acciones, la prisa que tienes para librarte de mí, me deja claro que te arrepientes de lo que acaba de ocurrir entre ambos.

—Estás comportándote como ese jovencito del que hablabas —comentó ella.

—Olvídalo, Stazy —respondió Jaxon con una seria expresión reflejada en la cara.

Ella pensó que le resultaría imposible olvidar los increíbles momentos que había pasado con él en la cama. Había sido maravilloso, increíble. Al contrario de lo que le había ocurrido con sus dos anteriores relaciones, se había abierto completamente ante Jaxon. Y no sabía muy bien por qué, no sabía si ello implicaba que se había enamorado de él...

No. No podía ser. ¡Jamás se enamoraría de nadie!

Jaxon era un amante experimentado que estaba acostumbrado a conquistar a todas las mujeres con las que se acostaba. Y esa era la razón, ¡la única razón! por la que ella había perdido el control al estar con él en la cama.

—Está bien —dijo, levantando la barbilla—. Entonces supongo que no hablaremos después.

Él la miró con el ceño fruncido. Sabía que no debía haberse enfado tanto con ella, pero le había molestado haber sentido que Stazy lo consideraba solo una indiscreción que tenía que ocultar.

En un intento de reconciliación, acercó una mano para acariciarle la mejilla.

—Realmente creo que debes marcharte, Jaxon —insistió ella, apartándose a un lado para evitar la caricia de él.

Jaxon bajó la mano y se quedó mirando a Stazy durante varios segundos.

—Hablaremos de esto antes de que me marche de Bromley House —prometió antes de marcharse sigilosamente de la habitación.

Capítulo 10

ME TEMO que esa es mi razón para no haberos dicho anoche que estaba en el hospital para que me dieran puntos en un brazo –explicó Geoffrey, mirando con preocupación a su nieta.

Estaban en el salón de la vivienda y Jaxon se encontraba frente a una de las ventanas mientras Stazy estaba sentada en uno de los sillones junto a la chimenea.

La explicación que el anciano les había dado a Jaxon le parecía digna de uno de los numerosos guiones de cine que le presentaban cada año. Amenazas de muerte de un asesino desconocido. Disparos en medio de la noche. El arresto del pistolero por parte de los miembros del equipo de seguridad que había estado protegiendo a Geoffrey en Londres. Un pistolero que tenía una vieja y personal rencilla contra Geoffrey, pero que no había sabido dónde encontrarlo hasta que el año anterior se había publicado aquella vergonzosa biografía de Anastasia.

–¿Te disparó en...? –comenzó a preguntar Stazy, completamente pálida.

—Es solo una herida superficial —aseguró su abuelo, mirándose el cabestrillo del brazo derecho.

Ella se levantó abruptamente.

—¿Alguien te disparó y elegiste no decírmelo? —dijo, impactada ante el comportamiento de su abuelo.

—Bueno... sí —respondió Geoffrey, esbozando un gesto de dolor—. No quería alarmarte...

—¡No querías alarmarme...! —Stazy respiró profundamente y miró a su abuelo con la incredulidad reflejada en los ojos—. ¡No te creo! —espetó finalmente, exasperada—. Un hombre desconocido te ha estado acechando durante días y finalmente logra dispararte... ¡y tú decides no decírmelo porque no quieres alarmarme!

—Sí que te hablé de unas amenazas...

—Pero no me dijiste que estaban dirigidas solo a ti, sino que me aseguraste que habían amenazado a varios miembros más de uno de los equipos de seguridad para los que trabajaste. Admítelo, abuelo. Me mentiste.

—Stazy... —terció Jaxon.

—Ni se te ocurra intentar excusar el comportamiento de mi abuelo —advirtió ella—. No hay excusas. He estado preocupadísima por ti, abuelo —añadió, mirando a Geoffrey.

—Decirte que me habían disparado solo habría conseguido preocuparte aún más —dijo su abuelo.

—¡No estoy segura de que eso fuera posible! —exclamó Stazy, negando con la cabeza—. Lo siento, pero si me quedo aquí durante más tiempo voy a terminar diciendo algo de lo que realmente voy a arrepentirme. Si me disculpáis... –dijo antes de marcharse del salón sin esperar a que ellos contestaran.

–Bueno, las cosas no han marchado muy bien, ¿no es así? –murmuró Geoffrey una vez que estuvo a solas con Jaxon.

–No muy bien, no –concedió Jaxon.

–¿Por qué no comprende que solo estaba intentando protegerla al no decirle la verdad hasta que todo hubiera pasado? –preguntó el anciano, obviamente frustrado.

Jaxon se acercó a él.

–Tal vez esté equivocado, pero creo que Stazy considera que ya es suficientemente mayor como para necesitar ese tipo de protección ni de usted ni de nadie.

–¿Y qué crees que podría haber hecho dadas las circunstancias? –quiso saber Geoffrey.

–Yo soy la última persona a la que debería preguntarle acerca de cómo actuar con Stazy.

–¿De verdad? –respondió el anciano con la especulación reflejada en la mirada.

–¡Oh, sí! –dijo Jaxon decididamente.

–¿Quiere eso decir que todavía estáis enfrentados?

Jaxon no sabía lo que podría sentir Stazy por él en aquel momento. La noche anterior le había permitido consolarla y aquella misma mañana casi habían hecho el amor... antes de tener la pelea más horrible que había vivido él cuando Geoffrey había aparecido inesperadamente.

No comprendía aquel comportamiento... ni sabía

interpretar sus sentimientos hacia ella. Haberla tenido abrazada durante toda la noche había sido un placer y un tormento al mismo tiempo. Y haber estado con ella aquella mañana había representado un verdadero deleite.

—Más o menos —contestó finalmente.

—Aun así, dime una cosa, ¿crees que Stazy me perdonará algún día?

—Creo que sería buena idea si le da tiempo para... bueno, para tranquilizarse antes de intentar hablar con ella de nuevo —aconsejó Jaxon.

—¿Y mientras tanto...? —insistió Geoffrey.

—No sé qué puede hacer mientras tanto —confesó Jaxon—. Pero ahora que ya no hay miembros de seguridad en la propiedad, quiero ponerme mi ropa de cuero y salir a dar una vuelta en mi Harley.

—Te pediría que me llevaras contigo, pero creo que si lo hiciera tal vez Stazy me repudiaría por completo —dijo el anciano, riéndose entre dientes.

—¡No hay ningún «tal vez» al respecto! —aseguró Jaxon.

Geoffrey asintió con la cabeza.

—Esperemos que me perdone muy pronto.

Aquel era un deseo que Jaxon compartía para sí mismo...

Stazy apoyó la cabeza en la ventana de su dormitorio y vio como Jaxon se alejaba de la vivienda montado en su Harley. Se preguntó si se estaría marchando para siempre o si simplemente había salido a dar una vuelta.

Si había decidido marcharse, no podía culparlo. Ella también deseaba irse de allí, anhelaba la tranquilidad de su apartamento londinense, quería estar a solas durante un tiempo... aunque solo fuera para curarse las heridas. Pero sabía que no podía marcharse hasta que las cosas no mejoraran entre su abuelo y ella.

Aunque podía apreciar las razones que Geoffrey había tenido para mentirle, no comprendía cómo al final lo había hecho tan abiertamente. ¡Sobre todo cuando esas mentiras la habían llevado a pasar la noche con Jaxon!

No podía dejar de pensar en lo que había ocurrido entre ambos aquella misma mañana. Al haber tomado su maleta del armario y haberla colocado sobre la cama de su dormitorio, había recordado la alegría que había sentido al ser acariciada y besada por él, al acariciarlo y besarlo, y el inimaginable éxtasis que le había hecho alcanzar con su increíble destreza...

Había sido su primer orgasmo, pero también sería el último si la llevaba a sentirse vulnerable no solo física, sino también psicológicamente.

–¿Puedo entrar? –preguntó entonces su abuelo desde el otro lado de la puerta.

–Eso depende de si vas a volver a mentirme o no –respondió ella.

–Ya te he explicado por qué te mentí, cariño –dijo Geoffrey, entrando en la habitación.

—Me has dado una explicación completamente inaceptable. ¡Ya no soy una niña a la que tengas que proteger de la verdad, abuelo!

—Eso mismo me ha dicho Jaxon —reconoció el anciano.

Stazy se puso tensa con solo oír el nombre de Jaxon. Se preguntó en qué contexto habría hecho aquel comentario.

—¿Te lo ha dicho antes o después de marcharse en su Harley?

—Obviamente antes —respondió Geoffrey con una mueca de dolor reflejada en la cara al ver la maleta que había sobre la cama del dormitorio—. ¿Qué ocurre, Stazy...?

—He pensado en marcharme yo también, esta misma tarde.

—¿Marcharte? Pero...

—Tú mismo has dicho que el peligro ya ha pasado y que tu herida no es seria —interrumpió ella con firmeza—. Y como Jaxon se ha marchado, no tiene mucho sentido que yo no vaya a la excavación en Iraq, tal y como había planeado desde el principio.

Decidió que su abuelo no tenía por qué saber que había sacado la maleta antes de haber visto a Jaxon en la Harley.

—Jaxon no se ha marchado definitivamente, cariño —aclaró Geoffrey—. Simplemente ha salido a dar una vuelta en su motocicleta tras haber estado aquí encerrado durante varios días.

—Oh —respondió Stazy, palideciendo.

–¿Hay algo que quieras contarme? –le preguntó su abuelo, mirándola de manera perspicaz.

–No, nada –contestó ella abruptamente, evitando la azul mirada de Geoffrey. De ninguna manera iba a confesarle lo que había ocurrido entre Jaxon y ella aquella mañana–. Creo que voy a seguir el ejemplo de Jaxon y salir a dar una vuelta. Tal vez vaya a correr a la playa –añadió–. Más tarde podremos discutir si tiene sentido que continuemos con la investigación de los documentos de la abuela.

–¿Qué quieres decir? –quiso saber Geoffrey, impresionado.

–Has dicho que la biografía no autorizada que se publicó hace un año fue la razón por la que este hombre del pasado logró encontrarte. Si Jaxon sigue adelante con la película, quedarás mucho más expuesto.

–Ahora tiene mucho más sentido que Jaxon ruede esta película, cariño –insistió su abuelo con firmeza–. ¿No te das cuenta? Es la única manera de disipar el mito y mostrar a Anastasia como la verdadera heroína que fue.

Desafortunadamente, Stazy comprendía que aquello tenía lógica. Negó con la cabeza.

–Como ya he dicho, podemos hablar de todo esto más tarde... cuando Jaxon haya regresado de su vuelta en motocicleta y yo haya ido a correr.

–Es lo mejor –concedió Geoffrey, girándose para marcharse. Pero repentinamente se dio la vuelta–. ¿Podéis Jaxon y tú continuar trabajando juntos...? –provocó sagazmente.

Ella se dijo a sí misma que Jaxon no podía haberle dicho nada a su abuelo...

–No veo ninguna razón que lo impida, ¿y tú?

–Ambos parecéis bastante nerviosos esta mañana.

–¿Te sorprende, teniendo en cuenta que llevamos aquí encerrados juntos dos días?

Y noches. No debía olvidarse de las noches. No podría.

–Geoffrey ha ido a su dormitorio para descansar un poco.

Stazy levantó la mirada. Estaba sentada en la biblioteca de Bromley House con uno de los diarios de su abuela en la mano. Había intentado leer, pero la intensa angustia que sentía se lo había impedido.

Haberse tenido que sentar a comer con su abuelo y Jaxon hacía unas horas había sido una experiencia bastante desagradable. Tanto que finalmente se había excusado con ambos y se había marchado del comedor sin haber probado bocado. Había querido escapar a la biblioteca.

Durante aquella difícil comida no había intercambiado palabra alguna con Jaxon.

–Probablemente descansar sea lo mejor que puede hacer –comentó, mirándolo.

Él se preguntó si ella se arrepentía de lo que había pasado entre ambos aquella misma mañana. Le había dolido mucho la manera en la que había intentado echarlo de su dormitorio antes de que nadie descubriera que estaba allí.

Había llegado a conocer muy bien a Stazy durante los días que habían pasado solos y sabía que ella consideraba su inhibida respuesta ante él como una debilidad, una que no tenía ninguna intención de repetir.

Mientras se acercaba a ella, se dio cuenta de que se echó para atrás en la silla en la que estaba sentada. Frustrado, se quedó mirándola.

—¿Quieres que me disculpe con Geoffrey y que le diga que tengo que marcharme inesperadamente?

—¿Por qué demonios querría yo que hicieras eso?

—¿Quizá porque obviamente no puedes soportar seguir estando en la misma habitación que yo?

—No digas tonterías —contestó Stazy aunque lo que había dicho Jaxon era completamente cierto. Le resultaba abrumador estar en el mismo espacio que él tras la intensa experiencia sexual que habían compartido aquella mañana.

—No te comprendo, Stazy —espetó Jaxon—. Somos dos adultos que elegimos...

—¡Sé exactamente lo que hicimos! —bramó ella, levantándose tan abruptamente que su silla cayó para atrás—. ¡Maldita sea! —refunfuñó al agacharse a tomar la silla—. No quiero hablar de esto ahora...

—¿Querrás hablar de ello alguna vez?

—¡En realidad, no!

—¡Estás comportándote como si fueras una pobre mujer indignada e inocente a la que le he robado la virginidad!

Precisamente aquello era lo que sentía ella. Sentía como si él le hubiera robado el control, como si la hubiera desnudado no solo física, sino también mentalmente; había derribado todas sus defensas y le había hecho sentirse vulnerable y expuesta... aunque no le cabía la menor duda de que Jaxon no sabía lo que había hecho. Pero ella necesitaba tiempo y espacio para volver a levantar sus barreras emocionales.

–¿Es tu profesión de actor la que te hace ser tan melodramático, Jaxon? –preguntó, arrastrando las palabras.

–No es una cuestión de melodrama...

–Claro que lo es –insistió Stazy–. Estás leyendo cosas en esta situación que simplemente no existen. Es cierto que nuestro comportamiento de esta mañana hace que sea un poco incómodo que continuemos trabajando juntos, pero... tal y como le aseguré a mi abuelo hace unas horas... estoy deseosa de cumplir con mi parte del trato para que terminemos cuanto antes. Entonces ambos podremos continuar con nuestras vidas –añadió, mirándolo de manera desafiante.

Él reconoció la misma frialdad en la expresión de la cara de ella que había visto cuando la había conocido hacía seis semanas. Parecía que todo estaba perdido entre ellos.

–¿Continuamos...? –preguntó Stazy, sentándose de nuevo en su silla.

Exasperado, Jaxon la miró. Sintió como toda la frustración que lo había embargado aquella mañana volvía a apoderarse de él. Mientras había estado dando una vuelta en su Harley, había concluido que había sido normal que Stazy hubiera estado consternada ante la inesperada llegada de su abuelo. Pero al mismo tiempo había estado seguro de que una vez que ella hubiera superado la sorpresa, habrían sido capaces de sentarse a hablar como dos adultos.

¡No había tenido en cuenta que Stazy podía ser una adulta muy irritante!

Se preguntó si había conocido alguna vez a una mujer más frustrante.

O a una sensualmente más satisfactoria...

Durante los anteriores quince años había hecho el amor con docenas de mujeres, pero ninguna lo había excitado tanto como lo había hecho Stazy durante la experiencia sexual matutina que habían compartido. Había estado a punto de perder el control con solo sentir los labios y los dedos de ella sobre su erección viril...

Al notar que de nuevo su sexo se ponía erecto, se dijo a sí mismo que aquello era una locura. ¡Una completa locura!

—Está bien, si es eso lo que quieres —espetó lacónicamente, sentándose en la silla que había frente a ella.

Aquello no era lo que Stazy quería, sino lo que sabía que tenía que ser. Por el bien de ambos.

Capítulo 11

YA HEMOS hecho todo el trabajo y ambos podemos marcharnos más tarde esta misma mañana... –comentó Stazy con un deliberado calmado tono de voz mientras miraba a Jaxon por encima de la mesa del desayuno.

Él se echó para atrás en la silla en la que estaba sentado y disfrutó de su segunda taza de café tras haber tomado un suculento desayuno. Al contrario de ella, que no había probado bocado.

La semana que habían estado trabajando juntos había sido muy dura... por lo menos para Stazy. Las largas horas que había pasado en la biblioteca junto a Jaxon habían sido lo peor. Aunque parecía que para él nada había supuesto un problema. Cuando no había estado en el despacho de su abuelo en compañía de este, había adoptado una formal y eficiente actitud con ella... sin mencionar en ningún momento la noche que habían pasado juntos ni la conversación que hacía cinco días había dicho querer que mantuvieran.

El regreso a Londres de Geoffrey el día anterior no había cambiado la fría actitud de Jaxon con ella, que incluso se había preguntado si había querido que hubiera supuesto alguna diferencia.

–Tú has hecho toda tu parte del trabajo... –comentó él– pero el verdadero trabajo para mí, escribir el guion, empieza ahora –añadió, esbozando una leve sonrisa.

A Stazy le dio un vuelco el corazón al ver aquella sonrisa tras tantos días de educada cortesía.

–¿Podrás escribirlo mientras trabajas en la película de piratas?

–Sé que las mujeres creen que los hombres no podemos hacer dos cosas a la vez, ¡pero te aseguro que es solo un mito!

–Me refería a que quizá no tengas tiempo, no a que no tengas capacidad mental para hacerlo.

–Lograré escribirlo –respondió Jaxon, frunciendo el ceño al mirarla fijamente.

Se fijó en que las facciones de ella parecían haberse endurecido en el transcurso de aquella semana. Incluso tenía unas oscuras ojeras bajo sus increíbles ojos verdes.

Pensó que tal vez para Stazy los anteriores cinco días habían sido tan dolorosos como para él. Aunque, en realidad, sabía que no podía ser cierto ya que ella había adoptado un comportamiento frío y distante durante el tiempo que había pasado a su lado trabajando.

–¿Cuándo crees que terminarás de escribir el guion? –preguntó Stazy.

–¿Por qué quieres saberlo? ¿Para asegurarte de no estar cerca de aquí si por alguna razón tengo que hablar con Geoffrey?

–Simplemente estaba intentando mantener una educada conversación, Jaxon.

Él ya se había cansado de la educación de ella. Se levantó bruscamente y se dirigió a la ventana de la sala. Estaba realmente frustrado.

–Como ambos vamos a marcharnos esta misma mañana, ¿no crees que deberías comenzar a decir lo que realmente se esconde tras tus palabras? –espetó.

–He pensado, por lo menos por el bien de mi abuelo, que tú y yo deberíamos despedirnos como amigos...

–¡Como amigos! –Jaxon se giró para mirarla con la incredulidad reflejada en la cara–. ¡No puedes ser tan ingenua como para pensar que podemos ser amigos! –añadió con desdén–. A los amigos les gusta estar juntos... algo que no se nos puede aplicar ahora mismo, ¿no crees?

–Siento que tengas esa opinión –respondió Stazy, escondiendo sus temblorosas manos debajo de la mesa.

–No mientas –dijo él mordazmente–. Has querido que yo me sienta así. ¡Maldita sea, has hecho todo lo que has podido para apartarme de tu lado!

–Era lo que tú también querías –aseguró ella.

–¡No tienes ni la más remota idea de lo que quiero! –bramó Jaxon con la frialdad reflejada en los ojos.

–Tienes razón. No lo sé. Pero no tiene sentido que discutamos esto ya que ambos vamos a marcharnos en un par de horas.

–Yo no voy a esperar unas horas para marcharme –aclaró él, negando con la cabeza–. Tengo la maleta preparada y voy a marcharme en cuanto hayamos terminado esta conversación.

Stazy se dio cuenta de que Jaxon no podría so-portar estar más tiempo en su compañía... lo que le dolió más de lo que jamás habría creído posible.

—Entonces considera terminada la conversación —espetó, levantando la barbilla.

Frustrado, él se quedó mirándola. Deseaba al mismo tiempo alejarse de ella y besarla apasiona-damente. Stazy lo tenía realmente confundido.

—En ese caso... espero que disfrutes de tu viaje a Iraq.

Ella ya no tenía ningún interés real en viajar a la excavación que había tenido tanta emoción por visitar. Realmente no le interesaba hacer nada con el resto de sus vacaciones. Tener que despedirse de Jaxon la te-nía muy angustiada. Pero aquello era ridículo; él no tenía cabida en su vida, no quería nada serio con ella.

La idea de no volver a verlo jamás le hacía sentir un inmenso vacío por dentro, un vacío que no sabía cómo podría llenar. Se planteó si se habría enamo-rado de Jaxon durante la semana que habían pasado juntos. La inmensa tristeza que estaba embargán-dola le dejó claro que así había sido.

—Te deseo un tranquilo vuelo de regreso a los Estados Unidos —dijo, levantándose—. Si me discul-pas, tengo que subir a terminar de hacer mi maleta —añadió, temerosa de romper a llorar delante de él.

—¿Asistirás con tu abuelo al estreno de la película en Inglaterra cuando llegue el momento?

—¿No es un poco pronto para hablar del estreno de una película que ni siquiera ha empezado a ro-darse todavía...?

Jaxon tuvo que reconocer que probablemente Stazy tenía razón; como muy pronto, la película se estrenaría a finales del año siguiente, aunque seguramente sería más tarde. Había programado su agenda para poder comenzar a rodar *Butterfly* en la primavera del año siguiente, tras lo que se requerirían semanas de edición. El estreno no se realizaría hasta que no pasaran más de dieciocho meses.

Y no tenía ninguna garantía de que Stazy fuera a asistir.

–Stazy, no tengo que regresar a los Estados Unidos hasta dentro de unos días si...

–¿Sí? –provocó ella bruscamente.

–Podíamos ir juntos a algún lugar durante un par de días –sugirió él, angustiado ante la idea de no volver a verla.

–¿Para qué?

–Para simplemente estar a solas durante un tiempo. Algo que no hemos podido hacer aquí desde que tu abuelo llegó de una manera tan inesperada.

–Oh, yo creo que hemos pasado más que suficiente tiempo juntos a solas, Jaxon –aseguró Stazy.

Él frunció el ceño ante tanta frialdad.

–¿Qué ocurre con la noche que pasamos juntos, Stazy? ¿La has apartado a un lado de tu mente o has decidido olvidarte de ella?

Stazy pensó que jamás podría olvidar los maravillosos momentos que había pasado entre los brazos de Jaxon... ni el hecho de que se había enamorado de él...

Pero el suyo era un amor no correspondido, un

amor que no estaba segura de poder ocultar si, tal y como había sugerido Jaxon, pasaban a solas un par de días... ¡y noches!

Volver a hacer el amor con él supondría el cielo y el infierno al mismo tiempo ya que sabía que al finalizar su breve estancia con Jaxon, cada uno regresaría a su vida por separado.

–¿Por qué insistes en recordar aquella noche? ¿Qué quieres de mí? –exigió saber, exasperada–. Sí, pasamos una sola noche juntos, pero no tenemos que agravar el error al repetirlo.

–¿Es eso lo que consideras que fue? ¿Un error? –preguntó él muy seriamente.

–¿No es lo que piensas tú?

–No sé cómo interpretar aquella noche... y mañana... pero sin duda tú sí.

Ella se encogió de hombros.

–Fue el resultado de que un hombre y una mujer sanos se dejaran llevar por su pasión. Estoy segura de que no soy la primera mujer con la que pasas la noche, Jaxon, ¡y de que tampoco seré la última!

–Realmente no tienes buena opinión de mí, ¿verdad? –dijo él, riéndose sin ganas.

Stazy dudaba que Jaxon quisiera saber lo que realmente pensaba de él... que no solo era el hombre más impresionantemente guapo y sexy que jamás había conocido, sino también uno de los más amables y delicados. Había sido precisamente esa amabilidad y delicadeza la que le había llevado a pasar la noche con ella para que no hubiera tenido que estar sola y angustiada.

–Probablemente sea mejor que no respondas...
–continuó Jaxon– ya que estás tardando demasiado
en pensar en algo educado que decir –espetó impacientemente, dirigiéndose hacia la puerta.

–¡Jaxon...!

–¿Sí? –respondió él, frunciendo el ceño al girarse.

Ella se quedó mirándolo sin saber qué decir, sin
saber por qué lo había llamado. Simplemente no
podía soportar la idea de que ambos se despidieran
de una manera tan tensa. ¡En realidad no podía soportar la idea de que se despidieran!

–Nunca te di las gracias –murmuró finalmente.

–¿Las gracias por qué, Stazy?

–Por... por estar ahí para mí cuando... cuando
necesitaba que lo estuvieras.

Jaxon no sabía qué debía decir o hacer a continuación. Ni siquiera sabía si debía decir o hacer algo
ya que ella había dejado muy claro que no quería tener nada más con él a nivel personal.

–Olvídalo –dijo finalmente–. Habría hecho lo
mismo por cualquiera.

–Sí, así es –concedió Stazy, esbozando una tensa
sonrisa.

–Tu abuelo tiene los números de teléfono de mi
móvil y de mi casa... por si necesitas ponerte en
contacto conmigo.

–¿Por qué necesitaría hacerlo? –preguntó ella,
frunciendo el ceño.

Él tuvo que reconocer que no podía pensar en
ninguna razón que justificara que lo telefoneara...

aunque le habría encantado pensar que había una posibilidad de oír la voz de Stazy al otro lado del teléfono algún día. No estaba preparado para despedirse de ella.

–Tienes razón –respondió–. Voy a subir a por mis cosas ahora mismo. Te dejo para que vayas a hacer tu maleta.

–Sí –contestó Stazy, sintiendo como un enorme dolor se apoderaba de su corazón–. Me gustaría leer el guion.

–¿Ah, sí? –dijo Jaxon, levantando las cejas de manera burlona.

–Sí –confirmó ella.

Él asintió con la cabeza.

–Adiós.

Stazy tuvo que literalmente forzarse para poder contestarle.

–Adiós.

Jaxon la miró fijamente por última vez antes de abrir la puerta y salir de la sala.

Ella se quedó allí paralizada. A los pocos segundos comenzó a llorar desconsoladamente... consciente de que se le estaba rompiendo el corazón en mil pedazos...

Capítulo 12

Tres meses después...

—Hoy he comido con Jaxon.

Stazy se quedó tan impresionada ante el inespe-
rado anuncio de su abuelo que se le cayó al suelo
el cuchillo que había estado utilizando para cortar
el lenguado a la parrilla que tenía en el plato. Se encontraban en Londres, en el restaurante favorito de
Geoffrey.

Apenas se dio cuenta de que un camarero se
acercó a toda prisa para ofrecerle un cuchillo limpio
y recoger el que había caído al suelo.

Solo podía pensar en que Jaxon estaba en la
misma ciudad que ellos. Durante los anteriores tres
meses no había podido quitárselo de la cabeza y le
parecía increíble que estuviera en Londres.

—Ni siquiera sabía que estaba en Inglaterra...
—dijo tras humedecerse los labios.

—Llegó ayer —contestó su abuelo, completamente recuperado de la herida de bala.

Por el contrario, ella no estaba recuperada en absoluto de las heridas que Jaxon había provocado en

su corazón. Aunque laboralmente le había marchado todo muy bien; la excavación en Iraq había sido todo un éxito y al haber regresado a la universidad le habían ofrecido ser jefa de departamento cuando el ocupante del cargo se jubilara al año siguiente.

Pero a nivel sentimental se sentía destruida. Una parte de ella había esperado y deseado que el tiempo y la distancia hubieran ayudado a aliviar la intensidad del amor que sentía por Jaxon, pero había ocurrido todo lo contrario. No había sido capaz de dejar de pensar en él ni un segundo y se había angustiado preguntándose con qué bella actriz estaría manteniendo una relación sentimental... Incluso había comprado revistas de cotilleo para ver si encontraba alguna noticia o fotografía de Jaxon. Pero parecía como si se lo hubiera tragado la tierra.

–¿Pretende quedarse por mucho tiempo? –preguntó, tomando su vaso para dar un trago del vino blanco que habían pedido. Le temblaba la mano.

–No me lo ha dicho –respondió Geoffrey.

–Oh –murmuró Stazy.

Quería preguntar muchas cosas, como qué aspecto había tenido Jaxon, de qué habían hablado entre ellos, si había preguntado por ella...

–Ha terminado de escribir el guion –comentó su abuelo.

–¿Y...? –provocó Stazy.

–Te recomiendo que lo leas tú misma –contestó Geoffrey, esbozando una sonrisa.

—¿Te ha dado una copia? —quiso saber ella.

—Me ha dado dos copias. Una para ti y otra para mí —explicó su abuelo, tomando el maletín que había llevado consigo al restaurante. De él sacó una copia del guion y se la ofreció a Stazy.

—¿Lo has leído tú ya?

—Oh, sí —respondió Geoffrey, sonriendo.

—¿Y?

—Como te he dicho, debes leerlo tú misma.

—Si a ti te ha gustado, seguro que a mí también —dijo Stazy, que no quería ni tomar el guion.

—¿Exactamente cuánto tiempo más pretendes estar así, cariño?

—No sé a qué te refieres —mintió ella.

Su abuelo la miró fijamente a los ojos.

—¿Seguro que no lo sabes?

—No.

—Tienes ojeras ya que no duermes correctamente, has perdido un peso que no puedes permitirte perder...

—Creo que me infecté con un virus en Iraq...

—Pues yo creo que te infectaste con el virus antes de ir a Iraq... ¡con un virus llamado Jaxon!

Muy impresionada ante la afirmación de su abuelo, Stazy se quedó pálida.

—Estás equivocado...

—No, Stazy, eres tú la que estás cometiendo un error... al intentar mentirle a alguien que ha tenido que mentir tanto a lo largo de los años como yo —aseguró Geoffrey, impaciente.

—¿Es tan obvio lo que siento por Jaxon? —respondió ella, consciente de que su abuelo no iba a permitir que siguiera mintiendo.

—Solo para mí, cariño —dijo Geoffrey, acariciándole una mano—. Y solo porque te conozco tan bien y te quiero tanto. Quizá Jaxon...

—Ni siquiera hablemos de ello —interrumpió Stazy, tensa.

—No sé cuánto tiempo va a estar en Inglaterra, pero sí que me dijo que iba a permanecer en Londres durante algunos días más, así que tal vez...

—Abuelo, soy la última persona que Jaxon querría ver mientras está aquí —aseguró ella.

—No puedes saberlo...

—Oh, sí que puedo. Si cuando lo conocimos por primera vez pensaste que fui grosera con él, ¡deberías haberme visto durante los primeros días que pasamos a solas en Bromley House! Créeme, abuelo, ¡la manera en la que nos despedimos garantizó que Jaxon no quiera volver a verme jamás!

—¿Estás completamente segura de eso? —quiso saber Geoffrey.

—Sí, claro que lo estoy. Y, además, tal y como me siento, no sé si sería buena idea que lo volviera a ver —confesó Stazy con gran emotividad.

—Es una pena —dijo su abuelo, echándose para atrás en la silla.

—No comprendo por qué —contestó ella con los ojos empañados por las lágrimas.

—Porque cuando estuve comiendo con él, le invité a que nos acompañara a tomar café después de la cena –reveló Geoffrey, mirando hacia la puerta del restaurante–. Y parece que acaba de llegar.

Completamente ajeno a las miradas de los demás comensales del restaurante, que lo habían reconocido, Jaxon se dirigió hacia la mesa a la que estaban sentados Geoffrey y Stazy.

–Stazy –la saludó con voz ronca en cuanto llegó junto a ellos.

Pensó que estaba guapísima. Llevaba un vestido negro que contrastaba con la fogosidad del color de su cabello, que aquella velada llevaba suelto.

–Jaxon –respondió ella abruptamente.

Al verla de cerca, él se dio cuenta de que había perdido peso.

–Sé que cuando te encuentras con alguien después de un tiempo lo correcto es comentar el buen aspecto que tiene, pero en tu caso, Stazy, estaría mintiendo –dijo, impresionado ante lo frágil que parecía ella–. ¡Y sé lo mucho que odias las mentiras!

–¿Y qué te hace pensar que tú tienes buen aspecto? –espetó Stazy.

–Eso está mucho mejor –murmuró Jaxon con aprobación antes de mirar a Geoffrey–. Cuando este mediodía le pregunté a tu abuelo por ti, me dijo que estabas muy contenta y que habías estado muy bien durante estos tres meses... –añadió con burla.

–Sí, bueno, la lealtad a la familia y todo eso –respondió el anciano, que parecía levemente avergonzado–. Te invité a tomar café después de la cena para que pudieras ver a Stazy por ti mismo... No, no hay necesidad de que traigan otra silla –le dijo al camarero al acercarse este a la mesa–. Tengo que acudir a una cita, por lo que el señor Wilder puede ocupar mi asiento.

–Abuelo... –protestó Stazy.

–Creo que hace unos meses me dijiste que ya eres una persona adulta que no necesita de mi protección –le recordó Geoffrey a su nieta con firmeza, levantándose de la silla y tomando su maletín. A continuación se acercó a darle un beso en la mejilla–. Si me perdonáis –se disculpó. Sin esperar contestación alguna, se marchó apresuradamente del restaurante.

Angustiada, ella miró a Jaxon, que en realidad sí que tenía muy buen aspecto. De hecho, estaba más guapo que nunca. Iba vestido con un traje de chaqueta negro y camisa blanca. Todavía tenía el pelo largo, a la altura de los hombros, pero se había peinado para atrás.

–Bueno... –dijo él, sentándose en la silla de su abuelo.

–Bueno... –repitió Stazy con el corazón acelerado–. Obviamente has terminado de escribir el guion –comentó, mirando la copia que su abuelo había dejado sobre la mesa.

–¿Lo has leído? –quiso saber Jaxon.

–Mi abuelo acaba de dármelo, así que... no... –contestó ella, mirando la primera página del guion–. ¿Por qué está mi nombre junto al tuyo debajo del título?

–Me ayudaste a recabar mucha información. Te

mereces que se reconozca tu labor en la creación del guion.

—Estoy segura de que mi no muy amable actitud supuso más un obstáculo que una ayuda...

—Todo lo contrario —aseguró él—. Me obligó a centrarme en lo que era importante —explicó, echándose hacia delante en la silla—. ¿Realmente quieres tomar café? ¿O podemos ir a algún otro lugar donde podamos hablar en privado?

—¿Y por qué querríamos hacer eso? —exigió saber Stazy, asustada.

—Te he echado de menos durante estos tres meses —confesó Jaxon—. Más de lo que te puedas imaginar.

—¿No has podido encontrar a alguien con quien discutir?

—¡También ha sido por eso! —concedió él, sonriendo.

Ella negó con la cabeza.

—Habrás estado demasiado ocupado como para pensar en mí.

—Intenta decirle eso a la protagonista femenina de la película que estamos rodando... ¡hemos tenido que repetir tantas tomas por culpa de lo distraído que he estado, que finalmente decidí darle una semana de vacaciones a todo el mundo!

—¿La película de los piratas no va bien?

—No —confesó Jaxon—. Es por mí. No he estado de muy buen ánimo —añadió, tomando una de las manos de Stazy y entrelazando sus dedos con los de ella—. Te he echado mucho de menos.

—¿Cómo puedes echar de menos a alguien con

quien ni siquiera querías mantener una relación de amistad? –preguntó ella, negando con la cabeza.

–Porque amistad no es precisamente lo que quiero de ti, ¡maldita sea! –espetó él, frunciendo el ceño–. ¡El que te pidiera que nos fuéramos juntos durante unos días debería habértelo dejado claro!

–Parecía que sentías que teníamos asuntos que resolver...

–Quería pasar un tiempo contigo a solas...

–La gente está mirándonos, Jaxon –señaló Stazy al darse cuenta de que varios comensales estaban prestándoles toda su atención.

–¡Si no nos marchamos de aquí, voy a ofrecerle algo mucho más interesante para que mire!

–¿Como qué? –provocó ella, consciente de que él parecía realmente enfadado.

–¡Para empezar, esto! –exclamó Jaxon, levantándose abruptamente sin soltarle la mano a Stazy. A continuación la levantó a ella, la abrazó y la besó ardientemente.

Aunque estaban en un lugar público y sabía que todo el mundo estaría impresionado, a Stazy no le importó. ¡Le encantó volver a sentir los labios de él sobre los suyos!

–Lo necesitaba... –confesó Jaxon tras dejar de besarla–. No tienes ni idea...

Dejó de hablar al comenzar a oír el espontáneo aplauso de los demás comensales.

–¡Oh, Dios mío! –gimió ella, hundiendo la cabeza en el pecho de él.

–El espectáculo ha terminado, amigos –dijo entonces Jaxon, riéndose. Tomó el guion y abrazó a Stazy por la cintura antes de dirigirse a la entrada del restaurante.

—El señor Bromley ya ha pagado la cuenta, señor Wilder —informó el encargado del local cuando se acercaron a recepción. Le dio a ella el abrigo negro que había dejado en el perchero—. Si me lo permiten, les deseo a ambos toda la felicidad posible —añadió, sonriendo.

—Gracias —ofreció Jaxon, guiando a Stazy a continuación fuera del restaurante.

Ella jamás había sentido tanta vergüenza en su vida... como tampoco había sentido nunca tanta felicidad. Jaxon la había besado. Delante de docenas de personas. ¡Y ella le había devuelto el beso!

—¿Dónde quieres que vayamos? —preguntó.

—A tu apartamento. Al mío. No me importa dónde vayamos con tal de que sea un lugar en el que no tengamos audiencia —respondió él, llamando con la mano a un taxi libre que pasaba por allí.

—Yo... prefiero que vayamos al tuyo —dijo Stazy. De aquella manera, cuando Jaxon se marchara, no tendría que soportar el verse rodeada por los recuerdos de este en su propio apartamento.

Él abrió la puerta del taxi para ella y la ayudó a sentarse. Al acomodarse a su vez junto a ella, le dijo al taxista su dirección.

—Acércate a mí... —le ordenó a Stazy a continuación— tienes frío —comentó tras ver como ella se estremecía—. ¿Tienes que ir a algún sitio por la mañana?

–Mañana es sábado... –contestó Stazy, acurrucada en el pecho de Jaxon.

–Eso no responde mi pregunta.

Probablemente era porque ella no comprendía
aquella pregunta. No sabía por qué le importaba a
él si tenía que...

–Oh... –gimió al finalmente entender que solo
podía haber una razón por la que Jaxon quisiera saber si tenía algún compromiso al día siguiente.

–Sí... oh –bromeó él–. Voy a mantenerte ence-
rrada en mi apartamento hasta que escuches todo,
y quiero decir *todo*, lo que debería haberte dicho
hace tres meses. Puede que tarde unos minutos o
toda la noche, depende de lo receptiva que seas a
lo que tengo que decir.

Capítulo 13

INCÓMODA, Stazy se quedó de pie en medio del espacioso salón del apartamento de Jaxon, que había resultado ser un precioso ático situado en un moderno edificio de veinte plantas en el barrio más exclusivo de Londres. Desde las ventanas de la sala había unas vistas impresionantes.

–Es un apartamento muy bonito –comentó–. ¿Tiene...?

–Shh, Stazy –la interrumpió él, acercándose a ella–. Hay cosas más importantes de las que tenemos que hablar.

–¿Ah, sí? –respondió Stazy, mirándolo inquisitivamente–. ¡Ni siquiera sé qué hago aquí! Se suponía que simplemente ibas a acompañarnos a tomar café tras la cena y lo que has hecho ha sido besarme delante de los demás comensales una vez que nos quedamos a solas...

Jaxon puso fin a la rápida exaltación de ella al abrazarla y besarla de nuevo.

–¿Sabes una cosa? –murmuró varios minutos más tarde al terminar el beso y apoyar la frente en la de ella–. Si tengo que hacer esto cada vez que quiera decir algo, ¡esta conversación va a durar toda la noche!

—No me importa si no...

—Oh, a mí me encantaría estar besándote toda la noche, mi querida Stazy. Pero todavía no. Primero tenemos que hablar. Yo necesito hablar. Para dejar absolutamente claro lo que siento.

—¿Lo que sientes hacia qué? —quiso saber ella.

—¡Hacia ti, desde luego! —exclamó él, exasperado—. ¡Stazy, eres la mujer más difícil que existe en el mundo para que un hombre le diga lo mucho que la ama!

—¿Estás diciendo que me amas? —preguntó ella, mirándolo fijamente.

—Te amo desde hace meses, ¡mujer imposible!

—¿Me... amas... desde hace... meses? —repitió Stazy, incrédula.

—¿Ves? Es completamente imposible —bramó Jaxon con impaciencia. La soltó y se echó para atrás—. Hay millones de mujeres en el mundo... ¡y he tenido que enamorarme de la única que no cree que la ame aun cuando acabo de decírselo!

Al borde de la histeria, todo lo que ella pudo hacer fue reírse.

—¡Y ahora está riéndose de mí! —espetó él, mirando hacia el cielo.

Stazy continuó riéndose. De hecho, lo hizo durante tanto tiempo que acabó doliéndole la tripa.

—¿Te importaría compartir conmigo qué es tan gracioso? —provocó Jaxon.

–No hay nada gracioso –respondió ella–. Por lo menos no sobre ti.

–¿Entonces sobre quién?

–¡Sobre mí! –aclaró Stazy, sonriendo–. Lo gracioso es sobre mí. Tengo tan poca experiencia en este tipo de cosas que yo... Jaxon... me enamoré de ti cuando estuvimos juntos en Bromley House. No quería –añadió–. Simplemente ocurrió.

Él comenzó a acercarse a ella de nuevo como si estuviera en un sueño.

–¿Estás enamorada de mí...?

–¡Oh, Jaxon! –gimió Stazy indulgentemente–. Hay millones de hombres en el mundo... ¡y he tenido que enamorarme del único que no cree que lo ame aun cuando acabo de decírselo!

Riéndose ante la manera en la que ella lo había imitado, él la abrazó por la cintura y la acercó a su cuerpo. La miró fijamente a los ojos.

–¿Me amas lo suficiente como para casarte conmigo?

–No puede ser que quieras casarte con una doctora en arqueología...

–¡Estoy deseando hacerlo! Claro está, si a ti no te importa casarte con un actor y director de cine.

–Perdóname –le reprendió Stazy–. Querrás decir con un actor y director de Hollywood de primera clase, poseedor de numerosos premios, ¿verdad?

–Lo que sea –contestó Jaxon–. ¿Te casarás conmigo, Stazy, y me salvarás del sufrimiento de tener que vivir sin ti?

Las lágrimas empañaron la mirada de ella.

–Me he sentido tan sola al no tenerte a mi lado –compartió–. Desde que murieron mis padres nunca había querido tener que necesitar o amar a nadie, aparte de a mis abuelos. Pero, aun así, tú has logrado robarme el corazón. Te amo tanto que estos tres meses sin verte ni estar contigo han sido un infierno.

–Por eso has perdido peso, ¿verdad? –supuso él, acariciándole las oscuras ojeras que tenía–. Cuando hace unos minutos has dicho que eras inexperta en este tipo de cosas, te referías a enamorarte, ¿no es así?

–Efectivamente. Nunca había estado enamorada. He tenido dos amantes; pasé una noche con cada uno de ellos... ¡noches que fueron un completo desastre!

–Olvídate de ellos –pidió Jaxon, tomándole la cara con las manos. Tenía el intenso amor que sentía por ella reflejado en los ojos–. Vamos a hacer el amor, Stazy. El verdadero amor. Y va a ser realmente bello.

–Sí, por favor... –dijo ella, suspirando.

–Todavía no has accedido a casarte conmigo –le recordó él.

–¿Es una condición para que hagamos el amor? –bromeó Stazy.

–Tengo que pensar en mi reputación...

Ella se rio con ganas mientras se echaba a sus brazos.

–En ese caso, sí. ¡Me casaré contigo, Jaxon!

–¿Y tendrás hijos conmigo?

–¡Oh, Dios, sí! –aceptó Stazy, emocionada.

–Entonces ahora será mejor que me lleve a la cama, doctora Bromley.

–Si piensas que voy a tomarte en brazos y llevarte al dormitorio antes de cautivarte, me temo que vas a llevarte una decepción.

–Yo te llevaré en brazos a ti... –respondió él– mientras tú puedes comenzar a cautivarme a mí.

–Un placer, señor Wilder –murmuró ella–. Todo un placer.

Un poco más de dos años después...

–Estoy realmente impresionado –susurró Jaxon en broma al oído de Stazy al bajar ambos del escenario entre el calurosísimo aplauso del público tras haber subido juntos a recibir un premio más al mejor guion por *Butterfly*–. Creo que le has dado las gracias a todo el mundo salvo a la chica que ha preparado el café.

–Muy gracioso –dijo ella entre dientes. No dejó de sonreír abiertamente en ningún momento mientras se dirigían de nuevo a sus asientos.

–¡Recuerda que una vez fuiste muy mordaz acerca de la duración de los discursos realizados en este tipo de eventos!

–Solo por esto que has dicho, vas a ser tú quien se levante a atender a Anastasia Rose si se despierta durante la noche –respondió Stazy, sentándose en su asiento. La sonrisa que tenía reflejada en los labios en aquel momento era completamente sincera ya que había pensado en la preciosa hija de ambos, de tan solo seis meses, que les esperaba en casa.

Geoffrey había preferido quedarse a cuidar a su querida bisnieta antes que acompañarlos a otra ceremonia más de entrega de premios.

–Tengo que decirte que Anastasia Rose y yo hemos llegado a un acuerdo... ¡no la despierto por la mañana si ella no me despierta por la noche! –comentó Jaxon, sonriendo con petulancia.

–¿De verdad? –contestó Stazy, girándose en su asiento para mirarlo–. ¿Quiere eso decir que más tarde podremos tener nuestra celebración privada...?

–¡Eres una mujer insaciable! –exclamó él, riéndose.

–¿Estás quejándote? –quiso saber ella.

–¡Desde luego que no! –aseguró Jaxon, dándole un tierno beso, algo que había hecho frecuentemente durante los dos años de su matrimonio, donde quiera que estuvieran...

BIANCA™

CHRISTINA HOLLIS

UN RETO PARA EL CONDE

HARLEQUIN™

Capítulo 1

JOSIE no podía contener su nerviosismo. Fingir que aquel iba a ser simplemente un trabajo más era imposible y, saltando del asiento, golpeó el cristal que la separaba del impecablemente vestido chófer de la familia Di Sirena.

—¡Pare, por favor, pare!

El hombre pisó el freno inmediatamente, girando la cabeza para mirarla con cara de preocupación.

—¿Ocurre algo, doctora Street?

—No, no, perdone, no quería asustarlo. Es que me han dicho que el castillo de la familia Di Sirena es precioso y quiero verlo bien —respondió Josie, hundiéndose de nuevo en el asiento de cuero—. ¿Podría ir un poquito más despacio?

El hombre asintió con la cabeza.

—Es uno de los más hermosos de Italia que aún sigue en manos privadas, *signorina*. Pero, como va a quedarse aquí durante un mes, imagino que podrá visitarlo a fondo.

—No lo sé. Tengo tanto que hacer mientras estoy aquí —Josie suspiró—. Puede que no me quede mucho tiempo libre para admirarlo.

La emoción que sentía ante la posibilidad de un

descubrimiento arqueológico quedaba ligeramente
ensombrecida por la idea de presentar su trabajo
ante sus estudiantes el próximo semestre. Peso eso
podía esperar, se dijo. Antes tenía mucho que investigar.

—Estoy preparando mi primer curso y quiero traer
a algunos de mis alumnos a estudiar esta zona de Italia.

Una mirada a los campos que la rodeaban, bri-
llando bajo el sol, y Josie supo que ver el castillo de
la familia Di Sirena solo como parte de un proyecto
de investigación iba a resultar difícil porque aquel sitio tan hermoso estaba lleno de distracciones.

Pero la tinta apenas se había secado en su contrato
con la universidad, de modo que haría todo lo posible
para aprovechar la oportunidad. Había tenido que hacer interminables presentaciones y estudios para conseguir los fondos necesarios para el viaje y era una
suerte que su mejor amiga, Antonia, la hubiese invitado a pasar unas semanas en la finca, ya que el castillo de la familia Di Sirena estaba cerrado a los demás investigadores.

Sin eso, no le habrían dado fondos para viajar a
Italia y, aun así, solo le habían financiado un par de
semanas como máximo.

La arqueología era su pasión. De niña, solía volver
loca a su madre llenando la casa de embarrados tesoros que encontraba en el jardín. La señora Street había sacrificado mucho para que su hija fuera a la universidad, de modo que Josie estaba decidida a poner
siempre el trabajo por delante.

—¿Puede esperar unos minutos mientras hago unas

fotografías? –le preguntó al conductor, sacando la cámara del bolso–. Quiero llevarle pruebas a mi madre de que en verdad me alojo en un castillo italiano.

Apenas había terminado la frase cuando el conductor salió del coche para abrirle la puerta.

–Puede tomarse el tiempo que quiera, *signorina*.

–Es usted muy amable, pero no quiero hacerle perder el tiempo...

–Como le dije en el aeropuerto, no es ningún problema.

Josie hizo una mueca de horror al recordar la escena. Ella no estaba acostumbrada a ser recibida por un chófer uniformado y le había pedido que se identificase antes de darle sus maletas.

–Gracias –murmuró, avergonzada, mientras bajaba del coche.

El sol de la Toscana en pleno mes de julio era abrasador, pero tomó un par de fotos del camino flanqueado por árboles que llevaba hasta el imponente castillo antes de volver a subir a la lujosa limusina con aire acondicionado, maravilloso en un día como aquel.

–¿Qué es ese olor tan maravilloso? –le preguntó mientras arrancaba.

–Son tilos. Y están en flor –respondió el chófer, señalando los árboles–. A los insectos les encantan. El conde me dijo una vez que en la finca había varios millones de abejas.

Josie pensó que esa imagen coincidía con la imagen que tenía del conde Dario di Sirena, el hermano de su amiga Antonia.

No lo conocía personalmente, pero por lo que ella

le había contado debía de ser un tipo insoportable que salía de fiesta todas las noches y holgazaneaba por la finca durante el día mientras los demás trabajaban. Con tanto tiempo libre, era lógico que supiera tanto sobre abejas.

—Si pasea bajo estos árboles, las oirá ronronear como el motor de un Rolls Royce, doctora Street.

Ella suspiró.

—Qué curioso.

—Debería aprovechar que tiene el castillo para usted sola. Todos están dormidos y nos han dicho que los invitados no cenarán en casa esta noche. La *signora* Costa, el ama de llaves, le preparará el desayuno.

Josie dejó escapar un suspiro de alivio. El castillo era una experiencia nueva para ella, pero había pasado las vacaciones en el apartamento de Antonia en Roma y también había estado en la villa familiar de Rimini varias veces. En ambos sitios, las amistades de su mejor amiga la habían dejado abrumada. Eran gente simpática, pero Josie se sentía fuera de lugar. Solía jugar con el pequeño Fabio mientras su madre, Antonia, iba de compras, pero las cenas con sus amigos, siempre hablando de fabulosas estaciones de esquí o lugares de vacaciones que ella solo había visto en las revistas, le resultaban incómodas.

Antonia le había dicho que su hermano tenía una gran vida social y le parecía muy bien. De ese modo podría trabajar en la finca durante el día e irse a la cama antes de que él se levantase. Con un tiempo tan limitado para hacer lo que había ido a hacer, no podía perder un momento.

Pero al pensar en lo que el conde haría por las noches no pudo evitar sentir una punzada de envidia. Aunque le encantaba su trabajo, a veces se sentía como un hámster dando vueltas en una rueda. Ella tenía que trabajar sin descanso para pagar sus facturas mientras el conde había sido criado entre algodones...

Cuando conoció a Antonia en la universidad se había preguntado si las diferencias sociales entre ellas serían un problema para su amistad, pero no había sido así; al contrario, esa cuestión se había convertido en una broma. Y cuando alguna de las dos pasaba por un mal momento, la otra la apoyaba siempre.

La lealtad era importante para Josie. Había creído tener la de su exprometido, pero se había equivocado sobre él, como Antonia se había equivocado con su exnovio, Rick, que la abandonó al saber que estaba embarazada.

Josie había ayudado a su mejor amiga a superarlo, aunque en su fuero interno pensaba que estaba mejor sin él. Pero después de eso, y de su propia experiencia con Andy, había empezado a desconfiar de todos los hombres.

Y cuando su amiga decidió quedarse en casa con el niño en lugar de seguir con sus estudios fue un golpe para Josie. El trabajo no era lo mismo sin su amiga, por eso estaba deseando empezar con aquel proyecto; así tendría la oportunidad de ver a Antonia y al pequeño Fabio cuando volviesen de Rimini.

Claro que también envidiaba que su amiga pudiera elegir cuando ella no podía hacerlo...

—Ya hemos llegado.

La voz del chófer interrumpió sus pensamientos y, un poco nerviosa, Josie bajó del coche.

Mientras admiraba los altos muros de piedra del castillo se preguntó cuántos guerreros habrían intentado entrar en aquella fortaleza inexpugnable, con una gran puerta de madera claveteada, descolorida por cientos de veranos soleados como aquel. En el centro del patio había una fuente con una sirena de hierro, copiada del escudo de la familia, que parecía mirarla con cierto desdén.

El chófer se dirigió hacia la parte de atrás con sus maletas y Josie tomó la cadena de hierro que colgaba de una campanita a un lado de la puerta, esbozando su mejor sonrisa.

El conde Dario di Sirena estaba aburrido. Como siempre, había entretenido a sus invitados hasta la madrugada, pero eso significaba que no había nadie para entretenerlo a él en ese momento. Los miembros del club náutico lo habían pasado en grande probando los vinos de su bodega la noche anterior, pero como el alcohol no era algo que lo interesase demasiado, él tenía la cabeza despejada.

Dario decidió dejar que sus invitados durmieran mientras hacía lo que solía hacer por las mañanas... aunque le faltaba un compañero para jugar al tenis. Golpear las pelotas que lanzaba la máquina no era sustituto para un buen partido y pocos de sus invitados parecían interesados en el deporte. En realidad, solo parecían interesados en relacionarse con él porque era una persona influyente. Y eso empezaba a irritarlo.

Por una vez, le gustaría encontrar a alguien que lo tratase de manera normal, pensó, mientras decapitaba media docena de margaritas con la raqueta. Cuando estaba a punto de decapitar todo el jardín de ese modo, oyó el ruido de un coche por el camino.

Era su limusina y, al ver que una mujer salía de ella, intentó recordar quién podría ser aquella nueva invitada. ¿Sería la amiga de Antonia?

Dario miró la fecha en su reloj e hizo una mueca. Era el día doce.

Desde que heredó su título, le parecía como si el tiempo pasara más rápidamente de lo normal, un día convirtiéndose en otro. El tiempo se le escurría como agua entre las manos sin que él hiciese nada.

Un buen handicap de golf y suficientes puntos en el programa de viajero frecuente como para circunnavegar el sistema solar no contaban en absoluto.

Podía tener todo lo que quisiera, salvo una buena razón para madrugar, pensó, colocándose la raqueta al hombro mientras se acercaba a la recién llegada.

Antonia le había dicho que su mejor amiga iba a ir al castillo a trabajar y no debía distraerla. Según había descrito su hermana a la doctora Josephine Street, casi esperaba que fuese una monja, pero la mujer que estaba en la puerta era mucho más atractiva que una monja. Aunque hacía todo lo posible por esconderlo.

Llevaba el pelo recogido y ropa demasiado ancha, como si quisiera esconderse. Desde luego, respondía a la imagen de seria profesora inglesa, pero tal vez alguien debería decirle que en la vida había más cosas, aparte del estudio.

Los años que había pasado trabajando en excavaciones arqueológicas eran la prueba de que Josie no era una floja, pero se cansó de tirar de la campanita sin lograr que sonara.

Irritada, llamó a la puerta con los nudillos, pero medio metro de sólido roble ahogaban cualquier sonido. El chófer debería haberle advertido a alguien que estaban a punto de llegar, pensó. Claro que seguramente tardarían un rato en abrir...

–*Buon giorno*.

Josie dio un respingo al escuchar una voz masculina. Tras ella había aparecido un hombre alto, de anchos hombros, cabello oscuro y piel bronceada, vestido de blanco inmaculado.

Era un contraste muy llamativo y Josie sospechaba que el hombre lo sabía perfectamente. Ella llevaba la ropa arrugada del viaje mientras todo lo de él parecía nuevo. Incluso la raqueta de tenis con la que se golpeaba distraídamente la mano izquierda... aunque entre las cuerdas podía ver pétalos de margarita. Tal vez los habría puesto allí alguna chica, pensó, mirando alrededor. Pero el patio estaba desierto.

Y no tenía que decirle quién era. Esos suaves ojos castaños, rodeados por largas pestañas, le resultaban muy familiares. Debía de ser su anfitrión, el hermano de Antonia. Y, por su aspecto, era todo lo que le había contado.

–Permítame que me presente: soy el conde Dario

di Sirena –le dijo, tomando su mano para llevársela a los labios.

–¿Por qué no está en la cama?

Él enarcó una burlona ceja.

–¿Es una invitación?

Josie apartó la mano y dio un paso atrás, ruborizándose furiosamente. Eso era empezar con mal pie, incluso para ella.

–No, no...

Dario sonrió al verla tan incómoda.

–Tú debes de ser Josie.

–La doctora Josephine Street, sí.

No debería mostrarse tan antipática con su anfitrión, pero tratar con desconocidos nunca había sido fácil para ella y era diez veces más difícil cuando se trataba de un hombre tan guapo.

–Entonces, permítame decir que es un placer para mí recibirla en mi humilde morada –anunció Dario, con burlona seriedad.

Josie sabía que esconder su timidez bajo una fachada de seriedad solía funcionar, de modo que irguió los hombros y lo miró directamente a los ojos.

Aquel era un hombre que se sentía cómodo en cualquier situación, Antonia se lo había contado. En realidad, le había contado tantas cosas sobre su hermano que la noche anterior había buscado su nombre en Google. Y ni las columnas de cotilleos ni Antonia habían exagerado.

Era un hombre guapísimo e imponente que irradiaba seguridad en sí mismo. Y eso era algo que ni todo el dinero ni todo el poder del mundo podían comprar. Dario di Sirena era completamente diferente a su hermana, la alegre y regordeta Antonia. Sin la menor duda, era el hombre más guapo que había visto nunca y la miraba... como si fuese el centro del universo.

Josie tuvo que hacer un supremo esfuerzo de voluntad para recordar que la mayoría de los hombres tenían la misma capacidad de atención que la mosca del vinagre y estaba segura de que cuando no le rindiera pleitesía a su ego se olvidaría de ella.

Esa táctica le había funcionado en el pasado, aunque nunca lo había hecho deliberadamente. Los hombres parecían desvanecerse quisiera ella o no. Y un experto seductor como Dario no perdería el tiempo con ella.

—Me sorprende que decidiera venir aquí en lugar de quedarse en Rimini con Antonia y Fabio, doctora Street.

Josie tragó saliva. El brillo de sus ojos la cegaba, pero intentó convencerse a sí misma de que era el sol.

—Puedes llamarme Josie —murmuró—. La verdad es que me he alojado en la villa de Rimini alguna vez y siempre sentía que estaba molestando.

—¿Por qué? —preguntó él, sorprendido.

—Antonia hacía lo imposible por incluirme en su círculo de amistades, pero esas historias sobre estaciones de esquí, islas privadas y sitios en los que yo no he estado nunca...

—¿No son lo tuyo? —la interrumpió Dario.

Su precioso acento italiano era como una caricia, pensó mientras asentía con la cabeza.

—El chófer se ha llevado mis maletas... estaba intentando llamar, pero no soy capaz de hacer sonar la campanita.

Él apartó un pasador en la cadena en el que Josie no se había fijado.

—Ah, era eso. Gracias —le dijo. Pero cuando iba a tirar de nuevo, Dario sujetó su mano.

—No, no. Esa campana se usa para dar la alarma en caso de robo o incendio. No querrás que venga todo el pueblo, ¿verdad?

—No, claro que no...

—Para llamar a la puerta tendrás que acostumbrarte a Stella Maris —Dario se dirigió hacia la sirenita, en el centro del patio—. Uno de mis antepasados tenía un curioso sentido del humor.

Que él parecía haber heredado, pensó Josie mientras lo veía apretar el ombligo de la estatua, haciendo sonar un timbre en el interior de la casa.

—¿Es ese uno de los inventos del octavo conde Di Sirena? Cuando Toni sugirió que viniese aquí, leí todo lo que pude sobre el castillo.

Dario se encogió de hombros.

—No lo sé, pero quien lo inventase debía de querer burlarse de las mujeres tímidas —respondió.

Josie volvió a ponerse colorada. Al lado de Dario, se sentía como un gorrión frente a un halcón peregrino. Él se mostraba absolutamente cómodo y seguro de sí mismo mientras ella tenía que hacer un esfuerzo para encontrar su voz.

Unos segundos después, un criado abría la puerta del castillo. La entrada estaba dominada por una gran chimenea de piedra sobre la que estaba el escudo de la familia Di Sirena, el mismo que había visto tantas veces en las maletas de Antonia.

–Ahí van tus cosas –Dario señaló a un criado que llevaba una maleta en cada mano–. Te habrán instalado en el ala oeste, así no te molestarán los miembros del club náutico que se alojaron aquí anoche y que están en el ala este del castillo. Vamos, te acompaño a la suite.

Mientras Josie observaba, atónita, los techos artesonados y las paredes forradas de madera, él empezó a subir los escalones de mármol de dos en dos.

–Supongo que tendrá usted mejores cosas que hacer. No quiero molestar...

Él la miró desde arriba.

–Eres amiga de la familia, de modo que para ti soy el hermano de Antonia, Dario. Y es un placer para mí acompañarte a tu suite.

Suspirando, Josie lo siguió.

–¿Seguro que sabes dónde está la habitación? –bromeó mientras atravesaban un laberinto de pasillos.

–Llevo toda mi vida aquí. ¿Antonia no te ha contado por qué brillan tanto los suelos?

Ella negó con la cabeza.

–De pequeño, le ataba trapos del polvo a los pies y la empujaba por estos kilómetros de pasillos. Por triste que estuviera, eso siempre la hacía reír.

–No me imagino que nadie pueda ser infeliz en un sitio tan bonito como este.

–La gente suele olvidar que el dinero y las posesiones no lo son todo en la vida –Dario suspiró mientras, por fin, abría una puerta.

Estaban en la zona más antigua del castillo, en una torre de vigilancia completamente modernizada, con una escalera circular que llevaba a una suite de tres plantas. La primera para comer y relajarse, la segunda un dormitorio con cuarto de baño.

–Y esto –anunció Dario, llevándola por el último tramo de escaleras– es lo que llamamos el solario.

Habían llegado a la última planta y Josie se encontró en una habitación circular con enormes ventanales y paneles de cristal en el techo. Era casi como estar al aire libre, pero con el beneficio del aire acondicionado.

–Es maravilloso –murmuró, mirando las hermosas vistas de la Toscana.

El aire era transparente, los cipreses tiesos como signos de exclamación frente a hectáreas de hierba, campos de girasoles e interminables viñedos.

–De noche es aún más bonito –dijo él–. Se ven las luces de los coches que van a Florencia por la carretera... ¿será debido a un triunfo o a una tragedia? ¿Un bebé que llega al mundo o un amante que se aleja?

Ella lo miró, sorprendida.

–Eso es muy poético.

–Sí, bueno... –Dario sonrió, un poco cortado–. Por el momento, te será difícil distinguir las casas hasta que conozcas mejor la zona, pero por la noche se puede ver la casa de Luigi, el olivar de Enrico y la granja de Federico. Yo subo a veces aquí –siguió, bajando la voz– y me pregunto qué estarán haciendo.

Estaba tan cerca que el aroma de su colonia masculina la hizo temblar.

«¿Qué me está pasando? He venido aquí a traba-

jar», pensó, alarmada, mientras Dario miraba el paisaje perdido en sus pensamientos. En ese momento, él
volvió para mirarla y, de nuevo, Josie sintió un escalofrío que la recorrió de arriba abajo.

Y, como si se hubiera dado cuenta, Dario esbozó
una sonrisa irresistible.

Capítulo 2

JOSIE intentaba poner orden en sus pensamientos, pero casi se ahogaba en la mirada de Dario. Eso debía de ser lo que había pasado entre Andy y esa chica de la universidad, pensó, sintiendo un escalofrío.

«No puedo interponerme entre este hombre y la novia que debe de tener en algún sitio».

Después de lo que le pareció una eternidad, consiguió recuperar la compostura para apartarse de él y dar una vuelta por la habitación.

–Esto es demasiado para mí. ¿No tienes una habitación más pequeña? –le preguntó, intentando volver a la tierra.

Dario la miró con cara de sorpresa.

–Esto no es un hotel, Josie. Pero, como amiga de mi hermana, eres bienvenida cuando quieras y durante el tiempo que quieras.

–Eso me dijo Antonia, pero yo prefiero pagar...

–Y el hospital local agradece mucho tu contribución –la interrumpió Dario–. ¿Por qué no fingimos que tu generosidad te da derecho a una suite como esta?

–En ese caso, muchas gracias. Pero entonces tú no podrás subir a mirar el paisaje de noche.

–No me importa.

–Es un sitio maravilloso –dijo Josie, mirando por la ventana–. Y perfecto para trabajar. Está lejos de las demás habitaciones, así que no molestaré a nadie. Gracias, de verdad.

Dario sonrió, burlón. El significado de sus palabras estaba claro: quería estar sola.

–Haces un esfuerzo para contenerte, ¿verdad?

–No te entiendo.

–Te ruborizas cuando hablas conmigo y eso significa que Antonia te ha contado historias sobre mí –Dario rio, burlón–. Pero te aseguro que siendo amiga de mi hermana estás a salvo. Al menos, de mí.

–Cualquiera que intentase flirtear conmigo estaría cometiendo un error. Y yo cometería un error aún mayor si creyera que lo hace en serio.

Él asintió con la cabeza.

–Supongo que eso es comprensible después de lo que le pasó a Antonia.

–Y a mí.

–¿No irás a decirme que ese canalla de Rick también te engañó a ti?

–No, no. Pero pensé que Antonia te habría contado... –Josie no terminó la frase–. Yo tuve una experiencia parecida, aunque no es nada comparado con lo que le pasó a Toni. Le advertí, pero entonces ella era tan feliz...

La expresión de Dario se volvió indescifrable.

–Conociendo a Antonia, seguro que se enfadó contigo por intentar advertirle del peligro. Pero me alegra que sigáis siendo amigas.

–Sí, claro que lo somos.

–¿No temías que dejase de hablarte por intentar hacerla entrar en razón?

–Sí, pero pensé que era mi obligación. No podía soportar que perdiese el tiempo con un hombre que no la merecía –Josie miraba alrededor, observando el esplendor del antiguo castillo Di Sirena, pensando que iba a gustarle alojarse allí, a pesar del atractivo conde.

–Lo entiendo, también yo tengo una corte de buscavidas a mi alrededor –dijo él.

–Por mí no debes preocuparte –se apresuró a decir Josie–. Lo único que me interesa es la historia. Si tienes el esqueleto de algún antepasado guardado en un armario, yo lo encontraré, pero tus secretos de alcoba son cosa tuya.

Mientras hablaba, seguía mirando alrededor y cuando Dario no replicó se volvió para mirarlo.

Y, durante un segundo, en sus irresistibles ojos castaños había tal profundidad de sentimientos que ni siquiera él pudo esconderlo. Era una reacción genuina. Por alguna razón, afectaba a Dario di Sirena, pero no sabía qué había hecho para provocar esa reacción.

Lo único que sabía era que tendría que estar alerta a partir de ese momento.

Dario, que siempre estaba alerta, recurrió a su aristocrática educación para besar la mano de Josie con su más encantadora sonrisa, que normalmente convencía incluso a la mujer más obstinada.

Pero no parecía ejercer ese efecto en la doctora Street. Sus ojos verdes eran tan brillantes como esmeraldas y sus largas pestañas no podían disimular el brillo de curiosidad que había en ellos. Por un momento, había olvidado ser tímida.

Un mechón de pelo escapó de su coleta y ella lo colocó a toda prisa detrás de su oreja antes de darle la espalda para abrir las maletas. Y Dario entendió la indirecta.

–Adiós, Josie. Espero que disfrutes de tu estancia aquí.

–Seguro que sí. Especialmente cuando Toni y Fabio vengan la semana que viene.

–Podrías reunirte con ellos en Rimini ahora mismo, si lo prefieres –Dario levantó la raqueta y empezó a moverla distraídamente–. Puedo pedirle al chófer que te lleve.

Por alguna razón, Josie y su perceptiva mirada lo ponían nervioso.

–No, gracias. Como he dicho antes, prefiero trabajar aquí que soportar los cotilleos de la gente guapa de Rimini.

De nuevo, Dario enarcó una ceja.

–Es raro que una mujer prefiera eso.

–No sé a qué tipo de mujeres estás acostumbrado –replicó ella–. Yo soy así y prefiero decir la verdad.

Él asintió con la cabeza.

–En los círculos en los que yo me muevo, eso es raro.

Josie se encogió de hombros.

–La investigación exige honestidad y acaba convirtiéndose en un hábito.

–Lo tendré en cuenta –Dario salió de la habitación

preguntándose qué tendría que hacer para que la doctora Street se relajase un poco.

Josie estaba deseando empezar a explorar la finca y deshizo las maletas a toda velocidad, pero la suite la distraía tanto como el propio Dario di Sirena.

No podía dejar de pensar en lo guapo que era... con esos ojos oscuros tan penetrantes.

Sacudiendo la cabeza, empezó a colocar su ropa en preciosas perchas forradas y rellenas de lavanda. El suelo de mármol del baño era una tentación irresistible y, quitándose los zapatos y las medias, caminó descalza durante unos minutos.

Cuando por fin terminó de cambiarse y explorar las tres habitaciones que conformaban la suite, los otros invitados de Dario estaban en el patio. Ver todas esas limusinas conducidas por chóferes uniformados y carísimos deportivos era un entretenimiento y Josie pasó más tiempo del que pretendía apoyada en el alféizar de la ventana, mirando aquella magnífica procesión.

Solo cuando apareció el conde se apartó de la ventana para que no pensara que estaba vigilándolo o que su insistencia en decir que estaba muy ocupada era mentira.

«El trabajo es lo primero, la diversión después», se recordó a sí misma.

Aunque para ella la diversión no parecía llegar nunca.

Antonia solía decir que nadie podría pillarla de brazos cruzados y tenía razón. No sabía si le gustaba lo que eso decía de ella, pero de verdad tenía mucho trabajo antes de que terminase el año académico.

Italia y su historia la fascinaban desde que era niña, cuando desenterraba objetos en el jardín de su casa para llevarlos al colegio, y una de las piezas que encontró resultó ser un broche romano perdido por alguna mujer dos mil años antes.

Esa pieza, y una profesora inteligente, habían despertado su imaginación y veinte años después estaba allí, en la tierra de los romanos, dispuesta a inspirar a otros preparando un curso completo para sus alumnos.

Sabía que era afortunada y se sentía agradecida por los sacrificios que había hecho su madre; lo malo era la presión de aprovechar en lo posible todas esas oportunidades.

Por eso, observar a Dario en el patio podría dar al traste con sus planes. Pero algo en él la atrajo hacia la ventana de nuevo, como una flor hacia la luz del sol.

Había cambiado el conjunto de tenis por un pantalón de montar en color caqui, una camisa blanca y un par de brillantes botas, los colores pálidos destacando su bronceado.

Josie no podía creer su suerte. El trabajo la había llevado a Italia y estaba admirando a un hombre guapísimo desde una torre que habría hecho que la princesa Rapunzel se muriese de envidia.

Dario atravesó el patio, dirigiéndose a la avenida de tilos como un emperador inspeccionando sus dominios. Sus lánguidas zancadas eran engañosas porque recorría el espacio a tal velocidad que, en unos segundos, las ramas de los árboles casi lo escondieron de su vista.

Pero cuando el conde Di Sirena se volvió y miró deliberadamente hacia arriba, Josie tuvo que contener el impulso de saludarlo con la mano.

Podía imaginar cómo suspiraría su madre si viera aquella escena. Con los ojos llenos de lágrimas, le contaría una vez más cómo había conocido a su padre... y Josie odiaba eso. Su madre era la prueba viviente de lo engañosos que eran los hombres y, además, le recordaba lo confiada que había sido con Andy.

Dario seguía mirando hacia arriba y, avergonzada, se apartó de la ventana para buscar su cuaderno y su cámara. Aquel era un viaje de trabajo, se recordó a sí misma. Tenía mucho que hacer y poco tiempo para hacerlo. Quería hacerse un nombre en la facultad y mirar a Dario di Sirena no la ayudaría en absoluto a conseguirlo.

Después de guardar sus cosas en un bolso grande que se colgó al hombro, bajó por la escalera. Una vez abajo, le dio la espalda a la avenida de tilos, tomando la dirección opuesta a la que había tomado Dario para que no pensara que estaba siguiéndolo.

Dirigiéndose hacia el otro lado de la finca, pasó bajo antiguos olivares y fragantes limoneros, disfrutando del sol. Quería llegar al punto donde la gran verja de entrada del castillo Di Sirena se encontraba con la vieja carretera que llevaba a Florencia.

Había visto a dos hombres trabajando en un muro de piedra y, según su experiencia, los muros contenían muchos secretos porque durante siglos la gente había saltado sobre ellos, tirando cosas en el camino o escondiéndolas entre sus piedras. De modo que se dirigió hacia los obreros a toda prisa, pero el intenso calor le robaba energía. Pasear sería lo mejor en un día precioso como aquel, se dijo mientras tomaba un trago de agua mineral.

Había bebido casi una botella entera cuando, por fin, llegó al muro. Uno de los obreros se había ido a comer y el otro estaba limpiando, dispuesto a marcharse también. Afortunadamente, al hombre le gustaba contar historias y Josie estaba escuchándolo atentamente cuando sintió que el suelo reverberaba bajo sus pies.

Al darse la vuelta vio que era Dario, montado en un magnífico caballo, galopando hacia ellos.

Nerviosa, decidió saludarlo despreocupadamente, como si su repentina aparición no hubiera acelerado su pulso. Pero mientras lo veía acercarse como un príncipe salido de un cuento de hadas, las palabras se quedaron en su garganta y solo pudo hacer un gesto con la mano.

Dario sonrió mientras detenía el caballo a unos metros.

—Me han saludado con más entusiasmo.

Josie hizo un esfuerzo para articular palabra:

—Disculpa, es que estaba charlando con el *signor* Costa y tu llegada me ha pillado por sorpresa.

—Ya veo. ¿Y sobre qué estabais charlando?

—Sobre el muro. ¿Sabes que muchos de los grandes hallazgos arqueológicos se han encontrado cerca de un muro de piedra?

Dario habló un momento en italiano con el obrero mientras ella lo miraba. Tenía un aspecto tan impresionante montado sobre su caballo...

–¿Quieres conocer la historia de estas piedras?

–Sí –respondió Josie–. ¿Puedes ayudarme?

–No lo sé. Solo había venido para ver si necesitabas un traductor.

–Gracias, pero me entiendo bien con él. Y me concentro mejor sin distracciones... quiero decir sola –le explicó Josie, para que no se sintiera ofendido.

–Una pena porque yo estaba deseando verte en acción –dijo él–. La gente de por aquí no suele hacer nada constructivo. Este es un sitio creado para disfrutar, no para trabajar.

Josie tuvo que contener un gemido. Las posibilidades de trabajar con Dario a su lado serían mínimas. Estaría todo el tiempo intentando no mirar el paisaje... y no se refería a las colinas de la Toscana.

¿Qué le estaba pasando?, se preguntó.

–Gracias, pero por el momento no necesito ayuda. Y seguro que para ti sería muy aburrido, además.

Dario la miró con un brillo burlón en los ojos, como si pudiera leer sus pensamientos.

–Muy bien. Tengo que ir a la ciudad de todas formas, así que te dejo con tu trabajo... al menos, de momento. Pero, como te has tomado la molestia de venir a estudiar mi casa, preguntaré por ahí por si alguien sabe algo sobre la historia de ese muro.

–Gracias.

–Y puedes acudir a mí cuando quieras conocer los secretos del castillo.

–Eso estaría muy bien, te lo agradezco.

Josie tenía que hacer un esfuerzo para que le saliera la voz y se enfadó consigo misma. Nunca le había pasado algo así.

–¿Seguro que te encuentras bien? –le preguntó Dario.

–Es el calor –respondió ella abruptamente–. En Inglaterra el sol no es tan fuerte y no estoy acostumbrada.

–Entonces, cuídate –dijo él, con tono firme–. Mantente en la sombra y lleva siempre un sombrero. No quiero que acabes en el hospital por culpa de una insolación.

Después de decir eso salió al galope y, sin darse cuenta, Josie se quedó mirándolo hasta que Giacomo, el obrero, se aclaró la garganta para recordarle su presencia. Y no había que ser muy listo para saber lo que estaba pensando, su sonrisa era más que suficiente.

Parpadeando furiosamente, Josie volvió a estudiar las antiguas piedras en lugar de mirar a Dario.

El trabajo era lo primero, se repitió a sí misma. Pero, por una vez, ese mantra no parecía consolarla.

Dario no podía decir qué era, pero algo en la doctora Josie Street lo inquietaba sobremanera.

No pudo dejar de pensar en su pálido rostro y sus tensos movimientos durante el resto del día. Era evidente que no estaba acostumbrada a conocer gente nueva o a moverse en círculos que no fueran académicos. Vestía para ser invisible más que para llamar la atención, pero entendía que Antonia se hubiera hecho su amiga.

Era tan fácil tomarle el pelo y hacer que se pusiera colorada... su inocencia era irresistible para alguien cuyo paladar estaba un poco cansado de lo de siempre.

Parecía tan animada mientras charlaba con Giacomo...

Desde lejos la había visto hacer gestos con las manos y, automáticamente, había pensado que necesitaba un traductor, pero a medida que se acercaba vio que estaba concentrada en la conversación. Sin embargo, había enmudecido en cuanto él llegó.

Hacía todo lo posible por comunicarse con Giacomo, pero apenas podía decir dos frases cuando él aparecía.

Dario pensó entonces en Arietta. No sabía por qué, ya que no podían ser dos mujeres más diferentes. Intentó apartar de sí la imagen de su prometida y pensar en otra cosa... debería ser fácil; después de todo, había vivido sin Arietta mucho más tiempo que con ella. Que pensar en Arietta aún pudiese entristecerlo de esa forma era un aviso.

Pero su recuerdo no lo perseguiría en sueños esa noche, pensó, mientras se preparaba para ir a cenar con sus amigos. Cuando estaba poniéndose unos gemelos de oro en los puños de la camisa blanca escuchó pasos en la gravilla del camino y al mirar por la ventana vio que era Josie.

–¿Dónde vas con tanta prisa? –la llamó–. ¿Puedo llevarte a algún sitio?

Josie, que llevaba una bandeja llena de cepillos, rastrillos, paletas y otras herramientas, se volvió bruscamente.

–Gracias, pero no quiero molestar –respondió–, llevándose una mano al pecho, como intentando esconder el mono de trabajo que llevaba puesto, mientras se inclinaba para recoger una paleta que había caído al suelo.

–No es molestia –Dario se dio la vuelta para salir de la habitación, pero cuando bajó al patio ella había desaparecido.

La vio dirigiéndose hacia la verja que separaba el jardín del resto de la finca y se saludaron con la mano, pero debía de haber salido corriendo para llegar tan rápido. Y se preguntó por qué. No quería pensar que le daba miedo.

Durante toda la noche, a pesar de las atenciones de sus invitadas, estuvo pensando en ella. Al contrario que Josie, sus amigas llevaban vestidos de diseño hechos en Milán, París y Nueva York. Todo ese glamour, todo ese encanto, dirigido a él.

Recibía el mismo tratamiento en todas las fiestas y estaba tan acostumbrado que apenas prestaba atención. Alguna vez se permitía a sí mismo sucumbir a los halagos, pero por alguna razón no podía poner el corazón en ello esa noche.

¿Qué tipo de ropa llevaría Josie en la maleta?, se preguntó, imaginándola con el vestido de satén negro que llevaba una de las invitadas.

«Yo tengo sábanas de ese color. Me pregunto cómo quedaría Josie sobre esas sábanas».

En ese momento, un camarero se materializó a su lado con una botella de champán envuelta en una servilleta de lino blanco.

–No, gracias, tengo que conducir –le dijo.

Pero eso había hecho que un travieso pensamiento apareciese en su cabeza. Siempre le había gustado el champán y tenía una buena selección en el castillo. Seguro que una copa o dos ayudarían a Josie a celebrar su llegada a Italia, pensó.

Y, después de despedirse de su anfitrión, salió de la fiesta a toda velocidad.

Al final del día, Josie estaba tan cansada que apenas era capaz de poner un pie delante de otro, pero no podía sentirse más feliz. Había estado sola la mayoría del tiempo y el trabajo le había parecido más relajante que unas vacaciones. Pero, a pesar de su determinación, no podía dejar de pensar en Dario y necesitaba un descanso, de modo que puso el despertador muy temprano para ordenar sus notas a primera hora y empezar a trabajar a la salida del sol.

Lo último que recordaba era el ruido de un poderoso vehículo rompiendo el aterciopelado silencio de la noche...

Cuando cerró los ojos, recordó cómo había descrito Dario la vista desde el solario por la noche y su turbulenta expresión mientras la miraba. Y eso fue suficiente para hacer que no pudiera pensar en nada más.

Medio dormida en la suntuosa cama, sonrió. Aquel era un sitio maravilloso, pero Dario era una tentación y el único sitio seguro para un encuentro con él serían sus sueños.

Cuando el coche se detuvo en el patio, Josie estaba profundamente dormida.

Dario saltó del coche, pero antes de llamar al chófer para que lo llevase al garaje miró hacia la torre... estaba completamente a oscuras.

Esperando que Josie solo hubiera apagado la luz para disfrutar del paisaje desde las ventanas, como él había sugerido, tomó una botella de champán y un par de copas del bar y subió a su habitación. Pero cuando llamó a la puerta y no obtuvo respuesta tuvo que controlar su decepción. Daba igual, se dijo. Josie seguía teniendo derecho a recibir el mejor trato en el castillo Di Sirena, de modo que dejó la botella en el suelo, frente a la puerta.

Por alguna razón que no entendía, quería tentar a Josie para que lo pasara bien. Más de lo que había deseado nada en mucho tiempo. La interrumpida fiesta era prueba más que suficiente. ¿Tal vez su resistencia era simplemente un nuevo reto?

Fuera cual fuera la razón para tan repentino interés, estaba claro que no iba a poder apartarla de sus pensamientos hasta que la hubiera conquistado.

Y un largo y perezoso almuerzo podría ser el pistoletazo de salida, pensó. Josie era tan educada que no sería capaz de rechazar la invitación.

Dario sonrió mientras se dirigía a su habitación. Sería deliciosamente irónico usar su típica reserva británica para tender un puente entre los dos.

Capítulo 3

EL DESPERTADOR sonó antes del amanecer y Josie tuvo que contener la tentación de darse la vuelta y seguir durmiendo un par de horas más. Pero había muchas hectáreas de finca que investigar y eso era más irresistible que dormir.

Después de arreglarse a toda prisa, abrió la puerta de la suite... y estuvo a punto de tropezar con una botella de champán que alguien había dejado en el suelo.

Dario, por supuesto. Debía de haberla dejado allí después de una noche de fiesta.

Ella llevaba siglos sin ir de fiesta, pensó entonces. De hecho, se sentía incómoda rodeada de gente en los eventos sociales.

Salió del castillo mientras la mañana seguía siendo fresca para explorar la finca, pero pronto se enfadó consigo misma por no haber llevado un sombrero. Se colocaba a la sombra siempre que le era posible, pero el sol calentaba demasiado.

Al principio, estaba tan absorta en su trabajo que no tuvo tiempo de pensar en nada más, pero luego se dio cuenta de que no estaba sola. Fuera donde fuera, el conde Dario di Sirena no andaba lejos. Lo había visto montando a caballo y luego acercándose a los establos mientras ella iba hacia las colinas.

Estaba segura de que era una coincidencia, aunque esa coincidencia no podía explicar el escalofrío que sentía cada vez que sus caminos se cruzaban.

Dario había decidido que salir a cabalgar un rato era lo que necesitaba para ordenar sus pensamientos. Y funcionó, pero no de la manera que él esperaba. No podía dejar de recordar a Josie mirándolo desde la ventana o saludándolo con la mano cuando se marchó la noche anterior...

No podría decir qué era lo que tanto lo atraía de ella, pero fuese donde fuese aquel día parecían destinados a encontrarse.

Aparecía en los sitios más inesperados, desde los establos al viejo molino de aceite. Tanto que Dario empezó a sentirse incómodo. Podría pensar que estaba siguiéndolo si no fuera porque Josie siempre iba por delante de él.

Era como si pudiera leer sus pensamientos, anticipándose a cada uno de sus movimientos. La idea era absurda, pero eso no evitaba que pensara en ello. Definitivamente, Josie lo afectaba de una forma extraña.

Desde la coleta a las botas de trabajo, la doctora Josie Street era una chica seria y eso la hacía única. Que se ruborizase cuando le explicó lo del champán fue el gesto más humano que había tenido, pero apenas había dicho una palabra desde entonces. Y esa actitud, comparada con la charla inane que tenía que soportar en las fiestas, le resultaba interesante.

A menos que tuviera algo que decir, Josie mantenía la boca cerrada. Pero ¿cómo conseguía ponerlo tan nervioso?

Dario sacudió la cabeza y decidió que era hora de controlar la situación.

Decidida a apartarse un rato del sol abrasador, Josie se dirigió hacia un grupo de árboles. Pero mientras sus ojos se acostumbraban a la penumbra creada por las ramas, le llegó una voz masculina:

–*Ciao*, Josie.

Dario había atado las riendas de su caballo en la rama de un árbol y estaba apoyado en el tronco, como un magnífico animal dispuesto a atacar.

–¡Qué susto me has dado!

–Era lo que pretendía –bromeó él, mostrándole el sombrero de paja que llevaba en la mano–. Te advertí que debías protegerte la cabeza, pero no me has hecho caso, así que he venido a traerte esto.

–Hoy pareces estar por todas partes –dijo Josie, suspicaz.

–Yo podría decir lo mismo de ti. Toma –Dario le ofreció el sombrero–. Es de Antonia y a ella no le importará, pero yo me llevaré una decepción si no lo aceptas... como no aceptaste el champán.

Josie tragó saliva. Aunque Dario era alto y atlético, se movía sin hacer ruido. Con su pelo negro y su irresistible bronceado, destacado por la camisa blanca, Josie pensó en una pantera acechando a su presa.

–Pero tú no llevas sombrero –le dijo, nerviosa.

–Yo estoy acostumbrado a este sol tan fuerte. Aunque tienes razón, eso no justifica que me arriesgue. En cualquier caso, yo voy por la sombra siempre que es posible, tanto por Ferrari como por mí –Dario señaló a su caballo, que mordisqueaba la hierba a unos metros de ellos–. He explorado esta finca cientos de veces y conozco los mejores sitios. Por ejemplo, ¿sabes que en este sitio hay un manantial escondido?

–Me había parecido escuchar ruido de agua...

–Ven, te lo enseñaré. Además, el manantial esconde un secreto.

–¿Un secreto?

–Nos están mirando –Dario la llevó entre los árboles hasta llegar a una piscina natural rodeada de grandes rocas–. Cuando éramos pequeños, Antonia tenía miedo del monstruo que vive tras esa cortina de hiedra y helechos, ¿las ves? –le preguntó, señalando un tapiz de hojas que caía sobre el agua–. Solía retarme a apartarlas y luego salía corriendo cuando lo hacía.

–A mí no me da ningún miedo.

–A los seis años, un rostro esculpido en la roca bajo la hiedra puede ser aterrador. La leyenda local dice que es una máscara etrusca, pero tú eres la experta.

Los ojos de Josie se iluminaron.

–Ah, ahora empiezo a estar interesada.

–Ya me lo imaginaba –Dario sonrió–. ¿Entonces qué dices? ¿Te atreves a ir conmigo a echar un vistazo?

Josie miró las rocas, cubiertas por un musgo oscuro de aspecto traicionero.

–No sé...

—Yo iré primero –dijo él–. Es seguro, pero, si te da miedo, puedes verla desde aquí.

Josie dejó la mochila en el suelo y llegó a su lado antes de que terminase la frase. Su miedo a que alguien pensara que no estaba a la altura era superior a su miedo al agua... hasta que vio por dónde tendría que pasar. El camino hasta la cortina de hiedra era estrecho y cortado en la roca. Y en algunos sitios, el agua se colaba como si saliera de una manguera.

Siguió valientemente a Dario y cuando resbaló él agarró su mano, pero Josie ya había conseguido recuperar el equilibrio.

—Estoy bien, gracias.

—¿Seguro?

—Claro, es que el agua no es lo mío.

—¿Eso significa que no vas a usar la piscina del castillo?

—Si puedo evitarlo, desde luego.

—Una pena –dijo Dario–. Aunque también yo prefiero pasarlo bien en tierra firme.

Lo había dicho con un tono sugerente, pero cuando Josie lo miró, recelosa, se encontró con una sonrisa supuestamente inocente.

—En este momento, estoy de acuerdo contigo –le dijo, concentrándose en mantener el equilibrio–. Venga, date prisa, esto se está convirtiendo en una prueba olímpica.

—Tú sabes que todo lo bueno requiere esfuerzo.

—Yo creo que el esfuerzo está sobrevalorado –bromeó Josie.

—¿Qué quieres decir?

Josie maldijo la distracción del arte etrusco y la

superficie resbaladiza. Había hablado demasiado y no era su costumbre. Furiosa consigo misma por sacar el tema, intentó bromear:

–Mi novio encontró a otra chica que catalogaba artefactos por él. Muy esforzada –le dijo, intentando reír.

Pero Dario no sonreía como había esperado. Al contrario, se quedó mirándola en silencio durante unos segundos.

–Ese hombre era un tonto por no apreciar lo que tenía –le dijo antes de darse la vuelta, como si no acabara de hacerle un cumplido.

Josie respiró profundamente, intentando controlar su nerviosismo.

–Ya hemos llegado. Ten cuidado.

–Lo tengo, no te preocupes.

–Mira esto.

Dario apartó la cortina de hiedra y Josie vio una horrible máscara de cuya boca salía un chorro de agua que debía de haber aterrorizado a Antonia cuando era pequeña.

–Vaya, parece...

Con la emoción, olvidó que estaba sobre una superficie resbaladiza y, cuando iba a colocarse delante de Dario para verla mejor, un pájaro salió volando de su escondite, pasando a un centímetro de su cara y dándole tal susto que perdió el equilibrio y cayó al agua.

Asustada, empezó a bracear violentamente, pero un segundo después se encontró en los brazos de Dario, que se había lanzado al agua tras ella.

–No pasa nada, tranquila –le dijo, riendo.

¿Estaba riéndose de ella?, se preguntó, indignada. Pero su indignación murió al descubrir lo maravilloso que era estar apretada contra su cuerpo.

Josie dejó de luchar. Por un momento, se dejó llevar por la penumbra, por el calor del sol y el de los brazos masculinos. Solo podía oír los latidos de su corazón y los de él... y era embriagador, una sensación tan primitiva. El hermoso rostro de Dario estaba tan cerca que sintió que sus labios se abrían, anticipando algo tan maravilloso que no se atrevía a ponerle nombre.

Pero entonces recordó que dejarse llevar por la tentación era peligroso y, asustada, intentó alejarse nadando...

—No te muevas —dijo él—. Estás a salvo conmigo, no te preocupes.

Y Josie, que quería creerlo, echó la cabeza hacia atrás para mirarlo a los ojos, el agua rodando por su rostro.

—Lo siento —se disculpó.

Él no dijo nada. Su camisa blanca se había vuelto casi transparente, dejando ver la sombra oscura que había debajo. Su cuerpo, tan caliente y lleno de vida, hizo que Josie se relajara inconscientemente, sus miembros derritiéndose bajo el agua. Dario la miraba a los ojos y era un afrodisíaco.

Cuando él apartó un mechón de pelo de su cara, ella volvió a cerrar los ojos. Incapaz de resistirse, abrió los labios y esta vez sabía muy bien lo que quería. Su respiración se volvió agitada anticipando el beso.

Entonces, en el último momento, o recuperó el

sentido común o le falló el valor, no estaba segura. Abriendo los ojos, sacudió la cabeza tan rápida y violentamente que varias gotas de agua volaron por el aire. Soltando su mano, se alejó hacia el borde del manantial y salió del agua apoyándose en las resbaladizas piedras.

Nunca se había sentido tentada por un hombre de ese modo y sabía que debía poner cierta distancia entre ellos.

Aún en el agua, como Neptuno, Dario la miraba fijamente.

–Deberías tener más cuidado.

–Lo sé, por eso he salido del agua. A partir de ahora, me alejaré del peligro todo lo que pueda.

En todos los sentidos, pensó.

Él sacudió la cabeza. Josie lo asombraba. Empapada y con la camiseta blanca pegada al pecho, era preciosa.

Pero, como si se hubiera dado cuenta de que la observaba, ella se dio la vuelta, intentando escurrir el agua de la camiseta y el pelo.

–Y no me mires así.

–¿Tienes ojos en la nuca?

–No los necesito, sé que estás mirándome.

–Eres muy guapa –dijo Dario.

–Gracias, pero deja de mirarme –insistió ella–. Me gustaría hacer unas fotografías de este manantial. Es exactamente la clase de sitio en el que estoy interesada. ¿No querías ayudarme?

–Sí, claro.

–Pues podrías decirme si hay más tesoros escondidos en la finca.

El calor empezaba a secar su ropa y su pelo, pero Josie lo aireaba con las manos para que el proceso fuera más rápido.

–Deberías ponerte al sol conmigo –sugirió Dario–. Así te secarías antes.

–No hace falta.

Josie levantó la mirada y lo vio quitándose la camisa.

–Cuando decidí invitarte a comer no pensé que nos harían falta toallas.

–¿Invitarme a comer?

–No pensarás que he venido a buscarte con las manos vacías –Dario sacudió la camisa antes de volver a ponérsela y Josie intentó concentrarse en su cara para no mirar su ancho torso, pero el efecto de su sonrisa fue aún más devastador.

Tener a Josie entre sus brazos despertaba poderosos sentimientos en Dario, que no podía dejar de pensar en seducirla. Cuando fue a buscarla para sorprenderla con una merienda no había esperado tenerla entre sus brazos tan pronto, aunque fuese en el papel de salvavidas. Él era el típico hombre italiano de sangre caliente para quien resultaba difícil resistirse a la tentación. Especialmente cuando la tentación era una mujer voluptuosa con la ropa mojada.

Mientras él sacaba la cesta de la merienda de la silla, las mangas blancas de su camisa en contraste con su piel morena en la misteriosa penumbra del manantial escondido, Josie tuvo que tragar saliva.

–Como había imaginado, solo han metido un par de servilletas. Lo siento, no hay toalla. Aunque podrías ponerte esta manta sobre los hombros.

Cuando Dario iba a colocársela sobre los hombros, Josie dio un paso atrás.

–Puedo hacerlo yo misma, gracias –murmuró.

–Estás temblando. Ven, vamos a ponernos al sol un momento.

Tomando la cesta de la merienda, Dario se dirigió hacia un claro, con Josie detrás... a cierta distancia. Y eso lo hizo sonreír para sí mismo porque tenía suficiente experiencia como para saber cuándo una mujer estaba a punto de ser suya.

–La arqueología de la finca no va a desaparecer de repente, no te preocupes. Y no voy a comerte cuando nos han preparado todo esto en la cocina –Dario señaló las fiambreras–. ¿Por qué no te relajas un poco, Josie? ¿Eres demasiado sensata como para relajarte y pasarlo bien? Aquí no hay nadie y solo vamos a comer.

–Ya lo sé.

Josie se sentó sobre la hierba, a un par de metros de él.

–¿Qué te parece? –Dario abrió una botella de *limoncello*, que sirvió en dos vasitos diminutos con un poco de agua mineral–. *Salute!*

Josie lo miró y luego miró el vaso que tenía en la mano.

–¿Has preparado todo esto para mí?

–Claro –respondió él.

–No sé qué decir. Yo estoy a acostumbrada a comer un sándwich a toda prisa...

–No tienes que decir nada. Al fin y al cabo, eres mi invitada.

A partir de ese momento, Dario empezó a sacar

platos de pasta y ensalada, sonriendo al ver el brillo de sus ojos.

Josie miraba los tomates y pimientos asados, cubiertos por un chorro del brillante aceite de oliva que se hacía en la propia finca, los platos de mozzarella con romero y sal... todo era tan apetecible, tan fresco.

Mientras Dario llenaba su plato con un poco de cada cosa, ella miraba sus fuertes antebrazos morenos sintiendo un escalofrío. Nunca había sentido nada así con Andy y tan inesperada sensación era aterradora; no porque Dario le diese miedo, sino por cómo respondía ante él. Recordaba lo excitada que se había sentido mientras la tenía entre sus brazos...

Llevaba demasiado tiempo sin un hombre y había olvidado lo emocionante que podía ser.

—¿Necesitas algo más, Josie?

La voz de Dario, ronca y profunda, era tan seductora como el paisaje a su alrededor y, para esconder su excitación, tomó un largo trago de *limoncello*. Nada en su vida la había preparado para la sensual promesa que había en la voz masculina o para la primitiva reacción de su cuerpo.

El acento italiano parecía envolverla como un abrazo cada vez que pronunciaba su nombre. Era algo así como seducción por telepatía y tenía que hacer un esfuerzo para disimular el efecto que ejercía en ella.

Antes de conocerse había pensado que su contacto con Dario sería breve, que no tendrían nada en común. De hecho, y a juzgar por las cosas que le había contado Antonia, su opinión sobre él era muy mala.

Pero Dario se había convertido en una tentación

que amenazaba con echar por tierra su intención de concentrarse exclusivamente en el trabajo.

–A ver si lo adivino: antes de venir aquí yo te caía mal, pero has descubierto que no soy el hombre que esperabas, ¿es así?

Ella tuvo que tragar saliva.

–No, no...

–Y ahora te preguntas cómo sé eso. Pues lo sé porque yo había pensado lo mismo.

Josie tomó un tenedor, fingiendo estar muy interesada en la comida, pero era imposible ignorar el temblor de sus dedos.

–Me estás poniendo nerviosa –le confesó.

–¿De verdad? Pues no sé por qué. No es mi intención asustarte.

–No he dicho que me asustes, he dicho que me pones nerviosa –lo corrigió Josie–. Sé que no quieres hacerlo, es más bien intimidación pasiva.

La historia de su madre, su mejor amiga y su propio compromiso roto con Andy eran poderosos recordatorios de lo que podía pasar cuando una confiaba demasiado en un hombre, pero la hermosa sonrisa de Dario hizo que olvidase todo eso.

–Imagino que mis antepasados se sentirían muy orgullosos si oyeran eso. Pero a mí no me gusta poner nerviosa a la gente. Quiero que lo pases bien, Josie. ¿Qué más puedo hacer para que lo pases bien?

El tentador tono de su voz era deliberadamente ambiguo.

–Creo que esta comida es suficiente por el momento, muchas gracias.

Él asintió con la cabeza, volviendo a concentrarse en su plato, y Josie sintió una punzada de decepción.

–¿Qué retiene a un hombre como tú en el campo? –le preguntó, desesperada por cambiar de tema.

Justo en ese momento, un golpe de viento hizo que sintiera un escalofrío. Cuando bajó la mirada, vio que sus pezones se marcaban bajo la camiseta y tuvo que contener el deseo de cubrirse con las manos.

–No soy capaz de alejarme –respondió él–. Esta finca, esta gente... son mi deber. Pero, además de eso, este sitio es parte de mí. Aunque no espero que una mujer moderna lo entienda.

–¿Una mujer moderna? ¿Qué quieres decir con eso?

–Mas bien quería decir una intelectual. Tú estás acostumbrada a usar la mente, a analizar las cosas en lugar de disfrutar de los simples placeres. Para ti, aprender y estudiar está por encima de las emociones.

–No tiene por qué ser así.

–Y me alegro –dijo Dario–. Porque en el castillo Di Sirena, las emociones son profundas. Más profundas que el manantial. Este es un sitio hecho para el placer, no solo para el trabajo. Deja que te lo demuestre –su voz era como una caricia–. En mi mundo, incluso el simple hecho de comer puede ser transformado en una hermosa experiencia.

Tomando un cuchillo, cortó un trozo de melocotón y se lo ofreció con una sonrisa en los labios.

«Trabaja más tarde, diviértete ahora».

Josie parecía estar mirándose a sí misma desde fuera y, en lugar de tomar el trozo de melocotón con los dedos, se vio inclinándose para tomarlo con los labios. Como a través de una niebla de deseo, se oyó gemir cuando el néctar del melocotón rodó por su barbilla...

Dario no había esperado que hiciese algo tan espontáneo y su sorpresa se convirtió en un deseo que lo abrumó. Nadie podía esperar que un hombre como el conde Dario di Sirena rechazase tal invitación.

Rápida y silenciosamente, tomó la mano de Josie y tiró de ella para apretarla contra su pecho.

Capítulo 4

JOSIE no pudo resistirse al abrazo de Dario. Cuando la punta de su lengua trazó delicadamente la comisura de sus labios deseó que la estrechase entre sus brazos y le hiciera el amor con toda la pasión de la que fuese capaz.

Un golpe de viento que movió las hojas de los árboles sobre su cabeza pareció romper el hechizo por un momento y se apartó, nerviosa. Él no soltaba su mano y ella no quería perder el contacto... y cuando Dario dio un paso adelante para besarla, Josie sucumbió a la magia de su boca por segunda vez.

Sabía que debería resistirse, pero era como si estuviera escrito y se derritió bajo la firme presión de sus brazos. Temblaba, pero no de frío, y el deseo hizo que le echara los suyos al cuello.

Era el momento, estaba lista para liberarse de su larga sentencia de aislamiento. Todos los años de soledad desaparecieron en ese momento y se apretó contra él, sintiendo el roce del miembro masculino contra su vientre.

Pero entonces Dario se echó hacia atrás y, por primera vez en lo que le parecían horas, se separaron.

Josie tuvo que contener el deseo de volver a abrazarlo y era evidente que a él le pasaba lo mismo.

Luego cerró los ojos para apoyar la frente en la suya y, por un momento, pensó que iba a besarla de nuevo.

–Sí, Dario...

Después de todo, como él mismo había dicho, allí no había nadie más que ellos. Nada más que su propia conciencia siendo testigo del momento.

Poniéndose de puntillas, Josie buscó sus labios, pero Dario, que permanecía inmóvil, sujetó sus brazos y ese simple gesto hizo que saliera del trance en el que estaba sumida. Alarmada, se dio cuenta de lo cerca que había estado de rendirse del todo. Y cuando lo miró, el rostro de Dario era una máscara de pesar.

–No puedo. Lo siento, Arietta...

El deseo de Josie murió por completo, reemplazado por una mezcla de rabia, vergüenza y humillación.

–Al menos, podrías llamarme por mi nombre –le espetó, airada.

–No debería haber hecho nada en absoluto –dijo él, volviéndose para dirigirse a su caballo.

Ella lo observó alejarse, en silencio. Si hubiera confiado en su instinto...

Durante años se había alejado de cualquier peligro y también debería haberse alejado de Dario. Sospechaba que había alguna mujer en su vida y él parecía haber dejado claro que así era.

Eso le recordó el momento terrible en el que descubrió que Andy le era infiel. Entonces no había podido entender cómo una mujer podía hacerle tanto daño a otra, pero allí estaba, haciendo lo mismo.

«Siempre había pensado que no podría hacerle a una mujer lo que ella me hizo a mí. Ni siquiera por un hombre que besa como Dario di Sirena».

Tenía que marcharse, pensó entonces, tomando su mochila y su cámara. Pero la idea de investigar esa máscara supuestamente etrusca la hacía sentir culpable. Esa máscara siempre estaría ligada en su mente a los besos de Dario.

Buscando una distracción, subió por la ladera para alejarse del manantial. El sol era implacable, la hierba estaba seca en esa zona y el calor hacía que resultase difícil respirar. Cuando llegó a la cima de la ladera estaba sin aliento y no sabía si era por la caminata o por los besos de Dario.

Dejándose caer a la sombra de un junípero, miró hacia abajo poniéndose una mano sobre los ojos a modo de pantalla...

Dario había subido a su caballo y estaba mirando hacia arriba, hacia ella. Y mientras lo miraba, él se pasó una mano por la cara como para limpiar una mancha y luego se dio la vuelta.

Eso era ir demasiado lejos.

Josie sabía que usaba el trabajo como una excusa para esconderse de la vida y aquella era la razón, pensó. Era natural que se hubiera alejado de los hombres cuando había hombres como Dario di Sirena.

Suspirando, sacó su cuaderno de la mochila, decidida a seguir con su jornada normal. Pero no sirvió de nada. Solo podía pensar en una cosa y no era el trabajo.

Aparentemente, cada vez que intentaba vivir la vida como otras personas, se llevaba un disgusto. Siempre había medido el éxito de su vida por el trabajo y tal vez se había concentrado demasiado en él porque cuando descubrió que su prometido estaba más interesado en sí mismo que en el futuro de los dos ya tenía una aventura con una de sus colegas. Esa traición había sido terrible. Una traición pública, además.

Y había algo más: que el sexo con Andy jamás la hubiera encendido siempre la había preocupado. Pero, en unos segundos, Dario había echado por tierra su miedo de ser frígida y liberado a la mujer que había dentro de ella. Y, de repente, deseaba más.

Había logrado hacerle perder el control sencillamente abrazándola y, entre las seductoras sombras del manantial, eso la había asustado. Pero allí, a la luz del día, que le diera la espalda la enfurecía.

Nadie iba a darle la espalda, pensó, levantándose y limpiándose el polvo del pantalón para que él lo viera.

En unos segundos había descubierto algo sobre Dario di Sirena, pero mucho más sobre sí misma y era hora de empezar a ser sincera. Dario la había besado cuando aceptó comer con él a solas en un sitio romántico. ¿Qué esperaba que ocurriera? Él había hecho lo que parecía hacer por costumbre, con diferentes mujeres.

Debería haber rechazado amablemente su invitación usando cualquier excusa, pero no lo había hecho y tenía que enfrentarse con las consecuencias.

Mientras el sol caía a plomo sobre su cabeza, Josie tuvo que reconocer que había estado preguntándose cómo sería besar a Dario desde la primera vez que lo vio.

Era hora de poner a prueba su fuerza de voluntad, se dijo.

Oficialmente, estaba allí para trabajar y eso sería más fácil contando con la ayuda de Dario. Debía controlar su deseo y hacer lo que había ido a hacer, pensó mientras bajaba por la ladera.

Dario estaba ajustando el arnés de su caballo, dispuesto a alejarse de la escena del crimen, cuando volvió la cabeza y vio a Josie casi corriendo hacia él.

–Espero que no creas que vuelvo contigo.

–No, pero espero que hayas vuelto para aceptar mis disculpas –dijo él, tomando el sombrero de paja que había quedado tirado sobre la hierba.

Josie vaciló, sin saber si era sincero o estaba burlándose de ella. Nerviosa, se puso el sombrero y Dario levantó una mano para colocárselo apropiadamente.

–Así está mejor. Como he dicho, no debes salir sin sombrero.

Su tono era tan frío como el agua del manantial, en contraste con los ardientes besos que habían compartido unos minutos antes. Pero, aunque estaba enfadada, Josie volvió a sentir que se le doblaban las rodillas bajo su penetrante mirada.

–No debería haberme comportado así –le confesó Dario.

–Yo tampoco.

Él dio un paso atrás, poniendo cierta distancia entre los dos.

–Y luego yo he empeorado la situación equivocándome de nombre. Te pido disculpas –Dario se aclaró la garganta–. Arietta era mi prometida. Murió hace unos años en un accidente... –no terminó la frase y Josie lo vio respirar profundamente, como intentando calmarse–. Pensé que había dejado eso atrás por fin, pero por lo visto no es así.

Ella lo miró, intentando no traicionar sus sentimientos. Aparentemente, Dario había sufrido más que ella.

–Lo entiendo y también yo lo siento. Ha sido tan culpa mía como tuya. Nos hemos dejado llevar, eso es todo.

Él asintió con la cabeza.

–Hay que ser muy valiente para volver a arriesgarse después de lo que te pasó, Josie.

Tenía razón, pero no había esperado que Dario lo reconociera.

–Aprendí hace tiempo que no sirve de nada huir de los problemas y no volveré a cometer el mismo error.

–No, ya lo imagino –asintió él.

«Debo de estar perdiendo la cabeza», pensó Josie. Después de besarlo como una loca, volvía a actuar como una aburrida profesora...

Sus besos habían hecho que volviera a sentirse como una mujer después de muchos años. Había olvidado lo maravillosa que era esa sensación y quería experimentarla de nuevo. Lo antes posible.

Pero, si le dijera lo que estaba pensando, sería como despedirse de su investigación y no podía hacer eso.

–En fin, te dejo con tu trabajo –dijo Dario, montando en su caballo–. Pero la próxima vez que tengas un rato para hacer algo espontáneo, házmelo saber –añadió, a modo de despedida.

Luego, espoleando a Ferrari, se alejó hacia la casa.

Josie se quedó mirándolo, perpleja. Debería molestarle que pareciese capaz de leer sus pensamientos, pero en lugar de eso se sentía extrañamente vacía. El maravilloso calor que Dario había despertado dentro de ella desapareció mientras se alejaba.

Pero Josie sabía que nunca moriría del todo.

Capítulo 5

DARIO galopaba a toda velocidad hacia los establos y, una vez allí, saltó del caballo y dejó que uno de los mozos se ocupase del animal.

Su refugio favorito en los momentos de crisis era el arte, de modo que entró directamente en su estudio, cerró la puerta y se apoyó en ella, respirando agitadamente.

Desde que Arietta murió había ido de mujer en mujer, pasándolo bien, pero sin quedarse con ninguna durante demasiado tiempo. Hacer otra cosa era impensable y siempre se alejaba antes de encariñarse con alguna.

Tal vez otros hombres lo envidiaban, pero esa actitud despreocupada era en realidad una máscara.

Hasta aquel momento, nunca le había importado lo que pensaran los demás. Salía todos los días con una sonrisa en los labios y eso era suficiente para hacerlos creer que era feliz, pero aquel día la luz del sol había iluminado algo más que el paisaje. Había apartado las sombras del sitio más privado, un sitio tan oscuro que ni siquiera Dario conocía todos sus secretos, destruyendo ese escudo de despreocupación.

¿Por qué?, se preguntó.

Por la doctora Street.

Sus besos lo habían hecho perder la cabeza. Se había dejado capturar por el placer del momento, de esa mujer, como no lo había hecho en años; más excitado que nunca, abrumado hasta el punto de casi perder el control.

Y se sentía avergonzado. Por un momento, había olvidado a Arietta y cuando Josie se alejó después de aquel beso espectacular, había sido incapaz de seguirla. En lugar de eso, había soltado una larga lista de palabrotas, furioso consigo mismo.

Se había acostado con muchas mujeres después de Arietta y nunca había mencionado su nombre mientras estaba con otra. ¿Qué había ocurrido aquel día para que pronunciase el nombre de su difunta prometida?

Tal vez Josie era diferente a las demás mujeres, pensó. Desde luego, tenía algo que a las demás les faltaba. Para empezar, parecía seria e incluso tímida, pero él intuía que era una mujer ardiente. Las mujeres que solían competir por sus atenciones jamás escondían su pasión, de hecho intentaban usarla como cebo.

Josie, sin embargo, intentaba esconder la suya.

En ese aspecto, se parecía a Arietta. En general, Josie se mantenía silenciosa y distante, pero, después de los besos que habían compartido, eso ya no lo engañaba. Los besos habían despertado a la tigresa que llevaba dentro, pero Dario sabía por instinto que, si se aprovechaba de esa pasión, Josie nunca se perdonaría a sí misma. Ni a él.

Y había otra razón por la que debía apartarse.

El tiempo había nublado el recuerdo de Arietta,

pero por alguna razón Josie lo había despertado a la vida. Ella lo atraía como no lo había atraído otra mujer en todos esos años, pero no pensaba volver a entregar su corazón y sospechaba que, si seguía viéndola, eso era lo que iba a ocurrir.

Durante el resto del día, Josie no pudo dejar de pensar en Dario. Sus sentidos parecían dispuestos a buscarlo continuamente y, mientras practicaba su italiano con los trabajadores de la finca, se preguntaba dónde estaría y qué estaría haciendo...

Mas tarde, cuando volvió a su habitación para ordenar sus notas, por fin lo descubrió.

Cuando las sombras de la tarde se alargaban, oyó el rugido de un poderoso motor bajo su ventana y, al asomarse, vio un precioso deportivo de color azul oscuro bajando por la avenida de tilos. Y eso le dejó bien claro que la reacción de Dario a su encuentro era muy diferente a la suya.

De hecho, seguramente ya se había olvidado de ella y se iba a la ciudad, de fiesta.

Los días siguientes fueron una horrible mezcla de rutina y negación para Josie. No podía dejar de pensar en Dario y por mucho que intentase olvidarlo no era capaz.

Cada vez que pensaba en él, su pulso se volvía loco y lo único que podía hacer era trabajar sin descanso, tachando tareas por hacer como un diapasón.

Por las noches caía rendida en la cama, satisfecha con lo que había conseguido. Era una rutina con la que había conseguido todo lo que buscaba en la vida y que, además, era un escudo para su dolorido corazón y ocultaba su recién descubierta libido.

Pero en cuanto cerraba los ojos, el sonido del motor de su deportivo alejándose hacía que el recuerdo de Dario fuese más vívido.

Casi podía sentir las manos de Dario en su cintura, su mejilla rozando la suya, el roce de sus dedos, los besos despertando sus sentidos...

Se decía a sí misma que era una distracción que no podía permitirse, pero eso, que había sido suficiente para ella después de Andy, no era suficiente con Dario.

Aunque sus caminos habían dejado de cruzarse después de aquel encuentro en el bosque, Josie quería que supiera que era porque estaba trabajando y no solo escondiéndose de él. Pero, aunque intentaba olvidarlo, pasaba la mitad del tiempo mirando por encima de su hombro.

Era como una recelosa gacela en la planicie africana, siempre alerta, esperando a que el león la atacase en cualquier momento.

Pero pasaba el tiempo y él no aparecía, de modo que decidió seguir con su rutina y casi consiguió olvidarse de Dario, o al menos olvidar un poco su frustración.

Pero una noche Dario apareció mientras ella estaba limpiando la tierra de uno de sus últimos hallazgos. Nerviosa, se incorporó, apartándose el pelo de la cara. Sin un espejo, esperaba no estar empeorando la situación.

–Hola –lo saludó.

–Hola –dijo él, bajando del caballo.

A pesar de su aprensión, Josie no pudo evitar mirar la silla para ver si llevaba otra cesta de merienda. Pero no era así.

—Me preguntaba dónde estarías.

—Vivo aquí, ¿recuerdas? —Dario sonrió.

—Lo sé, el ruido de tu coche me despierta todas las noches.

—Pero la luz de tu habitación siempre está apagada —dijo él—. He venido a darte un mensaje, por cierto.

—¿Un mensaje?

—Ha llamado Antonia, viene mañana —Dario miró los dibujos que había hecho en su cuaderno—. Por cierto, me gusta este dibujo. Es artístico y muy acertado. Está claro que eres una mujer de muchos talentos.

Josie intentó disimular el placer que le proporcionaba el cumplido, pero sintió que le ardía la cara.

—Uno aprende a hacer de todo cuando se dedica a la investigación. Siempre he sido aficionada al arte, pero aparte de estos bocetos ya no tengo tiempo para nada.

—¿Has pensado convertir estos bocetos en un cuadro? Podría ser una idea interesante.

—Sí, tal vez, pero la verdad es que sería una pérdida de tiempo. Los profesores que leen mis trabajos no estarían interesados.

—Vamos, Josie, no seas tan derrotista. Eres una mujer con mucho talento. ¿Por qué contentarte con menos de lo que puedes hacer?

Josie enarcó una ceja.

—¿Y por qué sabes tú que esto podría interesarle a alguien?

—Porque los dibujos son buenos.

—Pareces muy seguro.

—Llevo estudiando arte el tiempo suficiente como para saber cuándo algo es bueno de verdad. Deberías tener más confianza en ti misma.

Josie tuvo que disimular una sonrisa al ver que apartaba la mirada. Según Antonia, su hermano Dario era un famoso seductor, pero en aquel momento, tal vez avergonzado por su entusiasmo, casi parecía un colegial.

—Con un talento artístico como el tuyo, podrías tener más público.

—¿Más público?

—Un buen trabajo artístico llamaría la atención de personas que normalmente no comprarían un libro de arqueología. Yo, por ejemplo.

Josie se mordió los labios.

—¿Lo dices en serio?

—Por supuesto. Y seguro que otros pensarían lo mismo —afirmó él.

Y parecía convencido, pero su sonrisa despertó el recuerdo de su encuentro en el manantial y Josie se apartó para colocar meticulosamente una pila de papeles.

—No sé... la verdad es que no tengo ni tiempo ni material.

—Deberías encontrar tiempo. Al fin y al cabo, sería parte de tu trabajo y no sentirías que estás perdiendo el tiempo. Y en cuanto al material, yo puedo darte lo que necesites.

—Es muy amable por tu parte, pero no tengo tiempo.

—Esta finca ha esperado dos mil años a que llegaras con tus brochas y tus paletas y no se va a mover de aquí. La luz y el paisaje es algo que debe ser capturado cuando ocurre y mientras dura. Como la felicidad, la risa...

Dario alargó una mano hacia ella y Josie dio un respingo cuando pensó que iba a acariciar su mejilla, pero él bajó la mano.

—Veo que te has recuperado... del calor —le dijo, con una sonrisa irónica—. Y como ya he hecho lo que venía a hacer, te dejo con tu trabajo. Adiós, Josie, pero no olvides lo que he dicho: disfruta del momento. Si esperas demasiado, se te escapará entre los dedos y lo lamentarás para siempre.

—Pareces muy seguro de lo que dices —replicó ella, riendo.

Pero Dario estaba muy serio.

—Sé que la vida pone obstáculos en nuestro camino —respondió por fin, encogiéndose de hombros—. El trabajo es un gran refugio, pero uno tiene que mantenerlo en perspectiva.

—No te entiendo.

—Yo llevo años trabajando para dejarle a Fabio la finca en buen estado... y antes solía concentrarme solo en esa tarea, pero esa no es forma de vivir.

—¿Fabio? Pero el hijo de Antonia no es tu hijo —Josie se mordió los labios después de decirlo—. Perdona, sé que no es asunto mío...

Él se quedó callado un momento, como intentando decidir si debía explicárselo o no, pero entonces volvió a ponerse la máscara y, para desilusión de Josie, volvió a ser el encantador playboy.

—Tienes razón, los dos tenemos trabajo que hacer,

así que te dejo con tus cosas –le dijo, antes de subir al caballo.

A partir de ese momento, Josie no podía dejar de preguntarse por qué habría hecho a Fabio su heredero. Dario solo tenía unos años más que ella. ¿Por qué siendo tan joven estaba tan seguro de que no tendría hijos propios? ¿Tendría algo que ver con su misteriosa prometida? Josie no sabía si quería conocer la respuesta a esa pregunta, pero esas palabras se repetían en su cabeza como un rompecabezas que no podía resolver.

No dejó de darle vueltas durante el resto del día, pero el peor momento llegó por la noche, mientras intentaba dormir, cuando el ruido de su coche la despertó de nuevo. Ese deportivo que cada noche se lo llevaba del castillo, dejándola sola y afligida...

Dario y el recuerdo de sus besos habían despertado en ella un ansia que no la dejaba descansar y, sin poder evitarlo, se levantó de la cama para ver los faros del coche alejándose por la avenida de tilos.

Dario se dirigía a Florencia, con sus tentaciones y sus distracciones. Allí tendría un millón de amigos y seguramente nunca estaría solo, pero algo la hacía pensar que, en el fondo, él estaba tan solo como ella.

La curiosidad la mantuvo despierta hasta que lo oyó volver a altas horas de la madrugada. Pero la falta de sueño significaba que despertaría tarde al día siguiente y eso la puso de mal humor. Sabía por experiencia que el tiempo perdido no se podía recuperar. Y, además, temía que Dario hubiese llevado a alguna de sus conquistas al castillo.

Pero no debería haberse preocupado. El castillo y

la finca estaban prácticamente desiertos mientras recorría el medio kilómetro que la separaba de su excavación, al lado del molino de aceite.

Josie trabajó hasta que el sol estaba alto en el cielo y entonces oyó el ruido de un coche. Era la limusina de la familia Di Sirena, que se detuvo entre el camino y la carretera.

–¡Josie! –escuchó una voz familiar.

Antonia corría hacia ella con varias bolsas en la mano. Gordita y guapa, Toni tenía el entusiasmo de un cachorro y Josie salió de su zanja para abrazarla.

–¡Qué alegría!

–Yo también –dijo Antonia, sin aliento–. Estaba deseando verte.

–¿Qué llevas ahí? –preguntó Josie, señalando la bolsa que llevaba en la mano.

–He traído algunas cosas...

–¿Un biquini de color naranja? No será para mí, ¿verdad?

–Dario me dijo que necesitabas uno –respondió Antonia, sonriendo de oreja a oreja–. Según él, no te gusta el agua y eso no puede ser.

–Si voy a una piscina con tu hermano llevando ese biquini, ahogarme sería la última de mis preocupaciones –replicó Josie, burlona.

–No vas a ahogarte. Mi hermano te salvaría.

Ella hizo una mueca.

–¿No me digas que has dejado a Fabio en Rimini?

–No, no. Dario estaba esperándonos en la verja con su caballo, Ferrari. Ha llevado uno de los ponis favoritos de mi hijo, así que han vuelto a casa cabalgando...

–¿Uno de sus ponis favoritos? –repitió Josie–. ¿Cuántos ponis puede tener un niño?

Antonia puso los ojos en blanco.

–No tengo ni idea. A Dario le gusta tener varios en la finca –respondió, con una sonrisa de culpabilidad–. Puede que el dinero no pueda comprar la felicidad, pero hace que los problemas se resuelvan rápidamente.

–Desde luego.

–Bueno, cuéntame, ¿te llevas bien con mi hermano? Él no me ha contado nada.

–¿Por qué iba a hacerlo? Solo soy una invitada –Josie volvió a su zanja para que Antonia no pudiera ver su expresión.

–Podrías conocerlo un poco mejor en la fiesta de mañana.

–¿Una fiesta?

–Dario ha decidido dar una fiesta para celebrar nuestro regreso de Rimini. Ha invitado a todo el mundo y será muy divertida. Bueno, las fiestas de mi hermano siempre lo son.

–Afortunadamente, yo estaré en la cama para entonces.

Antonia frunció el ceño.

–Ya sé que no eres demasiado sociable, pero podrías hacer una excepción esta vez. Venga, hazlo por mí. En las fiestas de mi hermano siempre hay cosas divertidas: subastas benéficas, juegos...

Josie hizo una mueca.

–Ya sabes que no me gustan las fiestas.

–Pero todo el dinero es destinado a causas benéficas y de verdad lo pasarás bien. Además, la comida es fabulosa... bueno, eso ya lo sabes –Antonia señaló la cesta que preparaban para ella en la cocina todos los días, con tanta comida que nunca podía terminarla.

–¿Quieres comer algo?

–Sí, por favor, estoy muerta de hambre. Pero no te puedes perder la fiesta de Dario, en serio –insistió Antonia.

–La verdad es que no me ha invitado.

–Josie, tú eres una amiga de la familia. Puedes acudir sin que nadie te invite.

–No, mejor no –insistió ella, incómoda–. Tengo que catalogar todo lo que he encontrado hoy. Además, tú sabes que he venido aquí exclusivamente para trabajar.

Aunque, en secreto, desearía que Dario fuera a sacarla de allí.

Capítulo 6

ANTONIA prometió volver para ayudarla a catalogar sus hallazgos cuando Fabio estuviera durmiendo la siesta, tarea nunca fácil con el niño.

Cuando un reluciente cuatro por cuatro con el logo de la familia Di Sirena se dirigió a la excavación, Josie pensó que Antonia por fin había logrado liberarse, pero no era su amiga. Un empleado salió del coche con una bolsa transparente en la mano y Josie vio que estaba llena de material de dibujo.

—Dele las gracias al conde de mi parte —le dijo.

Cuando se quedó sola, respiró el familiar aroma a lápices nuevos, pinceles, ceras y cuadernos. Estaba deseando ponerse a pintar.

¿Por qué no?, pensó, contenta ante la idea de hacer algo que no estuviera en su lista de tareas. El propio Dario la había animado a hacerlo y, si él pensaba que era lo bastante buena... en fin, era la opinión de un extraño. Además, la hacía sentir mejor que los halagos sobre su labor profesional porque era algo personal.

Y cuando vio un sobre blanco entre un cuaderno de dibujo y una caja de acuarelas, empezó a sentirse realmente especial.

Con el corazón acelerado, Josie tomó el sobre, con el logo de la familia Di Sirena y escrito a pluma. Iba dirigido a la doctora Street y sellado por un lacre rojo con el escudo de la familia.

Josie lanzó un silbido de admiración. Era casi tan grandioso como un manuscrito medieval. Dentro encontró una tarjeta que decía:

Querida Josie, aquí te envío unas cuantas cosas que he comprado para ti. Si necesitas algo más, dímelo.

El sobre incluía una invitación formal para la fiesta, una tarjeta preciosa con filo de oro en la que leyó:

El conde Dario di Sirena solicita el placer de su compañía durante el baile benéfico del 18 de julio, que se celebrará en el castillo familiar. Se ruega traje de etiqueta.

Josie sacudió la cabeza, incrédula. Aquello era asombroso. Una invitación oficial para una fiesta, como en las películas. La tarjeta era tan bonita que casi la hacía desear tener valor para ir. Y la idea de ver a Dario de esmoquin...

Pero no, era absurdo.

Dario la ponía nerviosa cuando iba vestido de calle y la fiesta estaría llena de personas a las que no conocía y con las que no tendría nada en común. Y tener que soportar eso en compañía de Dario sería insoportable.

Aunque era lo bastante sincera consigo misma

como para reconocer que esa no era la única razón. Si su corazón se había puesto en peligro cuando se besaron en el manantial, ¿qué pasaría en una fiesta, cuando él estuviera en su elemento rodeado de amigos y con una copa de champán en la mano?

Era como si esa invitación la tentase a salir del mundo que conocía, el mundo en el que se sentía segura.

Josie miró la preciosa invitación durante largo rato, pensativa. Pero luego volvió a guardarla en el sobre con un suspiro de resignación. Tendría que decirle que no iba a acudir a la fiesta... pero no cara a cara. Si lo hacía de ese modo, no sería capaz de decirle que no.

De modo que sacó su móvil para llamar a la casa y cuando respondió un empleado dejó escapar un suspiro de alivio.

–Solo llamo para decirle al conde que no podré asistir a la fiesta.

El hombre le dio las gracias amablemente y Josie miró el móvil, entristecida. Rechazar la invitación de Dario era descorazonador, pero que su negativa fuese aceptada por un empleado era mucho más triste.

Dario frunció el ceño mientras miraba la nota que le había pasado su ayudante. El mensaje representaba una novedad para él y, como ocurría últimamente, la responsable era Josie.

Hasta los que se encontraban enfermos solían salir de la cama para acudir a sus fiestas, pero ella estaba perfectamente la última vez que la vio.

Dario sonrió, pensando en ella. No le parecía bien que se negase a sí misma un poco de diversión. Debería aprovechar la oportunidad de divertirse mientras estaba allí.

De modo que la llamó al móvil.

–Todo el mundo da saltos de alegría ante la oportunidad de acudir a una fiesta en el castillo –le dijo, a modo de saludo.

–Lo siento, Dario. Las fiestas no son lo mío.

Parecía insegura y él decidió no rendirse tan fácilmente.

–Sé que no te gustaba la vida social en Rimini, pero esto será diferente.

–No, no lo será. A menos que tu círculo de amistades sea diferente o esté compuesto por arqueólogos.

–*Maledizione!* ¿Cómo no se me ha ocurrido eso antes de enviar las invitaciones? Podría haber incluido a todos los empleados del Museo Nacional –dijo él, burlón–. Pero no olvides que habrá otra arqueóloga en la fiesta, Antonia.

–Y estoy segura de que a tu hermana le encantará hacer de anfitriona, así que no quiero molestar. Lo siento, Dario, pero prefiero no ir. Tal vez en otra ocasión.

–¿Y cuándo tendrá lugar esa próxima ocasión?

–Pues... no lo sé. No creo que la haya.

–¿Estás segura?

–Me temo que sí. Agradezco mucho que me hayas invitado, pero es mejor que deje las fiestas para aquellos que sepan apreciarlas –dijo Josie, incapaz de disimular una nota de anhelo en su voz.

—Muy bien.

Dario no dijo nada más y ella hizo una mueca.

—¿Sigues ahí?

—Estaba esperando que cambiases de opinión.

—Al menos debo darte puntos por tu insistencia, pero no puede ser.

—De acuerdo —dijo él, asintiendo con la cabeza—. Hasta pronto, Josie.

Durante todos esos años, tras la muerte de Arietta, Dario había recordado su ultima pelea incontables veces. Había jurado no volver a cometer el mismo error y, por el momento, no lo había hecho. Si una mujer decía irse por su camino, le parecía bien. Si Josie quería marcharse, le abriría la puerta y le diría adiós.

Pero ella no parecía convencida del todo. De hecho, era casi como si estuviera esperando que insistiera. Mascullando una palabrota, Dario decidió que necesitaba una distracción.

—Voy a salir a cabalgar un rato —dijo, para cualquiera que estuviese escuchando, dejando a sus empleados revisando su agenda a toda prisa.

Una vez en los establos, tomó la silla de Ferrari, pero después de pensarlo un momento volvió a dejarla en su sitio y, subiendo a la grupa del caballo, salió del establo al galope.

Estaba de mal humor y parecía estar transmitiéndoselo al animal, que corría a toda velocidad. Iba tan perdido en sus pensamientos que solo después de un rato se dio cuenta de lo lejos que habían llegado.

Veía la carretera a lo lejos, de modo que iban hacia el viejo molino de aceite... y hacia la excavación de Josie.

¿Ya ni siquiera podía galopar por el campo sin acabar buscándola?, se preguntó.

¿Por qué no podía aceptar que Josie no quería saber nada de él? ¿Y por qué no podía dejar de pensar en ella?

El problema de la doctora Josie Street era que no podía ver más allá de su trabajo. Faltaba tanta diversión en su vida que no parecía saber lo que significaba esa palabra. No solo se había negado a ir a la fiesta, sino que se lo había dicho por teléfono en lugar de decírselo a la cara. Tenía que ocurrir algo, algo que la empujaba a ser tan obstinada.

Decidido a descubrir qué era, Dario tomó una decisión: haría que Josie se relajase y disfrutara de su estancia en el castillo aunque tuviera que estar a su lado cada minuto del día, supervisando lo que hacía a cada momento.

Y cada movimiento, pensó, recordando la camiseta mojada.

Tenía dos opciones: volver al estudio para aliviar su frustración en un nuevo cuadro o seguir adelante y darle a la doctora Josephine Street una experiencia que no olvidase nunca.

El resultado estaba cantado.

Dario sacó el móvil del bolsillo para llamar a Antonia y luego golpeó los flancos de Ferrari con los talones para llevarlo hacia el molino de aceite.

Al principio, el sonido era solo una pequeña molestia en aquel caluroso día de verano. El interminable canto de las cigarras bajo el ardiente sol de la Toscana absorbía el ruido hasta que notó una vibración bajo los pies. Eran los cascos de un caballo...

Josie soltó su paleta y levantó la mirada, alerta. Y cuando el tintineo de un arnés se unió al sonido de los cascos, salió de su zanja.

El sol hacía brillar el polvo que levantaban las patas del animal y Josie puso una mano sobre sus ojos a modo de pantalla. No podía ver al jinete desde allí, pero no tenía que verlo para saber quién era: Dario.

El tiempo pareció detenerse en cuanto vio su despeinado cabello oscuro, su piel bronceada y la inmaculada camisa blanca. Cuando llegó a su lado y casi podía respirar el olor de su piel se preguntó si la capacidad de articular palabra la había desertado por completo.

Era hora de descubrirlo.

—Hola, Dario —logró decir, después de aclararse la garganta.

—Hola, Josie.

El acento italiano hacía que su nombre sonase más exótico que nunca.

—¿Has venido porque he rechazado tu invitación?

Él irguió la espalda como un digno aristócrata.

—No, esa es tu decisión. Esto no tiene nada que ver con la invitación a la fiesta, pero sí tiene que ver contigo.

La frialdad de su tono hizo que Josie se agarrase al palo del toldo, como si fuera el mascarón de proa de un barco, sujetándose al único punto que le daba cierta estabilidad cuando su mundo se ponía patas arriba.

–¿Qué quieres decir?

–He venido para llevarte a casa.

Ella se pasó la lengua por los labios.

–¿Por qué? –le preguntó, su voz apenas un suspiro.

–Antonia necesita tu ayuda –respondió Dario.

Convencida de que iba a admitir que la deseaba, Josie tuvo que contener un suspiro de decepción mientras soltaba el palo de aluminio y dejaba caer las manos a los lados.

–He venido para llevarte a casa –anunció Dario, pasando una mano por la crin de su caballo.

–No lo dirás en serio.

La idea de volver al castillo a caballo la asustaba más de lo que quería reconocer. Dario la vio mirando los flancos del animal y su silencio le dijo más de lo que podría haber dicho con palabras.

–No me digas que no sabes ni nadar ni montar a caballo.

–Cuando uno está buscando cosas en el suelo no tiene tiempo ni para lo primero ni para lo segundo.

–Da igual, es fácil. Además, seré yo quien lleve al caballo, tú solo tienes que agarrarte a mí.

Josie levantó la mirada.

–¿Quieres que me siente detrás de ti?

–Claro.

–Ah –murmuró ella, su voz apenas un suspiro. Pero la emoción que recorría sus venas era más fiera que el ardiente sol del verano.

Dario contuvo un suspiro. Si la hubiese tomado entre sus brazos sin decir una palabra, ella no se habría quejado, pensó mientras llevaba al caballo hacia la sombra de un viejo olivo.

—Puedes apoyarte en el tronco para subir a la grupa.

Josie miró el árbol, pensativa. Pero, como no había alternativa, apoyó un pie en el tronco y se sujetó a la rama más cercana mientras Dario acercaba el caballo un poco más. Tenía miedo, pero no pensaba decirlo en voz alta.

—No pienses. Pon las manos sobre mis hombros y salta.

Josie recordó el manantial y recordó también ese momento de emoción, cuando cayó al agua y Dario la sujetó... para abrumarla con unos sentimientos que la habían torturado desde entonces.

Y estaba empezando a ocurrir otra vez.

Sentada a horcajadas sobre el caballo, Dario parecía absolutamente seguro de sí mismo. No resultaba amenazador, pero sabía que estaría a solas con él, a merced de un hombre en su terreno.

Pero tenía razón. No iba a pasar nada, se dijo a sí misma.

Armándose de valor, Josie hizo lo que Dario le pedía y se encontró sentada tras él sobre la grupa de Ferrari, tan asustada que apenas podía respirar.

—Relájate. Te aseguro que esta es la mejor manera de viajar.

El tono alegre de Dario hizo que se sintiera un poco más segura, pero solo un poco.

—Solo cuando uno está acostumbrado a ello, imagino.

—Te sentirás más segura si te abrazas a mi cintura.

—¿De verdad?

Su miedo era tan evidente que Dario soltó una carcajada.

–Prueba y verás.

Josie tuvo que armarse de valor para apartar las manos de sus hombros y ponerlas en su cintura.

–No me voy a romper, puedes apretar todo lo que quieras –dijo él.

–¿Por qué tu caballo se llama Ferrari? –le preguntó mirando hacia el suelo, que parecía estar aterradoramente lejos.

–Porque es muy rápido y peligroso... si no sabes llevarlo –respondió Dario.

Josie hizo un esfuerzo para no apretarse contra su espalda, pero era imposible. El calor de su cuerpo le pedía que se apretase contra él, sin la molestia de la ropa.

–¿Te sientes segura?

–¿Comparado con qué? –le preguntó ella–. ¿Va a ser peor a partir de ahora?

–No te preocupes –dijo él–. Relájate, Josie, no va a pasar nada.

La profunda voz de Dario la animaba. Su confianza era contagiosa y, poco a poco, empezó a relajarse. Pero la superficie sobre la que estaba sentada, Ferrari, empezó a moverse entonces y Josie se agarró a la cintura de Dario con todas sus fuerzas.

–¿Mejor?

–Pregúntamelo cuando haya desmontado.

–Un sencillo «sí» hubiera sido suficiente, doctora Street.

–No te rías de mí.

–No, eso nunca. Quiero distraerte un poco. Disfrutarás más si te relajas.

–Yo no estoy tan segura.

–Mira... –Dario señaló una golondrina volando sobre sus cabezas–. Nunca verías eso desde el interior de un coche.

–No, pero sí puedo verlo mientras estoy trabajando a salvo en mi zanja.

–Solo con el pedacito de cerebro que no está concentrado en el trabajo. ¿Dónde está tu sentido de la aventura, Josie? De este modo, puedes disfrutar de todo lo que mi casa puede ofrecer –Dario hizo una pausa–. Normalmente, también yo voy a toda prisa de una reunión a otra, pero tomármelo con calma hace que aprecie la finca mucho más.

–Pero imagino que la conoces perfectamente. Antonia me ha contado que pasabais mucho tiempo jugando en la finca cuando erais niños.

–Porque era más seguro que quedarse dentro del castillo –respondió Dario–. Si nuestros padres estaban en casa, sus peleas nos afectaban a los dos. Si estaban fuera, haciendo algún crucero o esquiando, Antonia y yo podíamos hacer lo que quisiéramos... dentro de un orden. Dependía de los empleados que estuvieran trabajando en el castillo en ese momento.

–¿Por qué?

–Los mejores se marchaban hartos de vivir en ese caos y los malos eran despedidos tarde o temprano, de modo que nosotros corríamos por el campo en verano e íbamos de casa en casa en invierno. Dicen que hace falta todo un pueblo para criar a un niño y ese fue nuestro caso, desde luego.

Dario se quedó callado entonces y Josie se dio cuenta de que había dicho más de lo que quería. Y, a pesar de su deseo de preguntar, decidió permanecer en silencio, sujetándose firmemente a su cintura y mirando el campo desde aquella perspectiva.

–La gente de por aquí es muy amable –le dijo unos segundos después–. Siempre se paran para charlar conmigo.

–Pensé que no querías que te interrumpieran cuando estás trabajando.

–No siempre. Hay algo en este sitio que me hace querer saber algo más sobre la gente que vive aquí... la gente de ahora, quiero decir, no los que vivieron aquí hace siglos.

–Me alegro –Dario movió espontáneamente la mano hacia atrás para tocar su muslo. Fue un simple roce, pero provocó una ola de calor por todo su cuerpo.

Sin darse cuenta de lo que hacía, apoyó la mejilla en su espalda. Solo fue un momento, pero de inmediato le llegó el olor de su colonia masculina.

–Esto es maravilloso –murmuró, casi sin darse cuenta.

–¿Lo estás pasando bien, Josie?

Como siempre, su hermosa voz hizo que sintiera un escalofrío.

–Sí, la verdad es que sí. Esto es muy agradable.

–Me alegro mucho. Después de trabajar tanto, mereces unas cuantas horas libres.

Josie pensó en la fiesta. Se sentía a salvo con él y la tentación de aceptar sería irresistible si volviera a pedírselo, pero Dario parecía perdido en sus pensamientos y durante algún tiempo se limitó a escuchar

el ruido de las cigarras, el canto de los pájaros, el tintineo del arnés y el golpeteo de los cascos de Ferrari
sobre el suelo de tierra.

–Tienes razón, soy un hombre afortunado. Este sitio es maravilloso –dijo él por fin.

Capítulo 7

JOSIE estaba en el séptimo cielo. Cuando se acostumbró al suave ritmo del caballo, no se le ocurría nada mejor que estar tan cerca de Dario. Su cuerpo era tan cálido, tan fuerte, tan vital. Podía sentir el movimiento de los músculos masculinos bajo su mano y recordó la merienda en el manantial...

Y sus besos.

Josie cerró los ojos. Sus pechos rozaban la espalda de Dario, excitándola, haciendo que un fuego naciese dentro de ella.

–Puedes apoyarte en mí todo lo que quieras –dijo él–. Así te sentirás mejor.

Después de un momento de vacilación, Josie cerró los ojos hasta que llegaron al establo.

–Espera, te ayudaré –murmuró Dario, mientras el mozo de los establos sujetaba al animal.

La tomó por la cintura para ayudarla a bajar del caballo y solo cuando sus pies tocaron el suelo descubrió cuánto la había afectado la experiencia.

–No me sostienen las piernas –susurró. Dario la sujetó, apretándola contra él y, de repente, Josie quería que no la soltase nunca.

–Tranquila, yo no tengo prisa por ir a ningún sitio.

–Pero tú siempre tienes que ir a un sitio o a otro.

—Yo nunca abandonaría a una mujer con las piernas de mantequilla —replicó Dario, sonriendo.

«Va a pedirme otra vez que vaya a la fiesta y no puedo decirle que no», pensó Josie, sin aliento. En aquel momento no podría negarle nada.

Pero se había equivocado.

Un momento después, Dario la apartó suavemente.

—Hasta luego, Josie —se despidió.

Y luego desapareció.

Su fantasía de ir a la fiesta se rompió en pedazos. Intentó convencerse a sí misma de que no importaba, pero no era capaz. Suspirando, volvió al castillo para encontrarse con Antonia, pero no podía dejar de pensar en él.

¿Por qué no le había dicho que sí? ¿Por qué no había sido valiente por una vez? ¿Qué iba a hacer con su protegido corazón, guardarlo en un museo?

—Ahora que Fabio está dormido, podemos ir a Florencia —sugirió Antonia—. ¿Qué vas a ponerte mañana para la fiesta, por cierto?

—No voy a ir —respondió Josie.

—¿Por qué no? —exclamó su amiga, sorprendida.

—Tengo demasiadas cosas que hacer.

—Muy bien. Puede que tú quieras desaprovechar una noche de glamour y romance, pero eso no significa que yo tenga que hacerlo. Quiero que me ayudes a elegir un vestido para la fiesta y así podremos hablar sobre tu proyecto en el viejo molino de aceite. Te dije que allí había muchas cosas por descubrir y tenía razón, ¿verdad?

—Desde luego que sí —asintió Josie, que no estaba pensando en arqueología.

A pesar del día soleado, sentía como si todo hubiera perdido parte de su brillo.

–Me encantaría ir contigo a Florencia –asintió, intentando mostrar cierto entusiasmo.

–Estupendo. El chófer vendrá en unos minutos –dijo su amiga, con una sonrisa de oreja a oreja.

Ir de compras con Antonia en Italia era una experiencia nueva para Josie. En lugar de arrastrarse por centros comerciales llenos de gente, frustrada e irritada, aquella era una expedición a otro mundo.

El chófer fue a buscarlas en la limusina con aire acondicionado para llevarlas a Florencia y las dejó en el barrio de los diseñadores, con calles flanqueadas por árboles y elegantes terrazas frente a cada tienda.

Antes de que pudiera sentir el calor del sol, Antonia la llevó a la de su diseñador favorito y, para asombro de Josie, ni siquiera tuvieron que abrir la puerta ellas mismas. Un empleado abrió, saludando a su amiga como si fuera de la realeza, y Josie decidió que aquello debía de ser como cuando un emperador romano llegaba a un templo, solo que aquel edificio era mucho más opulento.

Se quedó mirando a un lado y a otro, abrumada por los marcos de pan de oro y las columnas de mármol hasta que Antonia tomó su mano.

–Ven, voy a presentarte a Madame. Ella me hace todos los vestidos cuando estoy en Florencia.

Madame era una parisina diminuta con zapatos de tacón de aguja, un vestido negro muy chic y el pelo sujeto en un elegante moño que movía las manos de uñas rojas como un matador moviendo su muleta ante un toro para llamar su atención. Cuando se la presentó, Josie se sintió tan abrumada que estuvo a punto de hacer una reverencia.

–No pongas esa cara, Jo –dijo Antonia, riendo–. Están aquí para atendernos, no al revés. Siéntate, toma un café, haz lo que quieras.

Josie se dejó caer sobre un elegante sofá y cuando Antonia pidió un café, ella hizo lo propio, aunque hubiera preferido una taza de té. Madame volvió poco después con un montón de vestidos hechos exclusivamente para su amiga y cuando se dio cuenta de que nadie estaba mirándola se relajó, poniéndose cómoda en el sofá y ofreciendo su opinión con toda confianza.

Una dependienta apareció entonces llevando un vestido con gesto casi reverente. Era de seda, del color verde más bonito que Josie había visto en su vida.

–Tienes que probártelo, Toni –la animó–. Con tu bonita piel morena, tendrías un aspecto muy exótico.

–¿Tú crees? –Antonia volvió el vestido a un lado y a otro–. No sé, el corte al bies no me sienta bien... ¿por qué no te lo pruebas tú? Te quedaría muy bien y haría juego con tus ojos.

–¿Yo? –exclamó Josie.

Aunque, en el fondo, le encantaría. Era imposible que una mujer pudiese rechazar tal oferta.

–Venga, te quedará precioso –insistió Antonia–. Sé que quieres hacerlo.

Josie rio a pesar de sí misma.

–Muy bien, de acuerdo –asintió, levantándose del sofá–. Lo haré.

Siguió a la empleada hasta uno de los probadores... que no era un probador como los de los centros comerciales que ella conocía, sino una habitación más grande que su apartamento en Inglaterra y tan elegante que quitarse la ropa allí casi le parecía algo natural.

Casi pero no del todo, pensó, poniéndose colorada.

Incapaz de mirarse al espejo mientras se desnudaba, se concentró en los vestidos que colgaban en las paredes del probador. Ver esas prendas tan bonitas la hacía desear ir a la fiesta. Por una vez en su vida habría dado cualquier cosa por arreglarse y mostrarle a Darío una cara completamente diferente de ella.

Si el único vestido decente que había llevado en la maleta no fuese tan viejo y no le quedase tan grande. Y si no tuviera tan malos recuerdos para ella...

Se lo había puesto el día de su fiesta de compromiso, pero la traición de Andy y su posterior dedicación al trabajo habían hecho que adelgazase mucho desde entonces. Había pensado que estaría bien para alguna cena privada en el castillo, pero eso fue antes de conocer a Darío. Después de eso, nadie la convencería para que se lo pusiera.

Cuando oyó que la dependienta dejaba escapar un gemido, Josie miró el vestido de arriba abajo, asustada.

−¿Qué ocurre? ¿Lo he rasgado?

La mujer negó con la cabeza, boquiabierta, y ella se quedó inmóvil al verse en el espejo. Era sencillamente perfecto.

Ella era perfecta, pensó, poniéndose colorada.

La dependienta, que fue la primera en recuperar la compostura, abrió la puerta del probador y dio un paso atrás, haciéndole un gesto para que saliera. El colectivo suspiro de admiración por parte de Antonia, Madame y todas las demás dependientas casi compensó las dudas que Josie había tenido durante toda su vida sobre su aspecto físico.

De inmediato, se sintió más alta, más bella, más segura de sí misma...

–¡Josie, estás guapísima! –exclamó Antonia.

–Sí, debo reconocerlo –asintió ella, un poco sorprendida porque no estaba acostumbrada a los halagos–. ¿Qué crees que dirían si apareciese con este vestido en el baile de la universidad?

–¡No dirían nada porque no podrían articular palabra!

Las dos rieron, pero Madame no parecía tan divertida.

–Ese vestido parece hecho para usted, doctora Street. Tiene que llevárselo.

–No... no sé si puedo. ¿Cuánto vale?

–Por favor, no tienes que preocuparte de eso –intervino Antonia.

–¿Cómo no voy a preocuparme del precio?

–Es un regalo... de cumpleaños. ¡Feliz cumpleaños! –dijo su amiga.

–Pero si no es mi cumpleaños.

Toni sonrió más enigmáticamente que la Mona Lisa.

–Lo sé –le dijo, con tono misterioso.

Aunque estaba deseando volver al castillo para probarse el vestido de nuevo, Josie obligó a su generosa amiga a ir también a una tienda normal donde podía gastar su propio dinero. Después de descubrir lo divertido que era ser espontánea, no había modo de pararla.

Y disfrutó mucho comprando un conjunto de ropa interior de satén, recordando que Dario le había dicho que lo avisara cuando quisiera hacer algo espontáneo.

Pues no sabía lo espontánea que podía ser.

«Puede que te sorprenda, conde Di Sirena».

—Podría ir a la fiesta —se oyó decir a sí misma.

—¿Qué? —exclamó Antonia.

Josie se puso colorada.

—¿Crees que debería ir?

Su amiga sonrió de oreja a oreja.

—Por supuesto que sí. Qué susto, pensé que iba a tener que llevarte a la fuerza.

—Pero he rechazado la invitación de Dario... y no una vez, sino dos.

—A mi hermano no le importará en absoluto, pero, si eso te preocupa, puedes ir como mi invitada. Le diremos que yo te he convencido.

—Tienes respuesta para todo —bromeó Josie.

Antonia embozó una sonrisa.

—Porque soy muy astuta.

Dario estaba en su estudio, intentando empezar un nuevo cuadro, pero no podía concentrarse. Había intentado encontrar alguna forma de ocupar su tiempo mientras Antonia y Josie iban de compras a Florencia, pero seguía extrañamente distraído.

Había salido a galopar sobre Ferrari otra vez, pero el paseo había sido inquietante porque recordaba los brazos de Josie en su cintura, su cuerpo apretado contra él. Sin darse cuenta, había ido al molino de aceite, donde ella tenía sus cajas de hallazgos colocadas bajo un toldo. Era su propia finca y había estado allí cientos de veces, pero aquel día se sentía como un intruso.

Allí estaban las cosas que él le había regalado y vio que había empezado a bosquejar algo en el cuaderno, pero no se atrevió a fisgar.

Poco acostumbrado a sentirse incómodo en su propia casa, Dario se había dado la vuelta para ir al manantial, pero ese era el sitio en el que la había besado...

La había conocido unos días antes y, sin embargo, no podía dejar de pensar en ella. Casi podía saborear la dulzura de sus labios y notar el calor de su cuerpo sin verla.

¿Qué le estaba pasando?

Esperando olvidarse de ella mientras pintaba, Dario pronto descubrió que no había nada que hacer. Empezó a pintar un retrato, pero las cosas fueron mal desde el principio. El objeto del retrato debería ser Arietta y, sin embargo, el boceto preliminar se parecía a otra mujer. Y esa mujer no era otra que la doctora Josephine Street.

Irritado, soltó la brocha para acercarse a la ventana y vio un coche negro subiendo por el camino.

Josie.

No, eran Antonia y «su amiga», se corrigió a sí

mismo, intentando contener la tentación de salir a darles la bienvenida.

Josie fue directamente a su habitación para sacar de las bolsas todo lo que había comprado en Florencia. Con cuidado, colocó el precioso vestido que Antonia le había regalado en una de las perchas forradas y lo llevó arriba, a la habitación que Dario llamaba el solario, para verlo mientras trabajaba.

Al menos, esa era la idea. Una vez que el vestido estuvo colocado frente a la ventana, Josie tuvo que hacer un esfuerzo para bajar y sacar el resto de las cosas. Antonia se había aprovechado de su emoción por el vestido y, al final, se había gastado una pequeña fortuna.

—Ya que has decidido ir a la fiesta, vamos a pasarlo bien —le había dicho—. Mi equipo de esteticistas irá al castillo para ponernos guapas.

Desde ese momento, Josie se había olvidado del trabajo.

Pasó más tiempo admirando su nuevo vestido de noche desde todos los ángulos que revisando sus notas. Aunque cada vez que pensaba en la fiesta se le encogía el estómago.

Por fin, decidió dejar de fingir que estaba revisando sus notas y volvió a tomar el vestido para admirarlo por enésima vez. Y cuando la criada entró en la habitación para abrir la cama, Josie no tuvo que preguntar si le gustaba.

—Va a ser usted el centro de atención en la fiesta, *signorina* —dijo la joven.

Josie no podía responder, preocupada por la lista de invitados, todos ricos y famosos. En realidad, pensaba pasar la noche escondida detrás de una columna.

Al día siguiente tampoco pudo concentrarse en el trabajo, pero no le importó. Las esteticistas ocuparon todo su tiempo y fue una delicia. Cada segundo que pasaba la acercaba más a la fiesta, al vestido y a Dario. Y pensar eso la puso tan nerviosa que apenas pudo probar la comida.

Después de un largo baño perfumado, recibió un masaje con aceite de rosa y, mientras estaba atrapada bajo los sabios dedos de la peluquera y la manicura, Antonia aprovechó el momento para sentarse a su lado.

–Me alegro tanto de que hayas decidido acudir a la fiesta, Jo. Nunca se sabe, puede que conozcas a un hombre alto, moreno, guapo e interesante.

Esa podría ser la descripción de Dario y, de repente, Josie tuvo miedo de que Antonia hubiera adivinado lo que sentía por él.

–La última vez que conocí a alguien interesante me rompió el corazón –le recordó.

–Andy Dutton no era ni alto ni guapo ni interesante –replicó su amiga.

Josie sacudió la cabeza, intentando no recordar la mayor desilusión amorosa de su vida.

–Por eso he decidido olvidarme de él y seguir adelante –anunció, sintiéndose mejor al decirlo en voz alta–. Solo lamento no haberme dado cuenta antes.

–Ya era hora de que lo olvidases –dijo Antonia.

–Lo sé, pero he decidido no volver a arriesgarme por el momento –insistió Josie. Pero, mientras hablaba, no dejaba de pensar en Dario.

¿Cómo podía decir que no quería arriesgarse y, sin embargo, sentir lo que sentía por él? No podía dejar de recordar los besos en el manantial, el calor de su cuerpo sobre el caballo...

–Muy bien, entonces esta noche lo único que debes hacer es pasarlo bien –sugirió Antonia.

Intentaría pasarlo bien, desde luego. Al menos, haría todo lo posible.

La peluquera sujetó su pelo en un moño alto, como si fuera una emperatriz romana, y la manicura le pintó las uñas de un irisado color madreperla que brillaba con el más ligero movimiento.

Antonia insistió en que se pusiera unos pendientes de diamantes de su joyero y unos zapatos de tacón altísimo de su enorme colección. Después de eso, el tiempo pareció detenerse hasta que apenas faltaba media hora para la fiesta y Toni empezó a moverse a su alrededor como una mariposa enloquecida.

–No sé cómo puedes estar tan tranquila.

–No lo estoy –dijo Josie, mirando su reloj por enésima vez.

En la habitación de Antonia, esperando que se anunciase la llegada de los invitados, se miró al espejo por última vez. Toni tenía razón: estaba irreconocible. Una sonrisa era lo único que necesitaba para estar absolutamente perfecta. Ruborizándose de orgullo, Josie apartó la mirada del espejo.

–Ni siquiera Dario va a reconocerte –dijo Antonia cuando una criada subió a decirles que empezaban a llegar los invitados.

Josie suspiró. Después de haber rechazado dos veces la invitación, allí estaba. Solo había hecho falta un vestido precioso y el deseo de demostrarle que también ella podía pasarlo bien cuando quería.

A pesar de los nervios, sentía como si estuviera viviendo un cuento de hadas.

¿Sería un sueño? ¿Estaría a punto de despertar?

El ruido de voces en el piso de abajo hizo que tragara saliva.

«Si puedo perderme entre la gente, tal vez no me sienta como un sacrificio humano».

Cuando bajaron al vestíbulo, todos se quedaron en silencio y, hasta que parecieron recordar sus buenas maneras para saludar a la anfitriona, Josie sintió muchos pares de ojos clavados en ella. Era el vestido, se dijo. Había sido una buena elección.

Antonia y ella se unieron al grupo de gente que atravesaba la galería de los retratos en dirección al salón de banquetes del castillo, todos maravillándose ante los ancestros de la familia Di Sirena.

—Creo que he cambiado de opinión. Preferiría estar en mi habitación trabajando —le dijo a Antonia en voz baja.

—Tonterías —replicó su amiga—. Vas a pasarlo muy bien, ya verás.

Suspirando, Josie intentó hacerlo, admirando los vestidos y los diamantes de las invitadas. ¿Por qué iba a fijarse Dario en ella? Josie no podía compararse con aquellas mujeres.

Claro que sí parecía sentirse impresionado cuando la besó, pensó, poniéndose colorada.

Las puertas del salón de banquetes se abrieron en ese momento y Josie miró alrededor. La gente le sonreía desde que apareció en la escalera e intentar esconderse no serviría de nada, de modo que tal vez debería aprovechar su momento de gloria. Sería una forma de practicar para el baile de la universidad.

Respirando profundamente, irguió los hombros y entró valientemente.

Había mucha gente en el salón, pero al único que miraba era a Dario, que estaba frente a la gran chimenea de piedra, hablando con una rubia que llevaba un vestido de satén rojo.

Dario la miró durante un segundo y luego apartó la mirada... para volver a mirarla un segundo después con cara de sorpresa.

Josie se quedó inmóvil, todas las frases simpáticas e ingeniosas que había pensado decir olvidadas por completo.

Estaba tan apuesto como había imaginado, con un esmoquin y una camisa blanca que destacaba su piel dorada y el brillo de sus ojos oscuros. Unos ojos que estaban clavados en ella.

Dario sonrió con un genuino gesto de alegría que aceleró su corazón. El deseo que había en sus ojos haciendo que deseara pasar los dedos por su pelo y besarlo de nuevo.

Naturalmente, no lo hizo. Se quedó inmóvil, sintiendo que le ardía la cara mientras Dario dejaba a su acompañante para tomar su mano y llevársela a los labios.

–Esta noche tentarías a un santo, Josie –le dijo en voz baja.

Ella levantó la mirada cuando los labios de Dario conectaron con su piel. En cualquier otro momento se hubiera apartado, pero aquel hombre era perfecto, la noche perfecta, todo era diferente.

«Voy a pasarlo bien en la fiesta», se dijo a sí misma, asombrada.

Nerviosa, comprobó que varios de los invitados sonreían ante la escena y cuando volvió a mirar a Dario él sonreía también, con su encanto de siempre.

–Gracias por acudir a la fiesta, doctora Street.

–Gracias a ti por invitarme.

–Sé que no te gustan las reuniones sociales y es un honor que hayas hecho una excepción por mí. Nunca había visto una mujer más bella o mejor vestida –dijo Dario–. Sin la menor duda, eres la mujer más bella de la fiesta.

Capítulo 8

JOSIE abrió la boca para decir algo, pero cualquier pensamiento sensato se había evaporado de su cabeza, de modo que la cerró de nuevo e intentó sonreír. Afortunadamente, esos músculos seguían funcionando a pesar del efecto que Dario ejercía en ella.

Nadie le había dicho nunca que fuese bella...

–Ven, voy a presentarte a los demás invitados. Ellos se encargarán de ti mientras yo cumplo con mis obligaciones como anfitrión.

Dario la llevó hacia una sonriente pareja que, a pesar de sus carísimos trajes de diseño, tenían la piel bronceada por el sol y una expresión alegre que a Josie le gustó inmediatamente.

–El *signor* y la *signora* Bocca tienen una finca próxima a la mía y su hijo, Beniamino, se ha ido a la universidad recientemente. La doctora Street podrá hablarles de la vida en la universidad, es profesora –les dijo, haciéndole un guiño a Josie.

La pareja sonrió.

–Antonia me ha dicho que trabajaste en Iowa el año pasado y nuestro hijo se ha ido a Estados Unidos con una beca –dijo la *signora* Bocca–. ¿Qué tal te fue allí?

Dario apretó su mano antes de alejarse, dejándola con la pareja. A pesar de su afable sonrisa, se sentía incómodo y, una vez más, era culpa de Josie.

Intentó entablar conversación con otros invitados, pero resultaba imposible concentrarse en la conversación mientras la miraba por el rabillo del ojo. Sabía que había tenido que reunir valor para acudir a la fiesta y estaba impresionado y aliviado al mismo tiempo porque había estado a punto de cancelarla en el último momento.

Viendo a Josie allí, podía admitir que su rechazo había pesado sobre él, pero en cuanto la vio aparecer en el salón todo cambió. Sencillamente, verla hacía que se sintiera feliz.

Después de unos minutos de aburrida charla con Tamara, la rubia, se dio cuenta de que le ocurría algo. Tamara era inteligente y encantadora, pero eso ya no era suficiente para él. Sería una conquista sin importancia y su conversación había perdido todo atractivo.

Dario se llevó una mano al cuello para aliviar sus tensos músculos. Había esperado que la fiesta lo relajase un poco, pero en aquel momento se sentía más tenso que nunca.

¿Qué había pasado? Sus invitados estaban pasándolo bien, Josie incluida...

Para eso estaban las fiestas, para que la gente lo pasara bien. Aquel día, en el manantial, le había dicho a Josie que no sabía pasarlo bien, pero esa noche no parecía ser cierto. Y aunque él no era el único que la miraba, afortunadamente ningún otro hombre parecía decidido a hablar con ella.

Josie era especial. Inteligente, encantadora, por no hablar de lo bella que estaba esa noche con aquel vestido. Lo único que tenía que hacer era acercarse y los demás hombres se apartarían.

«No la molestes», pensó. «Está pasándolo bien».

Se dio cuenta entonces de que Tamara había puesto una mano en su brazo y se apartó discretamente para besar a su hermana antes de seguir dando vueltas por la habitación.

Como anfitrión, su deber era comprobar que todos los invitados estaban pasándolo bien, no solo sus favoritos, pero lo único que anhelaba era a Josie; su compañía, su risa... todo.

Por fin, después de la hora más larga de su vida, tomó dos copas de champán de una bandeja y se dirigió hacia el grupo de gente donde estaba ella.

–Josie...

Ella sonrió y Dario aprovechó para poner una mano en su cintura mientras la besaba en la mejilla. Y Josie no se apartó ni dio un respingo.

–¿Lo estás pasando bien?

–Pensaba que no me reconocerías.

–Te reconocería en cualquier parte –replicó Dario.

Y era verdad. Era tan encantadora que no quería dejarla sola ni un momento. Nadie mejor que él sabía que el tiempo que un hombre pasaba con una mujer hermosa era un regalo.

Una palabra equivocada, un gesto de desaire y la felicidad se escapaba de las manos para siempre. Nada podría haberlo convencido de que volviera a pasar por lo que pasó cuando perdió a Arietta, pero tampoco estaba dispuesto a dejar que Josie fuera presa de alguno de sus invitados. Que un tesoro como ella cayese en las garras de otro hombre era impensable.

–Me alegro mucho de que hayas venido a la fiesta –le dijo, apretando su mano. Pero Josie no parecía estar escuchándolo y se dio cuenta de que miraba a Tamara, la mujer a la que había abandonado para ir a buscarla–. Es una conocida mía.

La rubia levantó una mano para lanzarle un beso.

–Pues no parece solo una conocida –murmuró Josie.

Dario sintió una punzada de satisfacción al saber que estaba celosa. Esa noche sería suya, pensó.

–¿Quieres que te la presente? Tamara y yo somos amigos desde hace años. Solo amigos.

El hermoso rostro de Josie se iluminó de alegría. Como si esa frase la hubiera hecho olvidar todos sus temores, dio un paso hacia él y el efecto fue instantáneo: Dario olvidó que había decidido tomarse su tiempo para seducirla. Quería poseerla y cuanto antes.

–Lo digo en serio. De verdad me alegra mucho que hayas venido a la fiesta.

–Me has dicho tantas veces que no sé pasarlo bien que no he tenido más remedio.

–Sé que no te gustan las fiestas, así que pensé que te encerrarías en la biblioteca esta noche. ¿Has visto la biblioteca del castillo?

–Sí, la he visto. Es muy... interesante.

Dario soltó una carcajada.

–Uno de mis antepasados compró libros al peso en el siglo XIX.

–Eso explica el extraño orden en el que están colocados.

–Los empleados no siempre colocan los libros en el orden adecuado después de que yo los haya sacado de las estanterías.

–¿Tú lees esos libros tan antiguos?

Él tomó un sorbo de champán.

–Sí, claro. Te invitaría a ir a la biblioteca conmigo en algún momento, pero imagino cuál sería tu reacción

–Nunca se sabe.

–¿Después de la merienda del otro día? –Dario enarcó una ceja.

–Esta noche he cambiado de aspecto –Josie se encogió de hombros–. ¿Cómo sabes que no he cambiado en todos los sentidos?

–Una sirena nunca puede olvidar el mar –respondió él.

Josie rio, levantando su copa.

–Debe de ser un champán muy bueno, no sé si he entendido esa frase.

–Con ese vestido, serías una sirena perfecta –Dario apartó un mechón de pelo de su cara–. Y en honor de esta ocasión especial, creo que debería ofrecerte un buen recuerdo.

Josie estaba tan emocionada por el brillo de admiración que veía en sus ojos que podría estar ofreciéndole la luna. Asintiendo con la cabeza, vio que le hacía una señal a un empleado, que desapareció para volver unos segundos después con un ramito de orquídeas blancas en la mano.

Dario tomó las flores y señaló el tirante de su vestido.

—Las flores más hermosas para la invitada más hermosa. ¿Puedo?

—Sí, por favor —respondió Josie.

Él dio un paso adelante para prender las flores al vestido.

—Ya está —murmuró, deslizando los dedos por su piel antes de apartar la mano.

Josie sintió un escalofrío, pero no hizo movimiento alguno para detenerlo. Ni siquiera cuando vio que él aprovechaba la oportunidad para admirar sus pechos bajo la tela del vestido.

—Sospecho que tus admiradores pronto intentarán llevarte a la mesa. Deja que yo me adelante.

Sin esperar respuesta, la tomó por la cintura para llevarla hacia el bufé, que era una fiesta para los sentidos, con ramos de flores entre las bandejas con el blasón de la familia Di Sirena en azul y dorado, pirámides de frutas tropicales, cestas de pan de todas las formas posibles, los mejores platos italianos, copas de cristal y cubertería de plata. Todo aquello era tan diferente a su vida en Inglaterra... y eso era precisamente lo que quería.

—Apenas has probado el champán —dijo Dario—. ¿Prefieres una copa de vino?

—No, no —Josie tomó un sorbo a toda prisa.

Estaba haciendo progresos, pensó él. De hecho, era como una hermosa mariposa saliendo de su crisálida. Se mostraba segura de sí misma esa noche, tanto como solía estarlo mientras trabajaba.

Siempre se sujetaba el pelo en una eficiente coleta, pero para la fiesta se había hecho un precioso moño. El vestido dejaba sus brazos y sus hombros al descubierto y el sol de la Toscana le había dado a su piel un tono dorado...

–Siento mucho haber rechazado la invitación –dijo Josie entonces–. La verdad es que nunca había disfrutado tanto en una fiesta.

La luz de las lámparas de araña acentuaba su tentador escote y el material del vestido era tan fino que sus peones se marcaban claramente bajo la tela. Dario podría perdonarle cualquier cosa en ese momento. De hecho, estando con ella se sentía más relajado que nunca.

Por contraste, Josie no podía permanecer quieta. Una vez que había tomado la determinación de pasarlo bien y olvidarse del trabajo, era como si su cuerpo hubiera despertado de una larga hibernación. La proximidad de Dario hacía que saltaran chispas y, aunque había muchos invitados frente a la mesa, ella solo podía mirar a Dario.

Casi le daba miedo mirarlo directamente, pero daba igual; cualquier movimiento hacía que le llegase el aroma de su colonia; el calor de su piel tentándola a acercarse un poco más.

Pero entonces la gente que se había reunido alrededor de la mesa los empujó sin querer y quedaron pegados el uno al otro. Josie sintió que Dario ponía una mano sobre su hombro para sujetarla y, sin poder evitarlo, se ruborizó.

–Siempre había pensado que la vida en un castillo como este sería muy refinada –consiguió decir. Y luego suspiró cuando él deslizó la mano por su espalda hasta dejarla en su cintura.

El deseo que sentía hacía que se marease. De repente, parecía hacer mucho calor... y entonces se dio cuenta de que le ocurría algo raro: el calor no iba hacia arriba, sino hacia abajo, en una espiral centrada en una parte de su cuerpo que siempre había sido más un problema que un placer. Dario la hacía sentir espectacular, tal vez era por eso. Apenas había espacio entre su cuerpo y el de él, solo la ropa los separaba.

Josie entreabrió los labios para dejar escapar un suspiro y, al darse cuenta, la seria expresión de Dario desapareció.

—Parece que tienes calor —le dijo en voz baja, con un brillo de deseo en los ojos—. ¿Por qué no vamos a un sitio más fresco después de comer algo?

Y más privado, aunque eso no lo dijo en voz alta. Josie sabía que sería tan fácil decirle que sí y, sin embargo, tan peligroso...

Estaba deseando que la besara de nuevo, aunque sabía que eso solo sería el principio. No podía esperar que un hombre como él se sintiera satisfecho con un beso y esa certeza la asustaba porque también ella quería algo más, si debía ser sincera.

Desde que Andy la abandonó no había tenido el menor interés en acostarse con otro hombre, pero aquella noche era diferente. De hecho, Dario era diferente. Único.

—Eso estaría bien —dijo por fin.

Él enarcó una ceja.

—¿Solo bien?

—Por el momento —murmuró ella, ajustándose el ramito de orquídeas al tirante del vestido—. Antes tienes que satisfacer al resto de los invitados... atenderlos quiero decir —se corrigió a sí misma, ruborizándose hasta la raíz del pelo.

–Todos están perfectamente atendidos y, como es mi noche especial, es hora de «satisfacerme» a mí mismo –el brillo que había en sus ojos hizo que a Josie se le quedase la boca seca.

Y cuando se miraron, el resto del mundo desapareció. Josie sentía como si hubiera caído dentro de la conejera de *Alicia en el país de las maravillas*. Sintiéndose abrumada de repente, apartó la mirada y se concentró en los canapés, decidida a cambiar de tema.

–Está siendo una fiesta estupenda.

–Pensé que no te gustaban las fiestas.

–No me gustan mucho, aunque nunca había estado en una fiesta tan opulenta como esta.

–¿Entonces te alegras de haber venido?

–Desde luego –respondió Josie–. Es la mejor fiesta de mi vida... bueno, sin contar mis cumpleaños.

–Ah, entonces también sabes pasarlo bien.

Ella soltó una carcajada.

–Sí, claro. Es algo que mi madre hace por mí cada año: organiza una fiesta y hace una tarta para las dos, supuestamente en secreto, aunque siempre lo sabe todo el mundo. Compramos un montón de cosas y esa noche no fregamos los platos... igual que esta fiesta, pero mil veces más pequeña –bromeó.

–Debe de ser maravilloso tener a alguien que se ocupa tanto de ti.

–¿Cambiarías mi fiesta por la tuya?

–Desde luego.

Josie lo miró, incrédula.

–No estarás diciendo que nadie te ha organizado una fiesta de cumpleaños.

–Nunca.

–¿Ni siquiera cuando eras pequeño?

Dario negó con la cabeza.

–No.

–Pero eso es horrible.

–A Antonia tampoco.

–Ah, ahora entiendo que le guste ir de fiesta cada vez que tiene oportunidad.

Dario sonrió.

–Supongo que será por eso. ¿Qué tal os iba mientras compartíais apartamento?

–Bien –respondió ella–. Cuando me cansaba de estar con Toni, me iba a casa de Andy... cuando salía con él. Evidentemente, dejé de hacerlo cuando...

Josie no terminó la frase. Normalmente, sentía una punzada de dolor cada vez que hablaba de Andy, pero no había sentido nada. Tal vez aquella noche, con la fiesta, el vestido y todo lo demás, estaba dejando atrás el pasado. Recordó entonces lo que Dario había dicho: que Andy era un tonto por no apreciar lo que tenía. Y, por un momento, quiso pensar que podría ser verdad.

–No pienses en él ahora –dijo él, apartando un mechón de pelo de su cara.

–No pienso en él, pero quiero contártelo.

De repente, quería contarle a Dario su triste historia, como si al hacerlo pudiera liberarse.

–Como quieras.

–Andy no solo me engañó con otra mujer... llevaba algún tiempo teniendo una aventura y, por lo visto, varios miembros de la facultad lo sabían. Además, descubrí que iba contando por ahí que yo no...

que él conmigo no... –Josie, colorada hasta la raíz del pelo, no dijo nada más.

–Lo siento, no lo sabía.

–Me sorprende que Antonia no te lo contase.

–Yo he criado a mi hermana, pero eso no significa que me cuente las cosas de sus amigas –Dario la tomó del brazo para alejarla de la gente.

–No sé... a lo mejor es que yo soy demasiado suspicaz.

–Espero que no sospeches de mí porque yo no tengo secretos. Todo lo que hago es completamente transparente, conmigo lo que ves es lo que hay.

–Yo no estoy tan segura –dijo Josie.

–Es verdad –insistió él–. El trabajo aparte, ¿estás disfrutando en la finca?

–Mucho. Todo es maravilloso, la verdad.

Dario la miró, sus ojos oscuros y pensativos. Sabía que esa noche podría ser suya y, sin embargo, de repente se encontró deseando algo más que su cuerpo. Quería que Josie supiera algo más sobre él, mostrarle algo más íntimo de sí mismo que los besos que habían compartido.

–Deja que te enseñe lo que he estado haciendo hoy –le dijo, por impulso.

Después de quitarle la copa de las manos, la dejó sobre el alféizar de una ventana para tomarla del brazo y llevarla por el jardín hacia la privacidad de su estudio.

Capítulo 9

¡VAYA! Así que es a esto a lo que te dedicas —exclamó Josie al entrar en el estudio de Dario.

Había cuadros por todas partes; abstractos y estilizados bodegones colgando de las paredes o apoyados en ellas. Y debía reconocer que tenía buen ojo para la composición y el color.

—No puedes verlos todos desde ahí.

Dario le pasó un brazo por los hombros y, al principio, el calor de su cuerpo la distrajo de tal forma que no podía concentrarse en nada, pero la curiosidad hizo que se alejase un poco para inspeccionar un cuadro que parecía inspirado por Rothko, a punto de ser terminado.

—Podrías dedicarte a esto de forma profesional.

—Sí, pero no pienso hacerlo. Tú, por otro lado, podrías hacer algo con tu talento.

—Y con el material que tú me has regalado —dijo Josie—. Con la emoción, se me ha olvidado darte las gracias —añadió, poniéndose de puntillas para darle un espontáneo beso en la cara—. Gracias, Dario.

—De nada.

Aquella noche estaba siendo una revelación en todos los sentidos. Ni Tamara ni otras mujeres, en su cama o fuera de ella, podían hacerlo sentir tan vivo.

Josie lo había atraído desde el primer momento y esos besos en el manantial habían sido maravillosos, pero pronunciar el nombre de Arietta lo había estropeado todo. Sin embargo, desde que apareció en la fiesta había dejado claro que estaba allí para disfrutar de todo lo que él pudiera ofrecerle. De todo.

Se le encogió el estómago al pensar eso. Su corazón latía con una fuerza inusitada y cuando miraba a Josie no pensaba en el pasado. El recuerdo de Arietta no lo dejaría nunca, pero él no iba a permitir que su recuerdo fuera un intruso esta vez. Esa noche, se sentía transformado.

Era como si se hubiera librado del peso que había llevado sobre los hombros durante tanto tiempo, liberándolo para disfrutar de la compañía de Josie.

–Hace una noche preciosa –le dijo, con voz ronca–. ¿Por qué no vamos a dar un paseo a la luz de la luna? Vamos a disfrutar de lo que tenemos.

Y el uno del otro, pensó, mientras salían al jardín. En la penumbra, Josie estaba tan guapa que casi le daba miedo tocarla, pero apretó su mano y, como respuesta, ella se acercó un poco más.

El jardín estaba tan silencioso en contraste con el ruido de la fiesta que casi podía escuchar el latido de su propio pulso y Arietta desaparecía de su mente con cada latido. No podría olvidarla del todo, pero nunca más volvería a ser una sombra sobre su vida.

Sintiendo una punzada de culpabilidad, mezclada con otra de alivio, Dario se dio cuenta de que eso era bueno. Era algo que podía celebrar con ella esa noche.

Josie estaba mirando el cielo mientras él se movía despacio para no romper el hechizo. La noche parecía viva mientras paseaban entre el sonido de los grillos, con la brisa llevándoles el delicioso aroma de la madreselva, la música de la orquesta filtrándose en el aire de la noche.

–¿Hay una orquesta?

–La he contratado para la fiesta. Escucha... me encanta esta melodía, ¿a ti no?

Sin saber cómo, Josie estaba entre sus brazos. Las palabras no eran necesarias, el roce de su mano en la espalda y sus dedos entrelazados eran más que suficiente. Moviéndose suavemente, bailaron por el jardín.

–Relájate.

Josie podía sentir el aliento de Dario sobre su piel y eso era suficiente para hacerla suspirar.

–Estoy relajada.

–Sabía que te gustaría esta canción.

–Es preciosa.

–Tú no mereces nada menos, Josie.

–No sé...

–No te subestimes –dijo él–. Has conseguido muchas cosas en la vida. Esta noche deberías disfrutar siendo la estrella más hermosa de todas.

Josie rio, nerviosa, y Dario se echó hacia atrás para observar su expresión.

–¿Por qué te ríes?

–Es que hace mucho tiempo que nadie me dice cosas bonitas.

–Pues entonces, tus compatriotas son tontos.

–No ha habido nadie desde que Andy me dejó –murmuró ella.

«Y no querré a nadie más ahora que he estado entre tus brazos».

–Parece que ese tal Andy era un imbécil.

Josie negó con la cabeza.

–No, solo era un hombre muy ambicioso. Nos conocimos en la universidad y pensé que teníamos los mismos objetivos y los mismos sueños. Al principio, lo compartíamos todo y hacíamos planes de futuro. Yo le culpo por haberme engañado, pero tal vez... tal vez nunca nos quisimos de verdad. No era como...

«No era como lo que empiezo a sentir por ti», estuvo a punto de decir.

Pero no, aquella atracción no era amor. Seguramente era alivio al saber que había perdonado a Andy. O tal vez debía culpar a la belleza de la noche.

–Eres una mujer muy leal.

–Por favor, no me hables de lealtad –dijo Josie bruscamente–. Mi madre sigue haciendo comida para dos todos los domingos, por si acaso mi padre decidiera volver. Yo le digo que después de diez años es imposible, pero ella sigue haciéndolo porque es ridículamente fiel.

–De modo que tu padre se marchó y tu prometido te engañó con otra mujer –Dario la apretó un poco más contra su pecho–. No sé cómo puedes seguir confiando en los hombres.

–En realidad, no confío en ellos. Por eso no me hago ilusiones sobre ti.

Como respuesta, él la apretó un poco más. Era tan maravilloso que Josie empezaba a perder la cabeza y se detuvo, sabiendo que tenía que hacerlo.

–Gracias por una noche maravillosa.

–El placer ha sido mío –murmuró Dario, pasando las manos por sus brazos, como si tampoco él quisiera dejarla ir–. Pero me temo que el baile ha estropeado las orquídeas.

Josie bajó la mirada y vio que pétalos blancos de las flores estaban aplastados y oscurecidos. Esperando que esa no fuera una señal de que Dario iba a aplastarle el corazón, dejó escapar un suspiro.

–Es una pena. Iba a guardarlas como recuerdo de esta noche.

–Entonces, tendré que comprarte unas nuevas. O cortar unas rosas para ti. Hay muchas en la rosaleda, ven a verlas.

Dario la llevó hacia una puertecita de madera en uno de los muros del jardín y, cuando la abrió, se vio envuelta por el abrumador perfume de miles de rosas.

–¡Qué maravilla!

–Parece que *El valle de los ruiseñores* esta noche hace honor a su nombre.

–¿Se llama así?

–Creo que el nombre se lo puso mi abuelo.

–Es una rosaleda fabulosa.

Dario la miró, admirando la pureza de su perfil a la luz de la luna.

–Tengo que hacerte una confesión.

Ella levantó la mirada, interrogante.

–¿Sí?

–La verdad es que he organizado esta fiesta por razones egoístas y siendo un hombre incapaz de negarse nada a sí mismo...

–¿Por qué has organizado la fiesta?

No sería para seducirla a ella, pensó.

–Vas a pensar que es una tontería.

Josie puso una mano sobre su torso.

–Dímelo.

–¿Recuerdas lo que te conté sobre mis cumpleaños?

–¿Que nunca te habían organizado una fiesta?

–Eso es –asintió él–. Bueno, pues cuando heredé el castillo juré que cada uno de mis cumpleaños sería un día especial. Y hoy es el día.

–¿Hoy es tu cumpleaños? –exclamó Josie–. ¡Felicidades!

–Gracias.

–Pero ¿por qué no me has dicho nada? Te habría comprado un regalo.

Entonces Josie recordó algo: Antonia le había dicho que el vestido era un regalo de cumpleaños. Había pensado que se refería al suyo, pero tal vez hablaba del cumpleaños de su hermano.

–Toni no me dijo nada.

–Ella sabe que no suelo contárselo a nadie.

–¿Por qué?

–Como tú misma has dicho, ya tengo todo lo que quiero... ¿por qué voy a obligar a mis amigos a comprarme un regalo?

–Los regalos de cumpleaños no tienen nada que ver con el dinero.

–¿Ah, no?

–Pues claro que no –respondió Josie–. Es una forma de recordarle a la gente que te importa, una forma de honrar ese día. Yo me habría tomado mi tiempo para comprarte algo que te gustase de verdad, tal vez algo para tu estudio... brochas, pinturas. Algo que tú no tuvieras tiempo de ir a comprar.

–Para eso está Internet y para eso tengo emplea-dos.

Ella suspiró, irritada.

–Es el gesto lo que importa, no los regalos. De he-cho, a veces los regalos más importantes no cuestan nada.

Dario hizo un gesto, como diciendo que no quería seguir hablando del tema.

–No estamos aquí para hablar de mí –dijo luego, tomando su mano para adentrarse en la rosaleda–. Ven a experimentar la noche.

–Es un sitio precioso.

–¿No había estado aquí?

–No, nunca. Ni siquiera sabía que existiera.

–Pensé que ya conocías toda la finca.

–No, no. Además, yo solo la veo de día. Tú me has abierto los ojos a las maravillas del castillo du-rante la noche. Es un sitio... diferente –murmuró Jo-sie, mirándolo a los ojos.

–Es un placer para mí, te lo aseguro. Y me encan-taría enseñarte muchas más –dijo él, apretándola con-tra su pecho.

Incapaz de esperar un segundo más, inclinó la ca-beza para buscar sus labios y ella se derritió contra su pecho.

Cuando por fin se separaron, Josie tuvo que apo-yarse en él, sintiendo que le temblaban las piernas.

–¿Sabías que un solo beso te hace sentir solitario?

La voz de Dario era tan suave como el roce de sus labios y el siguiente beso fue exquisito, una perfecta mezcla de sensaciones que hacía que su sangre pare-ciese chocolate caliente recorriendo sus venas.

Una idea sorprendente empezaba a formarse en su cerebro, pero tuvo que armarse de valor para decir:

—Sé muy bien lo que me gustaría regalarte por tu cumpleaños.

—¿Ah, sí? ¿Y qué es?

—Es algo que no tienes y algo que el dinero no puede comprar —Josie tragó saliva—. ¿No imaginas qué es?

Los ojos oscuros de Dario brillaban a la luz de la luna.

—No.

—Soy yo —susurró ella.

Dario siguió mirándola durante unos segundos, casi sin expresión; solo un músculo marcado en su mandíbula demostraba que tenía que hacer un esfuerzo para controlarse a sí mismo.

Pero antes de que supiera lo que estaba pasando, él tomó su mano para llevarla hacia la verja que separaba el jardín del resto de la finca.

Antes de abrirla, se volvió para mirarla a los ojos.

—¿Estás segura de que eso es lo que quieres, Josie?

Ella asintió con la cabeza y Dario sonrió, relajándose por fin.

Mientras caminaban, con la mano libre aflojó el nudo de su corbata y desabrochó el primer botón de su camisa. En la penumbra, el contraste entre el negro terciopelo de la chaqueta y el blanco brillante de la camisa era cegador.

—Ven, por aquí —le dijo, llevándola por un camino rodeado de árboles—. Hay un lago al fondo, con un cenador sobre el agua. Te gustará.

Josie sabía que le gustaría cualquier sitio si estaba con él.

—Me alegro mucho de haber decidido ir a la fiesta —susurró.

Dario se detuvo para mirarla. Y las sombras de la noche no podían esconder el brillo de sus ojos.

—No podría estar más de acuerdo.

Cuando llegaron al lago, escucharon el suave zumbido de los insectos, puntuado por el sonido de algún animal lanzándose al agua al escuchar sus pasos.

—Una rana —dijo él, antes de tomarla entre sus brazos para besarla de nuevo—. Has hecho una entrada espectacular esta noche.

—Pero si no he hecho nada...

—No tenías que hacer nada. Una mujer tan elegante y con ese aspecto tan angelical... me has dejado sin aliento.

Siempre incómoda con los halagos, Josie se puso colorada.

—No es verdad.

—Claro que lo es. Y debes sentirte orgullosa de ti misma —insistió Dario—. Nadie podía apartar los ojos de ti. Eras la estrella, mi estrella, y he tenido que sacarte de la fiesta para evitar que lo hiciese otro.

En el silencio que siguió a sus palabras, un ruiseñor saltó sobre una rama, a unos metros de ellos. Josie sonrió y cuando Dario se inclinó para besarla de nuevo, un segundo ruiseñor se unió al primero.

—Rivales por el mismo premio —susurró.

Los besos de Dario hacían que Josie no pudiera pensar en nada. El calor de su cuerpo la abrumaba, la firme erección que rozaba su vientre y las caricias

de su lengua en el cuello la hacían temblar de anticipación... y Dario se quitó la chaqueta para ponérsela
sobre los hombros.

–No tengo frío.

–Solo quiero asegurarme de que no te vayas –dijo
él, llevándola hacia un claro entre los árboles.

La luna llena iluminaba el camino, su luz plateada
reflejándose en el agua del lago rodeado de juncos
hasta que llegaron a un cenador palaciego con muelle
incluido.

Josie miró nerviosa el bote de remos que alguien
había amarrado a un poste.

–No tendremos que subir a ese bote, ¿verdad?

–No, no, sé que prefieres estar en tierra firme.

La sonrisa de Dario iluminaba su rostro mientras
abría la puerta del cenador, un sitio perfecto para el
romance con paredes de madera y un sofá cubierto
de almohadones. Las bolsas de lavanda colgadas de
las vigas perfumaban el aire con los recuerdos de veranos pasados...

–Te deseo –la voz de Dario estaba cargada de deseo.

Aquella vez, sus besos eran más urgentes, despertando en ella un fuego que había nacido en el momento en que sus ojos se encontraron por primera vez.
Cuando empezó a acariciarla, Josie no pudo ni quiso
detenerlo.

Un gemido escapó de sus labios cuando besó su
cuello, animándolo a inclinar la cabeza para besar
su escote. Su piel era tan delicada... y los pezones,
que se marcaban bajo la tela del vestido, una tentación irresistible para Dario, que los rozó con los dientes para probar lo sensibles que eran.

El efecto de esa caricia provocó en Josie un paroxismo de deseo y, sin darse cuenta de lo que hacía, enterró los dedos en el oscuro pelo antes de tomar su cara entre las manos.

–Hazme tuya –susurró, con una voz que apenas reconocía como propia.

Mientras Dario seguía besándola, ella le quitó la chaqueta y metió las manos bajo la camisa blanca para acariciar los músculos que había debajo.

Pronto los dos estuvieron desnudos a la luz de la luna. Dario abrumaba sus sentidos tan completamente que apenas recordaba dónde estaban mientras la tumbaba sobre el sofá y se colocaba sobre ella, dispuesto y más que capaz de conseguir lo que quería. Josie enredó las piernas en su cintura, desesperada por tenerlo lo más cerca posible...

Mientras se deslizaba sobre su cuerpo en la oscuridad, dejó escapar un gemido que pareció resonar en medio de la noche.

Mucho después, Josie miraba el lago. No sabía qué hora era, pero debía de ser tan tarde que era temprano. Las sombras de la noche no habían desaparecido del todo y una estrella brillaba en el cielo, sobre el lago. Los ruiseñores que los habían acompañado en esa aventura cantaban y un grupo de petirrojos se unió a ellos poco después.

Dario, inmóvil, tenía la cabeza apoyada en su cuello y Josie estaba en el séptimo cielo. No dejaba de recordar, atónita, lo que había ocurrido en las últimas horas. Dario le había robado todas las inhibiciones, llevándola al paraíso.

Desde aquel momento, nada volvería a ser lo

mismo. La vida no podría competir con aquella noche.

Y ese pensamiento la torturaba. Dario era un playboy, un hombre que iba de una mujer a otra. Josie deseaba su cuerpo, pero sabía que no podía conformarse solo con eso; ella quería también su amor y su lealtad, pero ese era un sueño imposible.

Dario, como Andy, era incapaz de comprometerse con nadie.

Por fin, Josie se había dado cuenta de lo poco que su exprometido había significado para ella, pero Dario era completamente diferente. Y, aunque lo deseaba con todas las fibras de su ser, nunca podría retenerlo. Ninguna mujer podría hacerlo.

Cuando él se movió, Josie supo que tendría que hacer un esfuerzo sobrehumano para resistirse. Un encuentro más, un leve roce, una sonrisa y estaría encaminada al desastre.

De modo que cuando empezó a deslizar una mano por su sudoroso muslo, respiró profundamente para armarse de valor y se levantó.

—Dario, yo... tengo que irme.

Giró la cara rápidamente para esconder su expresión, fingiendo estar muy interesada en recoger su ropa del suelo.

—¿Dónde vas? Aún es temprano.

Josie lo miró. Sabía que era un error, pero no pudo evitarlo. Tenía un aspecto tan magnífico como siempre, con los primeros rayos del sol iluminando sus dorados músculos, y sintió que el deseo despertaba a la vida una vez más. Tenía que escapar mientras pudiera, se dijo.

–Lo de anoche fue precioso, pero no debería volver a ocurrir.

–¿Por qué no? Pensé que había sido una de tus mejores ideas.

Josie empezó a vestirse.

–No quiero que pienses que estoy pidiendo algo que tú no puedes darme. No quiero forzarte a nada.

La sonrisa de Dario desapareció.

–¿Qué estás diciendo?

Josie tenía que luchar contra sus sentimientos con mano de hierro. Le gustaría olvidarse de todo y abrazarlo de nuevo...

Lo único que la detenía era saber que Dario había hecho aquello docenas de veces en el pasado. Y que había olvidado a todas esas mujeres tan fácilmente como se quitaba y se ponía la ropa. Pero ella quería ser algo más. De hecho, merecía algo más, el propio Dario la había ayudado a reconocer eso.

Recordaría su ardiente mirada en la fiesta mientras viviera y lo único que estropearía ese recuerdo sería la devastación de su abandono.

Pero si era ella quien le decía adiós podría recordar lo bueno sin la angustia que la había perseguido después de la traición de Andy. Sería tan difícil decirle adiós a Dario... pero al final, tarde o temprano, la engañaría con otra y eso destrozaría aquel encuentro tan especial.

–Ya te lo he dado todo, Dario.

–No, no es verdad. Yo sé que tienes mucho más que darme, *cara* –dijo él, alargando una mano hacia Josie, pero ella se apartó–. ¿Qué quieres que diga? ¿De verdad pensabas que iba a ofrecerte un compro-

miso de por vida? Tú me conoces... o al menos conoces mi reputación.

Josie se vistió a toda prisa.

—No quiero que digas nada, especialmente sobre
el futuro. Y tampoco yo tengo nada que decir.

Dario la observó en silencio durante unos segundos y Josie vio que se alejaba de ella y de la intimidad que habían compartido unas horas antes.

—Es una novedad que sea yo el abandonado, pero
creo que puedo ayudarte.

—No te entiendo.

—Podrías decir algo así como: «Ha sido fantástico.
Esta noche será un bonito recuerdo, pero es mejor
que cada uno siga por su camino». Eso es lo que intentas decirme, ¿verdad?

En secreto, Josie había esperado que al menos intentase retenerla, pero era evidente que no iba a hacerlo.

«Por favor, que no termine aquí».

«Aún no».

«Deja que disfrute un poco más. Una hora, un día,
una semana».

Pero no servía de nada soñar porque ella sabía
muy bien lo que pasaría si seguía por ese camino. Un
beso más y Dario le rompería el corazón. Después de
haber probado lo que podía darle, era demasiado ava-
riciosa como para volver a confiar en sí misma.

«Porque cuando me haya robado el corazón, me en-
teraré de que está traicionándome como hizo Andy».

—Tienes razón —le dijo, intentando encontrar su
voz—. Ha sido maravilloso, en pasado. Una experiencia más. Pronto me marcharé de aquí, de modo que

sería absurdo pensar que puede haber algo más entre nosotros.

–Muy bien, veo que estás siendo tan sensata como siempre. Es lo que esperaba de ti, Josie.

Al escuchar su nombre, pronunciado con ese precioso acento italiano, su corazón se encogió un poco más.

–Lo tuyo no son las aventuras temporales. Tú no eres así –siguió él, acercándose para apartar un mechón de pelo de su frente en un gesto más condescendiente que romántico–. Pero debo darte las gracias por tu maravilloso regalo de cumpleaños. No se parece a nada que me hayan regalado antes.

Lo había dicho con un tono seco, sin emoción, sin mirarla a los ojos siquiera. Y Josie se quedó totalmente desinflada.

–Me temo que debo irme –anunció Dario entonces, mirando su reloj–. Le prometí a Antonia que la llevaría a Florencia esta mañana. Quiere que la ayude a elegir una cuna para Fabio.

Hablaba con voz ronca, como si tuviera que hacer un esfuerzo para contener el deseo, y eso aumentó el anhelo de Josie. La había hecho suya por la noche y sabía que con una simple caricia volverían a repetir la experiencia, pero era un riesgo demasiado grande. A la luz del día no podría esconderse si Dario la rechazaba.

Además, estaba decidida a aprender de los errores que había cometido en el pasado y a no cometer errores nuevos.

Cuando los dos estaban vestidos, Dario la acompañó al castillo, pero ninguno de los dos dijo una palabra. Ella no podía dejar de pensar que guardaba silencio porque no tenía nada que decirle y esa idea la llenó de desesperación.

Capítulo 10

DARIO estaba sentado en su despacho, mirando el Monet que había comprado la última vez que estuvo en Nueva York mientras pensaba en Josie.

Recordaría la noche de su treinta y tres cumpleaños durante el resto de su vida, pero no con orgullo.

Suspirando, se pasó una mano por la barbilla, haciendo una mueca al tocar el sitio en el que se había cortado con la maquinilla por la mañana. No había sido fácil enfrentarse consigo mismo ante el espejo...

Josie lo afectaba de una forma extraña. Siempre había sido su objetivo amar a las mujeres y dejarlas antes de que alguno de los dos saliese herido.

Dario volvió a hacer una mueca.

La palabra «amor» hacía que sintiera escalofríos, pero había pensado mucho en ella durante las últimas horas. Tal vez porque Josie era diferente en todos los sentidos a las chicas con las que solía salir; chicas que no temían mostrar sus sentimientos.

Instintivamente, siempre había sabido que Josie no era así. Desde luego, no era el tipo de mujer que montaría una escena, por ejemplo.

De nuevo, torció el gesto. Le había dicho adiós a

muchas mujeres en el pasado, pero aquella era la primera vez que una mujer se lo decía a él.

Miró su agenda y, preocupado, comprobó que Josie debía marcharse la semana siguiente. Pensó entonces en su hermoso rostro, en su radiante sonrisa, en su expresión apenada mientras le decía que debían olvidarse el uno del otro.

¿Por qué se preocupaba por su estado de ánimo? Él no entendía de eso. Sin embargo, el deseo de disfrutar de su cuerpo era algo que sí podía entender.

Pero, por alguna razón, no podía olvidar sus palabras: «Pronto me marcharé de aquí».

Era cierto, los dos sabían que había una fecha de despedida desde que se organizó la visita al castillo.

«Pronto me marcharé de aquí, de modo que sería absurdo pensar que puede haber algo más entre nosotros».

Ese acuerdo debería hacer que se sintiera feliz. Después de todo, él mismo se lo había propuesto a muchas mujeres.

¿Por qué no funcionaba en aquella ocasión?

No dejó de darle vueltas al problema hasta que la respuesta le llegó con una simple palabra:

«Nosotros».

Esa palabra era el obstáculo. Él no la había usado desde que Arietta vivía, la última vez que se había sentido parte de una pareja. Pero Josie...

De repente, se dio cuenta de cuál era el problema: Josie los veía como una pareja, no solo como un revolcón de una noche. Y no quería que aquello terminase, como no lo quería él.

Al pensar eso, su pulso se aceleró. Su cuerpo volvió a la vida y, de repente, experimentó una oleada de angustia al imaginarla con otro hombre. La fuerza de su reacción lo sorprendió. De hecho, lo aterrorizó.

Nervioso, intentó recordar el rostro de Arietta y no pudo hacerlo. Se concentró fieramente, recordando cuánto la había amado y lo responsable que se sentía de su muerte...

Josie había hecho bien en irse, pensó. Porque él no podía ofrecerle más que una aventura.

Ignorando la vocecita que le pedía que volviera a tenerla entre su brazos, intentó pensar en los asuntos de la finca.

Un día después, con la cabeza baja, Josie iba hacia el viejo molino de aceite. Ni siquiera el trabajo era capaz de hacer que dejara de sentirse avergonzada por su comportamiento después de la fiesta.

¿Cómo podía haber sido tan tonta? Su padre y Andy habían prometido quererla, pero los dos la habían dejado. Y un rico playboy no iba a ser diferente, al contrario. Estaba engañándose a sí misma.

El trabajo había sido su salvación hasta ese momento y se había convencido a sí misma de que era lo único que necesitaba. Pero un solo beso de Dario di Sirena y todas sus defensas se habían ido abajo. En cuanto tomó su mano en la fiesta, Josie había sabido que no podría haber otro hombre para ella, ni aunque viviera hasta los cien años.

Sin embargo, tenía que enfrentarse con la realidad: Dario tenía reputación de Casanova y un hombre con esa fama no se conformaba con una sola mujer. Tal vez había hecho el papel de honorable conde a la perfección mientras la llevaba de vuelta al castillo, pero solo era eso, un papel. Josie sabía muy bien que los hombres podían darse la vuelta y olvidar sus promesas en un segundo.

El estilo de vida de Dario, con admiradoras dando vueltas a su alrededor como tiburones, dejaba claro que no había sitio en su vida para ella. Nunca se quedaba con nadie demasiado tiempo, ¿por qué iba a ser ella diferente?, se preguntó, enfadada consigo misma.

Tenía que terminar con aquello antes de que le rompiera el corazón. La semana siguiente se habría ido y él no recordaría lo que había ocurrido entre ellos. En un mes, ni siquiera recordaría su nombre. Pero ella lo recordaría para siempre.

No había más salida que concentrarse en el trabajo y olvidarse de él. Solo faltaba una semana para volver a Inglaterra y lo mejor que podía hacer era bajar la cabeza e intentar hacerse invisible.

Necesitaba desesperadamente confiarle sus problemas a alguien, pero era imposible. Antonia era compresiva, pero entre su hermano y su mejor amiga, estaba claro a quién iba a elegir y Josie no quería ponerla en esa situación.

De modo que se dedicó a trabajar, tan lejos de Dario como era posible. Pero, aunque estaba decidida a proteger su dolido corazón, no podía dejar de pensar en él día y noche.

Cuando la falta de concentración hizo que rompiese la piedra que estaba intentando limpiar, Josie tiró a un lado el cepillo, disgustada. Mientras estuviera allí, Dario dominaría sus pensamientos y la distraería de su trabajo. Solo había una solución al problema y era hora de tomar una decisión.

Podía acortar el viaje y volver a casa de inmediato o podía aceptar lo que sentía por él.

«Supuestamente, soy una adulta razonable. ¿Por qué no puedo aceptarlo y dejar de portarte como una colegiala enamorada?».

La respuesta a esa pregunta era muy fácil: deseaba a Dario, pero le daba miedo desearlo. Darle tanto poder sobre sus emociones era ir demasiado lejos.

Si fuera lo bastante fuerte como para decirle adiós... pero no, aún no.

Un remedio desesperado apareció en su mente entonces. Tal vez sencillamente podía bajar la guardia durante unos días. Solo hasta que se fuera del castillo. Podía disfrutar de Dario unos días más, pero habría un límite de tiempo y los dos lo sabrían.

Podría disfrutar del encanto de Dario, de sus caricias y sus besos, pero se iría antes de que le rompiese el corazón. Ninguno de los dos haría promesas; solo sería un incidente maravilloso que había ocurrido durante su estancia en el castillo Di Sirena.

Otras personas tenían aventuras de verano todo el tiempo y no se morían de pena cuando volvían a casa, ¿no?

¿Por qué no podía ella tener una aventura mientras tuviese claro que solo era eso? Si Dario podía hacerlo, ella también. Ninguno de los dos esperaba que aquello fuese algo más que un encuentro casual.

Eso era lo que debía recordar.

Después de convencerse a sí misma, Josie guardó

sus herramientas en la bolsa y fue a buscar a Dario antes de que algo la hiciese cambiar de opinión.

Dario estaba en su estudio, trabajando en un retrato, pero el boceto a carboncillo que había hecho no le gustaba y, en un acto de desesperación, había intentado pasarlo directamente a tela, esperando inspirarse de ese modo.

Pero el retrato no era lo que él pretendía.

Suspirando, se había vuelto para mojar un paño con aguarrás, dispuesto a intentarlo de nuevo, cuando la puerta del estudio se abrió y Josie asomó la cabeza.

Dario tragó saliva, pero intentó disimular.

–Qué inesperada sorpresa. Estaba empezando a pensar que intentabas evitarme.

Ella se ruborizó y Dario supo que eso era exactamente lo que había estado haciendo.

Pero enseguida vio que erguía los hombros en un gesto de determinación para entrar en el estudio, mirando alrededor más que a él.

Aquel era su territorio, su sitio especial, con una atmósfera que olía a pintura, a óleo, a aguarrás. Era un sitio en el que se sentía seguro, pero evidentemente ese no era el caso de Josie.

–¿Quieres ver mi último trabajo? –le preguntó.

Ella se acercó, pero sin la confianza de otras veces, y al ver el retrato que estaba a punto de borrar se quedó mirándolo, sorprendida. Incluso a medio terminar, el retrato era claramente una mujer de pelo oscuro...

Ella debía de saber de quién se trataba, pensó Dario. Y su mirada era tan directa que lo hacía sentir incómodo.

—Es Arietta, ¿verdad?

—Supuestamente debía ser ella, sí. Pensé que merecía un sitio en la galería de retratos de la familia. Después de todo, si no hubiera muerto, se habría convertido en mi esposa.

Josie no dijo nada y Dario clavó en ella una penetrante mirada.

—¿No vas a preguntarme por Arietta?

—Tú me lo contarás si quieres, imagino —respondió ella—. A mí no me gusta hablar de mi pasado, de modo que no suelo hacer preguntas.

Él asintió con la cabeza.

—Nos conocimos durante el último año de universidad... —empezó a decir.

Pero no podía encontrar palabras para explicar lo que había sentido, cómo se habían enamorado desde el momento que se vieron. Había sido algo mágico, perfecto, hasta que la vida real empezó a poner obstáculos. Mirando atrás, se preguntaba cómo habrían pasado del idealismo de la universidad al día a día, pero ya no lo sabría nunca.

—Una noche nos peleamos por una estupidez —siguió—. Según Arietta, yo pasaba demasiado tiempo pintando en lugar de estar con ella. Había tormenta, pero estaba decidida a marcharse, de modo que subió a su coche y arrancó a toda velocidad. Yo fui tras ella, intentando detenerla... los dos conducíamos a toda velocidad, pero su coche patinó y cayó por un terraplén.

Dario esperó la habitual punzada de dolor que

sentía cuando pensaba en esa terrible noche. Siempre, hasta aquel día. Y frunció el ceño, sorprendido, cuando la punzada de dolor no fue tan insoportable como de costumbre.

Josie no dijo nada.

Además de todo sabía escuchar, pensó.

–Murió de camino al hospital.

–Lo siento mucho.

–Sí.

Ella pareció sorprendida ante su automática respuesta y Dario se dio cuenta de que debía de haber sonado frío y despreocupado.

Probablemente, esperaba que se mostrase más traumatizado. Y lo había estado durante años, pero de repente...

Lo que eso significaba estaba claro, pero sabía que sería difícil vivir con ello. Se preguntó si seguir hablando podría distanciarlo aún más del pasado...

–Estuvo a punto de destruirme –empezó a decir, vacilante. Aunque quería contárselo. Sentía como si estuviera descargándose, liberándose de un viejo dolor–. Durante años, no pasó un solo día en el que no pensara en ella. Después de todo, conocer a Arietta fue un momento definitorio en mi vida. Cuando murió, intenté llenar el vacío que ella había dejado, pero nunca funcionó. Nada podía compararse con la felicidad que sentía estando con una mujer que me entendía tan bien como ella –Dario esbozó una sonrisa triste–. Su recuerdo se quedó conmigo, pero ha empezado a desvanecerse. Poco a poco, día a día, empiezo a sentir que la estoy perdiendo. Al principio, heredar el castillo y la finca me mantuvo ocupado. Tenía tantas cosas que hacer que no podía pensar en ella continuamente. Pero ahora... cuando intentó recordarla, Arietta se aleja de mí.

Josie contenía el aliento mientras lo escuchaba. Lo sabía porque él estaba haciendo lo mismo.

–He luchado todo lo que he podido –siguió–. Y ahora... he intentado pintar el retrato de Arietta tal y como la recuerdo, pero no me sale. He trabajado, me he esforzado, pero es imposible. No puedo pintarla.

Dario miró la tela un momento, pasándose una mano por la cara en un gesto de angustia, y sin poder evitarlo, Josie dio un paso adelante para abrazarlo.

–No, por favor... estoy segura de que Arietta no querría que fueses desgraciado.

Él bajó la mano abruptamente. Sus ojos estaban secos, pero turbulentos como nunca.

–¿Cómo puedes saber eso?

Josie dio un paso atrás.

–No, claro. Lo siento, yo no tengo ni idea. ¿Cómo iba a tenerla? Y sin embargo, estoy segura de que ella no querría verte infeliz, viviendo una vida llena de amargura.

–Eso es exactamente lo que Arietta me dijo una vez, hace años.

Dario se quedó inmóvil un momento y después sacó una vieja fotografía de la cartera que colocó al lado del cuadro.

–¿Ves el parecido?

Josie miró del cuadro a la fotografía.

–Pues...

–Mi retrato no se parece nada a la chica de la fotografía, ¿verdad?

—Lo estás haciendo de memoria.

—Exactamente.

Dario miraba la fotografía con una expresión indescifrable.

Pero, al contrario que la fotografía en blanco y negro, su cuadro era a color y Josie pensó que sería una asombrosa coincidencia que Arietta hubiese tenido los ojos del mismo color verde que ella. Y en cuanto al vestido verde... en la fotografía parecía más bien blanco. Sin embargo, el vestido que ella llevó a la fiesta era de color verde.

Algo importante estaba pasando y solo podía preguntarse dónde iba a llevarlos.

Por fin, Dario colocó la fotografía sobre la mesa y se volvió hacia ella. Y, afortunadamente, vio que estaba sonriendo.

—Bueno, ahora ya conoces mi historia. ¿Cuál es la tuya?

Josie no podía recordarla. Unos minutos antes había estado absorta en sus propios problemas, pero los había olvidado al comprobar que los de Dario eran mucho más trágicos.

—No es nada tan serio, pero, si quieres que sea sincera, me siento fatal desde tu cumpleaños y quiero aclarar las cosas entre nosotros. De verdad lo pasé muy bien en la fiesta... y después.

No pudo evitar ponerse colorada y Dario esbozó una sonrisa, inclinando la cabeza para agradecer el cumplido.

—Pero a la mañana siguiente me sentía tan incómoda que no sabía cómo reaccionar. Era la primera vez que hacía algo así.

–Lo sé.

–No quería que pensaras que me debías algo o que yo esperaba algún tipo de compromiso por tu parte.

–Tú dejaste eso perfectamente claro, no te preocupes –dijo él entonces–. Entiendo y respeto tu decisión. Lo entendí entonces y lo entiendo ahora –añadió, tomando la fotografía de Arietta para guardarla de nuevo en su cartera–. No pasa nada. Todo está bien entre nosotros.

A Josie no se lo parecía y se ruborizó aún más.

–Sé que debiste de quedarte sorprendido.

Si le hablaba a Dario de sus sentimientos y no eran correspondidos, querría que se la tragase la tierra. Si él la rechazaba, el dolor sería terrible. Y, sin embargo, sabía que debía aprovechar el momento o al menos intentarlo. De otro modo, no se perdonaría a sí misma por ser una cobarde.

–No hay ninguna razón para que no seamos... amigos durante el resto de mi estancia aquí –dijo por fin.

Dario se volvió para limpiar sus pinceles.

–Por supuesto que sí. Pero vamos a dejar algo absolutamente claro: no quiero que ninguno de los dos resulte herido.

Josie tardó un momento en responder:

–Los dos somos adultos, ¿no?

–Desde luego que sí –respondió él, volviéndose de nuevo–. Pero tú llevarás la iniciativa en todo momento. No quiero que lamentes nada.

Sus palabras eran suaves, pero había tal tensión en su rostro que daba la impresión de ser un predador capaz apenas de contenerse.

Josie no podía hablar, de modo que se limitó a asentir con la cabeza.

Dario se volvió de nuevo para disimular su agitación y empezó a limpiar la tela mientras ella lo observaba, extrañamente aliviada al ver que borraba la imagen de Arietta.

−¿Qué vas a pintar ahora?

−Aún no lo he decidido.

−Entonces, ¿qué tal si me pintas a mí? −sugirió Josie.

Dario se volvió con una sonrisa en los labios. Y esa sonrisa era como el sol saliendo entre las nubes.

−¿En serio?

Ella vaciló un momento, pero por fin asintió con la cabeza.

−Claro.

−Entonces sí, me encantaría pintarte. Y creo que me gustaría pintarte con el vestido que llevaste a la fiesta. Esa túnica verde que cubría mi maravilloso regalo.

Mirando la hermosa vista desde el estudio, Josie fingió pensarlo un momento, pero no podía pensar. Su mente estaba llena de imágenes mucho más seductoras que cualquier paisaje.

−La cremallera del vestido está en la espalda, así que puede que necesite tu ayuda para ponérmelo y quitármelo −musitó por fin, sin dejar ninguna duda sobre quién estaba llevando la iniciativa en ese momento.

Mientras las últimas golondrinas cruzaban el cielo, Dario dio un paso hacia ella y cuando la tomó por la cintura Josie cerró los ojos.

−¿Por qué no dejas que te ayude por una vez? −susurró.

El roce de su aliento en el cuello la hizo sentir un escalofrío. Lo deseaba con una urgencia que no podía contener.

No podía y no quería resistirse.

El primer beso fue lento, pausado, casi tentativo. Y cuando abrió los ojos y se encontró mirando por encima de su hombro el retrato medio borrado de Arietta se heló la sangre en sus venas.

−¿Tienes frío? −le preguntó Dario al notar que temblaba.

−No, debe de ser la brisa del jardín que entra por la ventana. Podrías cerrar las persianas −susurró ella.

Dario lo hizo y cuando se volvió, Josie intentó reunir valor para decirle la verdad.

−Te deseo.

Él la miró, sin dejar de sonreír, pero el brillo de sus ojos se había vuelto intenso como un volcán.

−Esta es tu última oportunidad para cambiar de opinión.

−Te deseo ahora mismo, no importa dónde estemos −respondió Josie, con voz ronca.

−Eso es exactamente lo que yo estaba pensando, *cara mia*.

Deseando tocarla, deslizó las manos por sus hombros y, por fin, levantó sus manos para besar sus dedos en un gesto reverente. Pero Josie decidió tomar el control como había prometido y empezó a desnudarlo, haciendo un esfuerzo para tomarse su tiempo.

Mientras lo hacía, Dario la acariciaba por todas partes. Podía oírlo contener el aliento y se dio cuenta de que estaba luchando contra el deseo de llevar el control. Sabiendo que ese era un poderoso afrodisíaco,

Josie deslizó la camisa por sus anchos hombros; el frufrú de la tela tan excitante que empezó a hacer cosas que no había hecho nunca.

–Estando contigo, mi experiencia anterior no cuenta para nada –susurró Dario.

–Tú no sabes lo que significa para mí que digas eso.

Ser capaz de darle placer era la sensación más erótica que Josie había experimentado en su vida y cuando la aplastó contra su pecho no hizo nada para impedirlo. Quería ser suya y al demonio con las consecuencias.

–Eres divina –sus palabras eran tan seductoras como la urgente presión de su cuerpo–. *Dio*, eres todo lo que quiero en una mujer. Te deseo tanto...

También ella lo deseaba, con una pasión tan intensa que casi la asustaba.

Dejando escapar un gemido de anticipación, Dario la tumbó sobre el sofá de terciopelo en el centro del estudio y la poseyó. Hicieron el amor rápidamente, con fiera intensidad, y Josie supo que a partir de aquel momento no podría encontrar la felicidad sin aquel hombre.

Cuando notó que él no podía seguir conteniéndose, lo abrazó con tanta fuerza que se sentía parte de su cuerpo. Y, como respuesta, Dario lanzó un grito de placer y desahogo.

Capítulo 11

DURANTE los días siguientes, Josie perdió la noción del tiempo. Estaba entre los brazos de Dario y eso era lo único que le importaba. En ese momento, estaba completamente absorta en sus sentimientos por él y en la fascinación que Dario sentía por ella.

Se convertían en uno cada noche, pero Josie sabía que había un tiempo límite para su felicidad. Tenía que ponerse a trabajar, retomar el proyecto que la había llevado hasta allí antes de volver a Inglaterra.

Una mañana, Dario agarró su mano cuando intentaba levantarse de la cama y besó apasionadamente la delicada piel de su muñeca. Josie dejó escapar un gemido, intentando resistirse a la tentación.

–Tengo que trabajar.

–¿No quieres volver a la cama un rato?

Tenía que trazar una línea divisoria entre las dos partes de su vida: el placer y el trabajo. Pero resultaba tan difícil...

–Tengo que irme, en serio.

Dario la soltó, pero cuando se inclinó para darle un beso de despedida, él estuvo a punto de persuadirla para que se quedara besándola con tal pasión que la dejó sin aliento.

–Debo irme –protestó, riendo. Aunque su corazón quería quedarse allí para siempre.

Mientras observaba a Josie salir de la habitación, Dario experimentaba una mezcla de sentimientos. Su cuerpo la deseaba más que nunca, pero su cerebro había perdido la dirección, el control. Ella era tan diferente a las demás mujeres que conocía. Las demás siempre empezaban a perder su atractivo en el momento en el que había satisfecho su deseo.

Eso no había ocurrido con Josie, al contrario. Cada día le parecía más irresistible y empezaba a resultarle difícil saber dónde empezaba ella y dónde terminaba él. Habían sido inseparables desde el momento en que ella entró en su estudio esa mañana y Dario ya no sabía cómo iba a terminar esa aventura.

Mirando por la ventana de su habitación, vio un grupo de palomas picoteando en el patio. Josie debía de haberles tirado un cruasán antes de irse a trabajar, como solía hacer.

Mientras lo pensaba, una pluma voló por el aire, movida por el viento.

Qué curioso, pensó, mientras decidía ir a visitarla. Aquella aventura había empezado porque quería mantenerla a distancia, pero en aquel momento sentía como si fuera montado sobre esa pluma, viajando entre el cielo y la tierra.

Era una aventura que Josie pensaba terminaría la semana siguiente. De hecho, la oía suspirar cada vez que abría su agenda...

Dario tuvo una idea entonces. Ella le había hecho

el perfecto regalo de cumpleaños, pero él había decidido darle una sorpresa aún mayor.

El trabajo era una constante en la vida de Josie. Algo de lo que no se cansaría nunca, especialmente sabiendo que era lo único que le quedaría como consuelo cuando Dario no fuese más que un doloroso recuerdo.

Dario.

Suspiraba solo con recordar su nombre. Era un hombre irresistible para ella.

Pasaba las noches entre sus brazos y su pasión la despertaba cada mañana. Él la animaba a relajarse, a ser ella misma, y su relación era tan buena que incluso la había convencido para que lo acompañase cuando iba a visitar a sus amigos.

Dario tenía una red de contactos formidable y le había presentado a amigos que tenían fincas privadas con ruinas espectaculares, muchas de las cuales no habían sido estudiadas nunca. Algunos habían prometido dejar que llevase allí a sus alumnos, de modo que debía empezar a preparar esas visitas educativas.

Dario la había sorprendido interesándose por su trabajo. En lugar de llevarla de terraza en terraza para tomar cócteles solía ir con ella a la excavación y se quedaba a su lado, ayudándola a limpiar piedras, cavando o haciéndole preguntas.

Pero Josie sabía que aquello no podía durar. Cuando su visita al castillo Di Sirena terminase se marcharía como las golondrinas y Dario no la seguiría. La olvidaría en cuanto el frío del otoño hiciese olvidar el verano...

Un día antes de su regreso a Inglaterra, Josie estaba en la excavación cuando sonó su móvil. Dario se había quedado pintando en el estudio, de modo que esperaba su llamada y contestó de inmediato.

Con un poco de suerte le diría que iba hacia allí...

—¡Josie!

Pero no era la voz que esperaba escuchar.

—Hola, James —respondió, intentando disimular su decepción al saber que era el administrador de la facultad—. Me temo que estoy en Italia en este momento, así que no puedo comprarte boletos para la rifa de la facultad.

—Sé dónde estás, por eso te llamo. Tengo buenas noticias.

Josie frunció el ceño. Ella sabía que a James solo le interesaba el dinero que entraba y salía de la facultad.

—No me digas que ha tocado la lotería en la universidad.

—No, no, pero algo parecido. Recuérdame cuánto dinero has pedido para tus viajes de investigación.

—Eso depende... aún no he hecho la petición formal. Además, sé que no hay dinero.

—¿Por qué no piensas en una cifra y la doblas?

Allí ocurría algo y solo había una manera de saberlo, de modo que Josie mencionó una cifra altísima.

—Sesenta mil libras.

—¿Nada más? —el administrador parecía decepcionado–. ¿No podrías redondearlo a cien mil, tomando en cuenta transportes, alojamiento, gastos inesperados, etc...?

–Pues claro –dijo ella, sarcástica–. Soy tan frugal que es una pena que no decidiera presentarme a las elecciones.

El hombre soltó una carcajada.

James nunca se reía de sus bromas, pensó Josie entonces. Consumida por la curiosidad, le preguntó:

–¿Por qué solo cien mil? ¿Por qué no pedir doscientas mil libras?

–Bueno, bueno, tampoco hay que pasarse –el administrador soltó una risita–. El conde Di Sirena está siendo muy generoso al dejar que tú pongas la cantidad.

Josie se quedó helada.

–¿Qué?

–El conde está tan impresionado con el trabajo que haces en su finca que quiere patrocinar una ampliación. Cree que beneficiará a la economía local, así que está dispuesto a financiar tu estancia en Italia durante el tiempo que sea necesario.

–¿No me digas?

–Sí te digo. Hemos estado charlando por teléfono y me ha parecido un tipo muy agradable.

–Encantador.

–Me ha dicho cuánto disfruta viéndote trabajar en la finca. Está muy interesado en tu trabajo, Josie.

–Ya.

–Parecía temer que los problemas presupuestarios de la universidad destrozasen tus ambiciones profesionales.

–¿Preocupado? Seguro que sí –dijo ella, intentando contener su enfado–. Pero necesito hablar de este asunto con el propio conde antes de decirte nada –anunció luego, sabiendo que la única cifra que aceptaría de Dario era un cero bien redondo.

Dario estaba en su oficina, contemplando el Monet que colgaba de la pared, cuando la tranquilidad fue rota por un torbellino humano.

–¿Se puede saber qué crees que estás haciendo? –le espetó Josie, cerrando de un portazo.

Era evidente que estaba enfadada. Más que eso.

–Pensar en ti no es la repuesta que esperas, evidentemente –respondió, con una sonrisa en los labios. Esperaba que le diera tiempo para explicarse, pero estaba equivocado.

–¿Cómo te atreves a alargar mi estancia en el castillo sin consultar conmigo? ¿Y cómo te atreves a hablar con el administrador de la facultad sin antes pedirme permiso?

–Josie...

–He tenido que suplicar cada céntimo para venir aquí y cuando empiezo a acostarme contigo, de repente el dinero cae en mis manos por arte de magia. ¿Cómo crees que eso me hace sentir?

Sorprendido por su reacción, pero decidido a no demostrarlo, Dario entrelazó los dedos sobre la mesa, pensativo.

–Agradecida no, eso ya lo veo.

–No quiero tener que depender de nadie más que de mí misma. Tú estás intentando que dependa de ti.

–Pensé que me conocías mejor –replicó él–. Creo que te entiendo bien, Josie. Sé que eres buena en tu trabajo y que mereces toda la ayuda posible, pero también sé que has tenido que suplicar para que la facultad financiase este viaje porque los fondos son limitados y nunca te darán lo que necesitas. Yo tengo más dinero del que puedo gastar, de modo que para mí la respuesta es evidente.

Ella apoyó las manos sobre su escritorio, mirándolo directamente a los ojos.

–Eres un hipócrita. Y a saber cómo me habrás hecho quedar delante de mis colegas.

Dario se levantó de golpe, haciendo que Josie diera un paso atrás.

–¿Qué tienen ellos que ver con lo que hay entre nosotros? En cuanto a llamarme hipócrita... *maledizione!* Esos fondos para tu proyecto podrían significar que te quedases más tiempo. Tú no quieres irte mañana y tampoco yo quiero que lo hagas. ¿Qué hay de hipócrita en querer que te quedes? Estoy intentando ayudarte... ¿hay algo malo en eso?

–¿Y por qué no lo has hablado conmigo?

–Si dejas de gritar, podremos hablar de esto como adultos...

–¡Entonces, trátame como a una adulta!

–Escúchame, Josie: al principio, pensé que eras demasiado delicada para estar conmigo, pero ahora entras aquí furiosa como una hidra... si quieres que te diga la verdad, mi intención era compensarte por cómo te traté el día de mi cumpleaños. ¿Tan horrible es lo que he hecho?

–¡Antes de hacerlo deberías haberme consultado!

—¿Cómo puedes enfadarte de ese modo porque tenga intención de ayudarte?

—Yo quiero estar a cargo de mi vida y decidir cuándo me voy y cuándo me quedo en algún sitio. Y ofreciendo dinero para retenerme aquí hace que me sienta... vulgar —Josie no se atrevía a decir la palabra en voz alta, pero estaba claro cuál era la que tenía en mente.

Dario se quedó boquiabierto.

—¿Cómo puedes decir eso? Yo nunca pagaría a una mujer por acostarse conmigo.

—No tendrías que hacerlo. Tienes poder, prestigio, influencia, todo lo que querrían muchas mujeres.

—Tú no, evidentemente.

—Yo soy mi propia persona. Y me ha costado mucho serlo.

Haciendo un esfuerzo supremo, Dario apartó la mirada de su rostro. Era curioso que cada detalle estuviera grabado en su mente, desde el brillo de sus ojos al hueco entre sus dientes superiores o cómo se apartaba el pelo de un manotazo cuando estaba enfadada o nerviosa...

—Se terminó, Dario. No quiero seguir siendo tu amante.

Eso sí fue una sorpresa para él.

—No recuerdo haberte pedido que fueras mi amante. Y no sabía que tú creyeras serlo.

—¿Qué otra cosa soy? Tú querías mi cuerpo y yo quería el tuyo —Josie se puso colorada—. Los dos sabíamos que esto tenía que terminar tarde o temprano. Por eso aceptamos disfrutar mientras durase...

–Y lo estamos pasando bien, ¿no? ¿Por qué no quieres quedarte un poco más?

«Porque estoy enamorada de ti».

–Esto no tiene que ver con la duración de mi estancia aquí. ¿Es que no te das cuenta de lo que has hecho?

–¡No! –exclamó Dario.

–Me he esforzado tanto por conseguir el dinero que necesito para mis investigaciones... he suplicado durante meses, pero nadie me tomaba en serio. Y entonces apareces tú y ya está, ningún problema. No te das cuenta de cómo me hace sentir eso... no lo entiendes. No lo entenderás nunca.

De repente, Josie empezó a llorar de frustración y Dario apretó los labios, sin saber qué hacer. La única persona a la que había visto llorar era su hermana y le parecía tan sorprendente que tardó en reaccionar.

La tomó entre sus brazos con intención de consolarla, pero eso la hizo llorar aún más y Dario se preguntó cómo iba a solucionar aquella situación. De algún modo, y si quería despedirse de ella amistosamente, debía recordarle la pasión que sentían el uno por el otro.

–Esto es imposible...

–¿Por qué dices eso? ¿Qué es imposible?

–Cada vez que dejo que alguien se meta en mi corazón acaba en fracaso –Josie suspiró, secándose las lágrimas con una mano–. Primero mi padre se marchó, luego mi prometido y ahora tú estás intentando tenderme una trampa.

–Eso no es cierto, Josie.

–Ni siquiera el trabajo puede salvarme esta vez –siguió ella, angustiada–. Yo era feliz aquí mientras había un tiempo limitado para mi estancia porque eso significaba que no debía preocuparme del futuro. No hay un futuro para nosotros, Dario. Pero ahora tú has alargado mi estancia en el castillo...

–Pero eso es bueno, ¿no?

Sorbiendo por la nariz, Josie puso las manos sobre su torso para mirarlo a los ojos. Era hora de ser absolutamente sincera.

–No, no lo es.

–¿Por qué?

–¿Es que no lo entiendes? Se supone que esto era solo una aventura temporal y que luego yo volvería a Inglaterra... me he acostado contigo porque nuestra relación tenía una fecha de caducidad y me convencí a mí misma de que podía lidiar con eso. Pero ahora tú has cambiado las reglas y... ¿cómo crees que me siento?

–Francamente, no lo sé –respondió Dario, desconcertado.

Josie apretó los dientes.

–Es un desastre para mí. Tú encontrarás a otra mujer, como hizo Andy. La única diferencia es que esta vez yo sabré qué va a pasar. Será como esperar que estalle una bomba.

–Josie, no...

–Me dejarás tarde o temprano y yo haré lo que hice cuando Andy me dejó: alejarme de todo el mundo, esconderme.

–¿Cómo puedes decir eso? No puedes alejarte de la gente, todo el mundo te quiere.

–No, no es verdad. Tú no me quieres y no me querrás nunca.

Dario se daba cuenta de que estaba haciendo un esfuerzo para no llorar.

–Pero piensa en todo lo bueno que te espera cuando vuelvas a Inglaterra –le dijo, intentando esconder su angustia.

Le había parecido una idea brillante, pero estaba claro que Josie no pensaba lo mismo.

Su habitual precaución lo había desertado y, como consecuencia, Josie estaba sufriendo. Y, aunque querría consolarla, no sabía cómo.

Olvidando sus propios sentimientos, intentó salvar la situación de alguna manera.

–Si tienes más tiempo para trabajar en tu excavación, podrías encontrar todos esos objetos romanos con los que sueñas.

Ella negó con la cabeza.

–Si la facultad confiase en mí, me habrían dado el dinero que pedí. Y tú no tendrías que pedirlo a mis espaldas.

–No digas eso. Mi intención no era pedirlo a tus espaldas, sino darte una sorpresa. Solo hay una razón por la que no te dieron el dinero que pediste, Josie: que no lo tienen –insistió Dario–. Por eso se mostraron tan encantados con mi oferta.

–Ya, claro.

–Todos me han hablado muy bien de ti y sé que les habría encantado darte más fondos si los tuvieran. De hecho, antes de que llamase yo, les preocupaba que te fueras a otra facultad con más recursos. Me lo dijo el propio administrador.

–Te lo estás inventando –dijo Josie.

–No, es verdad. ¿Un playboy infiel como yo mentiría sobre algo tan serio?

Josie lo miró en silencio durante unos segundos.

–Podrías hacerlo para salvar la cara.

Dario hizo una mueca.

–Te respeto demasiado como para mentirte.

Los dos se quedaron callados un momento.

–Quiero creerte, pero... –Josie no terminó la frase.

–No quería disgustarte, te lo prometo. Lo único que quería era darte una sorpresa y pensé que te haría feliz. Eres amiga de mi hermana y...

Horrorizada, Josie volvió a echarse a llorar.

–¿Qué te pasa ahora? ¿Por qué lloras?

–¿Es que no lo sabes?

Dario negó con la cabeza y eso la hizo llorar más.

–Gracias a ti, tengo que volver a Inglaterra ahora mismo.

–Pero ¿por qué? No entiendo por qué no puedes quedarte.

–¡Porque te quiero! –exclamó ella–. Pero sé que yo no te importo y que me dejarás tarde o temprano. ¡Me romperás el corazón y no podré soportarlo! –Josie se apartó de su abrazo para salir del estudio como una tromba.

Dario se quedó atónito.

Evidentemente, se había equivocado de medio a medio, pero no sabía cómo arreglarlo. Tuvo que contener el desesperado impulso de ir tras ella porque no sabía qué decir o qué hacer. La horrible sospecha de que hiciera lo que hiciera solo empeoraría la situación lo mantuvo atrapado en su estudio.

Pensó entonces en el retrato de Josie, con su vestido verde. Seguía incompleto porque el trabajo había sido interrumpido tan a menudo por el deseo que sentían el uno por el otro...

Y ya no podría terminarlo, pensó, sintiendo una punzada de dolor al darse cuenta de que aquello era una catástrofe.

«La he perdido como perdí a Arietta».

Ese nombre fue como una flecha en su corazón, pero en cierto modo lo esperaba. Y no era dolor lo que sentía; al contrario, acababa de tener una revelación.

Una vez de vuelta en su habitación, Josie se vistió, hizo las maletas a toda prisa y dejó una nota pidiendo que embalaran su equipo y lo enviasen a Inglaterra.

Lo último que hizo fue sacar el precioso vestido verde de su percha. Josie lo miró durante largo rato antes de envolverlo en papel satinado y doblarlo cuidadosamente para su viaje de vuelta a casa. Curiosamente, dejar atónitos a todos sus colegas de la universidad durante el baile era lo último que la interesaba en ese momento.

Lo único que quería era alejarse de Dario lo antes lo posible.

Arietta nunca le hubiera hablado así, pensaba Dario, inquieto.

Josie y ella eran tan diferentes. Para empezar, ella nunca habría soportado que pensara en otra mujer.

Recordaba cómo se habían peleado la noche que murió...

Si la hubiese dejado marchar en lugar de ir tras ella, tal vez Arietta no habría pisado el acelerador esa noche de tormenta. Tal vez no habría muerto y entonces su vida hubiera sido muy diferente.

«Y no estaría aquí, intentado resistirme a la tentación de ir tras Josie para contarle la verdad», pensó amargamente.

Saber que estaban en el mismo edificio, pero separados por un abismo de incomprensión le resultaba insoportable.

Abandonando el trabajo porque no podía concentrarse, fue a su estudio y le dio la vuelta al retrato sin terminar, poniéndolo de cara a la pared.

Luego empezó a limpiar metódicamente sus pinceles y brochas. La única alternativa era arriesgarse a buscar a Josie y sabía que no habría ganadores en esa pelea.

Él era el décimo conde Di Sirena y los aristócratas no suplicaban. Sus ancestros se regían por la espada y no le temían a nadie.

Pensó entonces en la expresión desafiante de Josie y, de repente, se echó a reír.

Era valiente, eso desde luego. Menuda condesa podría haber sido.

Pero la sonrisa desapareció entonces de sus labios porque amar a otra mujer era algo de lo que Dario se había convencido a sí mismo podía prescindir. Dejar entrar a otra mujer en su vida significaría revivir la agonía que había sufrido con Arietta y no podía hacerlo.

Si lo hacía, algún día perdería también a Josie y no podría soportarlo.

—¡Como si vivir así fuera mejor! —gritó entonces, tomando lo primero que encontró a mano para lanzarlo contra la pared.

Era una caja de lápices, que golpeó la pared enviando lápices y trozos de madera en todas direcciones. La explosión hizo que Dario recuperase el sentido común.

¿Qué estaba haciendo?

Sorprendido consigo mismo, se acercó a la pared para recuperar los lápices y, al hacerlo, pasó por la ventana, mirando el paisaje que conocía tan bien.

Durante cientos de años, sus antepasados habían luchado y muerto por aquellas hectáreas de terreno. Si hubieran tenido miedo, los Di Sirena no serían una familia tan antigua; habrían desaparecido mucho tiempo atrás y él no estaría disfrutando de esa mezcla de responsabilidad y despreocupación que era su vida. Esos guerreros habían vivido al máximo y al demonio con el mañana...

Josie era tan valiente como cualquiera de ellos y, negándose a arriesgar su corazón por segunda vez, Dario sabía que la había perdido.

Despedirse de Josie fue un disgusto para Antonia, pero su amiga era demasiado discreta como para hacer preguntas. Toni había estado unos días en la finca de una amiga y, aunque debía de saber que había algo entre Dario y ella, jamás había hecho el menor comentario.

Su viaje de regreso a Inglaterra fue organizado desde la oficina del castillo con gran eficacia: desde el papeleo al coche que la llevaría al hangar del avión privado con el que contaba la familia Di Sirena, donde estaba esperando en ese momento.

Cuando todo estuvo organizado, la ira y la desesperación que la habían obligado a marcharse de allí a toda prisa había desaparecido, dejando en su lugar una sensación de tristeza. Josie había temido que eso ocurriera y la pesadilla se había hecho realidad.

¿Por qué había sido tan tonta como para caer bajo el hechizo de Dario?

Porque esperaba que la historia no se repitiera, pensó amargamente. El mismo error que había cometido con Andy. El mismo que cometían tantas otras mujeres.

Y Dario ni siquiera se había molestado en despedirse de ella.

Angustiada, sacó un pañuelo del bolso para enjugar sus lágrimas, incapaz de creer que el hombre que la había hecho sentir como una mujer por primera vez en su vida pudiese hacerle tanto daño.

Intentando olvidarse de él, se dedicó a hurgar en su bolso para comprobar que no había olvidado nada en el castillo. Después, contó los billetes que llevaba en la cartera, comprobó su agenda... pasaron unos minutos, pero el piloto que debía llevarla de vuelta a Londres no aparecía.

Cuando escuchó un murmullo de voces levantó la cabeza, alegrándose de la distracción. Varios hombres hablaban entre ellos de manera agitada a un lado del hangar y Josie prestó atención para saber qué ocurría...

Solo pudo entender unas cuantas palabras, pero fueron más que suficientes para asustarla.

Aparentemente, Dario estaba a punto de llegar.

Debía de haber dado órdenes para que el piloto no despegase y Josie nunca se había sentido más furiosa o más sola.

En el peor momento posible, escuchó el pitido de un mensaje de entrada en su móvil y, dejando escapar un suspiro, lo leyó.

Era de Dario y las dos sencillas palabras tuvieron el mismo efecto que un golpe en la cabeza. Totalmente absorta en el desconcertante mensaje, se levantó, aunque no sabía por qué o para qué.

El hangar desapareció de repente y se sintió envuelta en una burbuja de silencio. Miró alrededor y luego volvió a mirar el móvil, como si por algún milagro las palabras se hubieran convertido en algo comprensible. Pero no. Seguían sin tener sentido para ella.

Dos palabras, después de las miles de ellas que había intercambiado con Dario.

Debía de ser un error. Tenía que serlo.

¿Qué otra cosa podía pensar? ¿Que Dario era tan cruel?

Entonces escuchó un sonido fuera, algo parecido a un trueno, pero Josie sabía que un trueno no reverberaba en el suelo y podía sentirlo bajo los pies.

Un segundo después, Dario apareció montado sobre Ferrari, galopando a tal velocidad que pensó que iba a estrellarse contra la pared del hangar. Pero de alguna forma logró pararlo, deteniéndose frente a ella.

–Bueno, Josie, ¿cuál es tu respuesta?

Ella lo miró, atónita. Estaba pálido, sin aliento, y concentrado absolutamente en ella.

–No.

Dario saltó del caballo y golpeó sus flancos con la mano para enviarlo de vuelta al establo.

–¿Cómo que no?

–Exactamente lo que he dicho. ¿Qué intentas hacer? –exclamó ella–. Destrozas mi vida y, de repente, me envías un mensaje como si no hubiera pasado nada... ¿a qué estás jugando?

–Cásate conmigo.

Había sido una sorpresa leer esas dos palabras en el mensaje, pero era aún más sorprendente escucharlo de sus propios labios.

Josie lo miró y se dio cuenta de que era un hombre desesperado. Su expresión era oscura, turbulenta. Con el cabello despeinado y los ojos brillantes, parecía a punto de hacer una locura. Notó entonces el olor de su aftershave, que conocía tan bien...

Más tarde se daría cuenta de que también era el olor de la adrenalina, pero en ese momento solo podía concentrarse en encontrar alguna forma de soportar los siguientes minutos, sus últimos minutos con Dario di Sirena.

Respiró agitadamente, intentando controlar su nerviosismo, pero descubrió que las cosas habían llegado demasiado lejos.

–Eso no tenía sentido en el mensaje y no lo tiene ahora, Dario. Decirlo en voz alta no lo hace más sensato.

–Es lo que quieres, ¿no? Debe de ser lo que quieres –dijo él.

Como a lo lejos, en alguna parte, le llegó ruido de voces. Los empleados del hangar estaban observando la escena, pero por primera vez en su vida, a Josie le daba igual quién la viera o lo que pensara. Lo único que le interesaba era Dario, a quien miraba sin saber si reír o llorar.

—Parece como si estuvieras intentando convencerte a sí mismo.

—No, yo estoy convencido porque en el fondo de mi corazón sé que me quieres y yo te quiero a ti...

Josie se tapó la cara con las manos.

—No, tú deseas mi cuerpo, nada más. Y sí, también yo deseo el tuyo, pero el matrimonio es un compromiso de por vida, Dario. No creo que tú puedas entender lo que eso significa.

—Te equivocas, Josie. Yo sé muy bien lo que significa el matrimonio —replicó él, entre dientes—. Me pasé años viendo cómo mis padres se peleaban a todas horas. ¿Crees que me he negado a casarme solo por lo que le pasó a Arietta? No tienes idea. A veces, habría pagado una fortuna por escapar de la cadena perpetua que era el matrimonio de mis padres. No podían divorciarse porque mi padre no quería ser el primero de la familia que lo hiciera y a mi madre le gustaba demasiado el dinero y la posición en la sociedad que le daba el título de condesa Di Sirena.

Josie se quedó sorprendida.

—Entonces, ¿por qué crees que proponerme matrimonio es la solución a nuestro problema?

—No lo creo —dijo él. Era una respuesta torpe y Dario masculló una palabrota—. No quería decir eso. Lo que quiero decir es que sé que solo proponiéndote matrimonio podré retenerte a mi lado.

—Sigue.

—¿Qué quieres decir?

—Tiene que haber algo más —dijo Josie—. Me has dicho que el matrimonio de tus padres te hizo renegar de ese compromiso, de modo que proponerme matrimonio debe de ser para ti como meter la cabeza en la horca. No necesitas un heredero, ya tienes a Fabio. No creo que hayas decidido de repente que necesitas un hijo legítimo. Y tienes muchas mujeres a tu alrededor, de modo que debe de ser otra cosa.

Sus ojos se encontraron entonces y los de Dario eran tan oscuros como un cielo de tormenta.

—Una vez le dije a una mujer que la amaba y ella me dejó.

—Arietta no te dejó, Dario. Perdió la vida en un accidente.

Era un comentario cruel, pero Josie había decidido dejar de ser amable en lo que se refería a las relaciones de Dario con otras mujeres.

—Sí, es cierto —asintió él, mirándola con angustia—. Y yo la maté.

—¿Qué dices?

—Yo la envié a ese terraplén como si hubiera conducido el coche personalmente. Fui tras ella, Josie...

—Pero eso no ha impedido que vinieras tras de mí.

Dario asintió con la cabeza.

—Era un riesgo, pero he tenido que hacerlo. No podía soportar la idea de que subieras a ese avión y te alejases de mí. Todo lo demás no importa.

Josie vio que pasaba una mano por su cara, como intentando borrar los malos recuerdos. Sabía por lo que debía de estar pasando, pero esperó en silencio porque no podía hacer nada.

–Cuando apareciste en mi vida, me recordaste lo feliz que había sido mi infancia aquí y lo desolado que me sentí tras la muerte de Arietta –siguió él unos segundos después–. Pensé que no podría soportar esa agonía otra vez y cuando nació Fabio lo convertí en mi heredero. No podía imaginarme a mí mismo dejando que otra mujer entrase en mi vida. Hasta hace unas semanas, sencillamente esa no era una opción para mí. Como tú, había aprendido que era menos doloroso alejarse de los demás o vivir sin poner el corazón en lo que hacía. Por eso, cuando saliste tan furiosa de mi oficina pensé que podía dejarte ir. Pero no es así... no puedo hacerlo, Josie. No puedo vivir sin ti.

Enfrentada a esa confesión, los sentimientos heridos de Josie no significaban mucho. Olvidando su resolución, buena o mala, alargó una mano para ponerla en su brazo. Cuando Dario no protestó, dio un paso adelante y apoyó la cabeza sobre su pecho.

–¿Eso significa que lo entiendes?

–Tal vez –asintió ella, notando que respiraba profundamente, como si al fin pudiera llevar oxígeno a sus pulmones.

Josie cerró los ojos. Estaba a punto de llorar y no quería perder el valor.

–Te quiero, Dario, más de lo que puedas imaginar, pero no funcionará. Yo no puedo competir con Arietta. ¿Es que no te das cuenta? Yo soy humana y tengo todo tipo de defectos, pero ella es un ángel, tu ángel.

–Eso no tiene nada que ver con lo que siento por ti –replicó él–. El dolor de perder a Arietta nunca desaparecerá del todo, pero ya no siento lo mismo que antes. Mi padre tenía razón cuando me preguntó qué sabía yo del amor. Mi respuesta fue: todo, pero la verdad es que sé menos que nada. Entonces sabía menos que nada.

—No podías haber aprendido mucho sobre el amor viviendo con un matrimonio que se peleaba continuamente —dijo Josie, casi para sí misma.

—No, es cierto.

—Y por eso quiero que reconsideres tu proposición con mucho cuidado —siguió ella, intentando hacer que recuperase el sentido común—. Me has dicho que el dolor de perder a Arietta hizo que no quisieras volver a arriesgar tu corazón, pero enamorarse nunca es fácil y a veces uno tiene que arriesgarse. Yo he pasado por eso y también me ha dado miedo.

—Ya no lo tengo, Josie.

Ella sacudió la cabeza.

—Necesito saber que me lo darás todo. No quiero solo una parte de ti, un poco de ti, lo necesito todo.

—Te lo estoy ofreciendo todo.

—¿Cómo puedo estar segura de que será para siempre y no solo hasta que te apartes por miedo?

Dario tardó algún tiempo en responder:

—Un Di Sirena no se asusta nunca.

Josie levantó la barbilla para mirarlo a los ojos, desafiante.

—Entonces, demuéstramelo.

—No tengo miedo —repitió él, levantando la voz y atrayendo la atención de los empleados del hangar—. Ya he hecho todo lo que podía para demostrarte cuánto te necesito y solo queda una cosa por decir: Josie Street, te amo. Te quiero con todo mi corazón, con toda mi alma, y te querré durante el resto de mi vida. Nada más importa —añadió, la pasión que ponía en sus palabras dejando a Josie sin ellas.

Todos los empleados del hangar estaban mirando la escena, pero ella apenas les prestaba atención. Dario era el centro de su universo y la miraba con tal intensidad que nada más importaba en aquel momento.

Lo deseaba más de lo que había deseado a ningún otro hombre en toda su vida y siempre sería así. Era una locura vacilar, incluso por un segundo, pero quería ser sensata y no darle una respuesta apresurada.

Sin embargo, de repente todo aquello era demasiado: la discusión con él, las preocupaciones, su inseguridad, el amor que sentía por Dario...

Los ojos de Josie se llenaron de lágrimas. Eso era lo que había querido desde el principio, ¿no? Que Dario dijese que la amaba. Bueno, pues no podía haberlo hecho mejor que con una petición de matrimonio. Y pública, además.

—Tengo miedo —le confesó.

Lo amaba con todo su corazón, pero no sabía si era lo bastante valiente como para aceptar aquel reto.

—¿Por qué?

—Sé que tú no quieres saber nada de relaciones serias y ahora entiendo por qué. Puede que en este momento creas que me quieres, pero yo sé que no duraría —dijo Josie, reviviendo la angustia provocada por la traición de Andy.

—¿Crees que me importan otras mujeres? —exclamó él.

Su frente estaba cubierta de sudor y había levantado la voz, sin importarle que todo el mundo lo oyera. No habría hecho eso por ninguna otra mujer, estaba segura. Pero lo hacía por ella.

–La verdad es que no lo sé.

–Tampoco lo sabía yo hasta que pensé que iba a perderte –Dario dejó escapar un largo suspiro–. Cuando Arietta murió se llevó mi corazón y durante años pensé que podría vivir sin él. Sencillamente existía, dejaba pasar el tiempo. Tú has cambiado todo eso, Josie. Por primera vez desde que perdí a Arietta, empecé a disfrutar del mundo. Empecé a pensar en el futuro y no solo en la siguiente fiesta. ¿Eso no es suficiente para ti?

–Yo no...

–Lo que hemos encontrado el uno en el otro es maravilloso.

–¡Lo sé! –exclamó ella, incapaz de permanecer en silencio.

Dario apretó los labios, intentando evitar una última confesión.

Pero no podía hacerlo. Y, si era sincero consigo mismo, tampoco quería hacerlo.

–Te he dado más de mí mismo en estas últimas semanas que a ninguna otra mujer –admitió por fin–. Un poco de mí era más que suficiente para todas las demás...

–Sí, pero no es suficiente para mí –lo interrumpió ella–. ¡Yo merezco mucho más que todas ellas juntas!

Sorprendida por tal exclamación, Josie se cubrió la boca con la mano, pero era demasiado tarde.

Dario lanzó un silbido.

–Menuda admisión viniendo de ti, la tímida doctora Street.

–Lo sé y lo siento –se disculpó Josie.

–No era una crítica, al contrario. Era un halago.

Ella parpadeó, intentando contener las lágrimas.

–¿De verdad?

–Tenías razón sobre mí –dijo Dario–. He pasado demasiado tiempo solo. Has tenido que aparecer tú para demostrarme que la vida es algo más que absurdos placeres temporales. Sin ti, no soy nada más que un caparazón vacío –añadió, apretando su mano–. Te quiero, Josie. ¿Quieres casarte conmigo?

–¿No sabes ya la respuesta a esa pregunta? –exclamó ella, echándole los brazos al cuello.

–Nunca me acostumbraré a esto –estaba diciendo Josie unos días después, mientras observaban a unos obreros colocar un andamio en la avenida de tilos.

Iban a poner luces en sus ramas para la gran fiesta que Dario había organizado con objeto de anunciar oficialmente su compromiso. Los invitados que acudieran al castillo tendrían lo mejor de dos mundos: durante el día, su llegada sería recibida por la serenata de abejas y orioles. Cuando se marchasen por la noche, su camino estaría iluminado por un millón de luces y estrellas.

–Seguro que tarde o temprano te acostumbrarás –dijo Dario, tomándola por la cintura para buscar sus labios. Aquella mañana llevaba el pelo suelto, exactamente como a él le gustaba.

Le gustaban tantas cosas de ella; su carácter, su personalidad, su belleza, su fragancia, limpia dulce.

–Y en caso de que necesites un poco de ayuda, he preparado algo especial para ti –le dijo.

–¿Más sorpresas?

–Tu madre vendrá a la fiesta.

Josie lo miró con los ojos como platos.

–¿En serio?

–Por supuesto.

–Pero eso es maravilloso. ¿Cómo lo has conseguido? Es imposible convencerla para que suba a un avión.

Dario apretó su mano.

–Lo he preparado todo, desde el pasaporte al avión privado que la traerá aquí. Lo único que ella tiene que hacer es la maleta.

–Has pensado en todo –dijo Josie–. Y lo has hecho por mí –añadió, con una nota de incredulidad en su voz.

–Por supuesto. Si te hace feliz, *cara*, nada es imposible. Movería cielos y tierra por ti –musitó Dario, antes de besarla hasta que ninguno de los dos pudo seguir pensando.

BIANCA.

CAROLE MORTIMER
PASIONES DE CINE

Desde su último coche deportivo hasta la última rubia con la que había salido, las habladurías rodeaban al famoso actor y director hollywoodiense Jaxon Wilder. Fuentes desconocidas estaban especulando de manera escandalosa sobre una desconocida belleza a la que Jaxon estaba decidido a conocer... ¡íntimamente!

Pero Stazy no se parecía en nada a las habituales conquistas de Jaxon... Y, a pesar de la indignación de este, ¡iban a tener que trabajar juntos en su nuevo proyecto!

Jaxon accedió a trabajar con Stazy... consciente de que, por mucho que ella intentara resistirse, finalmente no podría evitar caer rendida a sus pies...

CHRISTINA HOLLIS
UN RETO PARA EL CONDE

Mientras se acercaba al magnífico castillo Di Sirena, la tímida Josie temblaba de anticipación... aquel castillo a las afueras de Florencia era el sueño de cualquier arqueólogo y no podía creer que le hubieran permitido no solo trabajar, sino alojarse allí. Recelosa

N.º 505

del famoso propietario, el conde Dario di Sirena, esperaba que estuviese demasiado ocupado yendo de fiesta en fiesta como para fijarse en ella. Intrigado, Dario esperaba la llegada de Josie con cierta curiosidad. Su inocencia era algo nuevo para un cínico como él y despertar a la mujer apasionada que había debajo de aquella ropa ancha e informe sería un reto delicioso.

¡YA EN TU PUNTO DE VENTA!

DESEO
SANDRA HYATT

EMBARAZADA DE UN MAGNATE

Chastity Stevens estaba embarazada de un Masters, pero no del que ella creía. Aunque la habían inseminado para que concibiera un hijo de su marido, la muestra usada pertenecía a su cuñado.

Al millonario Gabe Masters nunca le había interesado la mujer de su hermano, o eso era lo que siempre había querido creer. Cuando Chastity le anunció que estaba embarazada de su difunto marido, Gabe supo de inmediato que el bebé era suyo y que haría lo que fuera para ser reconocido como su padre.

N.º 569

LA PROMETIDA DE SU HERMANO

Se daba por sentado que el hermano del príncipe Rafael Marconi se casaría con Alexia Wyndham Jones, por lo que a Rafe le sorprendió que le encargaran que llevara a la heredera americana a su país. Sin embargo, le pareció la oportunidad perfecta para descubrir los verdaderos motivos por los que ella había aceptado aquel matrimonio.

Con lo que el príncipe no había contado era con la irresistible atracción que empezó a sentir por su futura cuñada. Alexia era más sorprendente y sensual de lo que había supuesto. Pero ¿se atrevería a poseer a la prometida de otro?

DESEO

MAUREEN CHILD
CONFLICTO AMOROSO

Un huracán obligó a Karen Beckett a refugiarse en la diminuta habitación de un motel con el sargento Sam Paretti, el hombre al que no quería volver a ver. Hacía unos meses había cortado la relación con el atractivo marine, pero los recuerdos agridulces del pasado compartido no la abandonaban. Ahora él la había rescatado de la tormenta y quería una recompensa a cambio.

COLLEEN COLLINS
PASIÓN DESNUDA

Cuando la ejecutiva Liney Reed, también conocida como la "dama dragón", contrató a Raven Doyle para hacer de modelo como "hombre duro" en su revista *Cooking Fantasies*, no podía imaginarse hasta qué punto sus fantasías sobre el rudo caballero llegarían a estar al rojo vivo.

N.º 570

SELINA SINCLAIR
UNA SITUACIÓN COMPROMETIDA

Lyon Mackenzie no podía permitirse perder a la señorita Hammond, pero su ayudante personal había dimitido. Cuando Liv vio que su jefe estaba en apuros, accedió a trabajar una semana más. Sin embargo, en ningún momento contó con que tendría que fingir ser su esposa después de que un cliente los sorprendiera en una situación de lo más comprometida...

LOUISE ALLEN

De la ruina a la riqueza

Con la reputación destrozada y huyendo, Julia Prior estaba completamente desesperada cuando conoció a un caballero que le hizo una proposición sorprendente. Convencido de hallarse a las puertas de la muerte, William Hadfield, lord Dereham, vio en Julia a la mujer perfecta para cuidar de su adorada propiedad cuando él ya no estuviera..., si antes accedía a ser su esposa.

El matrimonio era la salvación de Julia: como lady Dereham podría escapar por fin de sus pecados. Pero transcurrieron tres años y el marido que creía muerto volvió a casa, fuerte, sano y atractivo, decidido a reclamar la noche de bodas que nunca tuvieron…

El caballero pirata

Benedict Casper Chancellor, conde de Blakeney, era el tipo de caballero elegantemente conservador que Alessa despreciaba.

No quería tener nada que ver con él… aunque tuviera el cuerpo de una estatua griega. Sin embargo, él parecía empeñado en apartarla de la cómoda vida que llevaba en Corfú. Peor aún, quería devolverla al seno de su remilgada familia. El conde no había previsto la habilidad que tenía Alessa para meterse en líos. Para rescatarla, no iba a quedarle más remedio que convertirse en pirata…

No. 88

¡YA EN TU PUNTO DE VENTA!

JAZMÍN.

ALICE SHARPE
BÚSCAME UNA CITA

La madre y la abuela de Lora Gifford no dejaban de intentar empa-
rejarla con todos los hombres solteros de la ciudad, no importaba
quiénes fueran o qué edad tuvieran. Para evitarlo, Lora pensó que
lo mejor sería buscarles pareja a ellas dos. Parecía el plan perfecto...
hasta que se quedó prendada de un recién llegado.

El doctor Jon Woods, un sexy veterinario que debía cubrir un puesto
temporalmente, no hacía el menor esfuerzo por ocultar la atracción
que sentía hacia ella. Pero ¿cómo podría Lora hacerle un hueco en
su corazón sabiendo que se lo rompería
cuando se marchara?

JESSICA STEELE
LOS PLANES DEL JEFE

Erin Tunnicliffe había decidido abandonar el aburrido pueblo inglés en el que
se había criado y empezar una carrera en
Londres. Su nuevo jefe era el guapísimo
y sofisticado ejecutivo Joshua Salsbury,
que parecía tener mucho interés en su
evolución profesional... y personal.

N.º 589

CARLA CASSIDY
REGLAS DE COMPROMISO

Nate Leeman era un lobo solitario con un corazón tan frío que ni
se inmutaría aunque Miss Universo entrara en su despacho. Pero
había una mujer capaz de derretir el iceberg que tenía por corazón:
Kat Sanderson, el amor que una vez dejó escapar. Y resultaba
que la bella Kat iba a trabajar con él para ayudarlo a atrapar a un
ladrón informático. Quizá trabajando hombro con hombro volvería
la pasión que los había unido en otro tiempo...

ANGIE RAY

Identidades ocultas

Todas las mujeres solteras de la ciudad se quedaron atónitas después de la increíble escena que habían presenciado algunos habitantes. Ellie Hernández, directora de una galería, había chocado con el importante ejecutivo Garek Wisnewski y el hielo que cubría la acera los había hecho caer al suelo... el uno en los brazos del otro.

Los testigos aseguraron que la chispa que surgió entre ellos de inmediato subió la temperatura de la ciudad. Y un observador especialmente atento se fijó en que habían intercambiado algún paquete por error, lo que quizá diera lugar a algún otro encuentro. ¿Conseguiría la bella latina derretir el helado corazón del magnate?

MERLINE LOVELACE

Madre sin identidad

El multimillonario Alex Dalton había tenido en su vida mujeres de sobra. Pero ahora necesitaba a una en concreto: a Julie Bartlett, la pelirroja salvaje con la que había pasado la noche más apasionada de su vida. ¿Era ella la que había dejado a un bebé en la puerta de la mansión Dalton? Las pruebas de paternidad no resultaron concluyentes, así que necesitaba el ADN de Julie para determinar si el padre de la niña era él o su hermano gemelo. Pero cuando Julie se negó a cooperar, Alex juró que la tentaría para que le diera todo lo que él quería.

N.º 94